U0898901

我不是好老师 他们也不是好学生

王刚 著

译林出版社

图书在版编目（CIP）数据

我不是好老师，他们也不是好学生 / 王刚著. —南京：译林出版社，2016.6

ISBN 978-7-5447-6318-9

Ⅰ.①我… Ⅱ.①王… Ⅲ.①长篇小说－中国－当代 Ⅳ.①I247.7

中国版本图书馆CIP数据核字（2016）第083697号

书　　名　我不是好老师，他们也不是好学生
作　　者　王　刚
责任编辑　陆元昶
特约编辑　苑浩泰
出版发行　凤凰出版传媒股份有限公司
　　　　　　译林出版社
出版社地址　南京市湖南路1号A楼，邮编：210009
电子信箱　yilin@yilin.com
出版社网址　http://www.yilin.com
印　　刷　三河市延风印装有限公司
开　　本　640×960毫米　1/16
印　　张　17.5
字　　数　219千字
版　　次　2016年6月第1版　2016年6月第1次印刷
书　　号　ISBN 978-7-5447-6318-9
定　　价　37.00元

译林版图书若有印装错误可向承印厂调换

题 记

大象死在荒野中，孩子死在校园里

第一章

1

他一直没有看见她出现，内心突然产生的失落让自己都不太明白。即使走到这样陌生的地方，在他的头脑中也充满着诸如怪诞，悲剧与喜剧融合，面具和镜子，审视，存在与超现实，想象力，神秘性，现代社会无法避免的痛苦，诗歌里的诗性以及方言问题，等等。他认为这些概念在几年里从色彩斑斓退化成灰蒙蒙的烟雾，说它们开始毁灭自己的生活或许有些过分，但在经历了两次舞台上的失败后，他隐约觉得又在经历婚姻的失败，似乎戏剧渐渐丧失了曾经给他带来的那么激动的幸福感。

那时他透过宽大的窗户看见了在空中飘扬的旗帜，国际会议中心的旗帜。它们孤孤单单，毫无道理地在那儿摇摆。这更加重了他的迷惘，他感觉到自己有些精神恍惚。那时太阳已经完全从西边照射，光线从彩色的旗帜周围像风那样吹过来，让他不得不开始躲避阳光。

他把脸转向了服务台，声音很小地说：我们能不能先去房间休息？

不行，你们学校会务组的人还没有来办手续。

他听到这句话之后，突然觉得很像是《大象》里的一句台词。由演员在舞台上念出来之后，很平常的一句话，竟然引来了剧场里的一片笑声。每当听到笑声时，他总是不懂，为什么自己写剧本时没有想到，他们会在这儿笑起来，是因为当时的情境和上下文吗？剧作里的台词真的很神秘。

他退到了大堂中的藤椅旁，犹豫着坐下了。显然，他来早了，来这么早是为了她吗？也许最深刻的原因是想看见她。有时，最深刻的原因却在最表面，成了最表面的原因。那真正深刻的原因是什么？第一次参加这所大学的会议，他有些紧张？他对于未来的同事——那些其他的人（跟他一样当教授）——害怕，恐惧，有好奇心？他前几天刚在《南方周末》上看见了一篇写大学的文章，里边对于高校的弊病与腐败有着详尽的描述，让他突然对当今的大学产生了无限的怀疑与忐忑。他突然开始意识到了寒冷，不是内心冷，而是这个显得陈旧破败的酒店真的很冷。国际会议中心让人羞愧，在这样的场合开会，可见大学仍然是贫穷的。也许人们都说“211”非常有钱，其实是一句讹传？他有些坐不住了，腿和脚都变得冰凉，他开始在酒店里四处走动，那时他看见门外的停车场时时有车开进来。从车上走下来的人大概都是这所学院的老师。他注视着他们，感觉自己离他们真的很遥远，并从他们的穿着上感觉到了中国教授身上的乡土气息。

他仍然盼着她的出现，他在想象中看见了她身上穿着的与众不同的衣服，她的头发，还有从她身上传来的淡淡香水味。他在清冷的回忆中尽可能地想象那种香水的品牌，似乎香水的优雅可以向他倾诉她的背景、出身、学识，还有最重要的——她的情感生活。

他摇头笑了，觉得自己有些奇怪。他只见过她一面，那天，他甚至都没有记住她的名字。他希望能收到她的名片，可是，她竟然没有名片。那天，他多次把目光停留在她的脸上，可是，她完全没有注意。那天很快就过去了，他们没有机会更多地说话。她是什么时候离开的？是自己先离开，还是她先离开？他已经想不起来了。只记得那天是在学院的三楼，过道里挂着许多欧美戏剧大师的照片，学生从大师们的目光前走过时，没有任何停留。他们要进行研究生答辩，他们这些青春年少的人对死去的大师显然没有任何兴趣，他们的注意力全都在活着的老师身上。因为只有这些活着的人才能决定他们的论文是否能通得过。他那天是那所戏剧学院外聘的指导教授，那是他第一次见到她。

他在国际会议中心里四面转着，那时已经有不少老师跟他一样坐在那片藤椅上了，他们互相打着招呼。尽管他们也被这所国际会议中心冻得够戗，但没有任何人着急。他们沉静地等待着，显然这些教授已经完全习惯了在这样的环境里开会。

他观察着他们，内心更加空旷。那个时候，夕阳西下，沉入了远方的地平线，傍晚来临了。

2

晚饭在国际会议中心的餐厅进行，教授、老师们陆陆续续地来了，他们先后围坐在一张大圆桌旁，彼此看着对方，都显得紧张，似乎每个人都在提防别人。有的人头发还有些湿，说明破烂的酒店白天还有热水。

他与他们同坐在那个圆形的大桌前，抑制不住自己的目光，还是在搜寻。她真不来了吗？她还在这所大学吗？她为什么没有出现？她真的是一个让人担心的大学女老师了。

饭菜几乎都是凉的，满满一桌子，却没有引起他的任何胃口。在他身边坐着的老师们都彼此客气地互相微笑着，他听见了他们互相问候，以及对自己的问候。有些像是产生了耳鸣，因为这些同事与自己似乎相隔万里，他们说话的声音时而很小，时而却像突然加了耳聋助听器一样，尖锐刺耳轰轰隆隆。

他当然不能打听她的消息，同事与同事之间的关系是最需要谨慎的，这连最傻瓜的人都应该知道。可是，他的眼睛却时时朝门的方向望着，这暴露了他的秘密。

闻迅老师在找人吗?

他看看问话的人，还是看不清。他有些恍惚，就摇摇头，学着他们笑了笑，却没有说话。

为了与这些新同事拉近距离，他突然想批评一下今天的饭菜，想强烈地批评一下这个餐厅。可是，他再次看看身边，每一个人都在逆来顺受，他们坚定地吃着，就好像那是可以接受的食物。于是，他犹豫了，既然人人都能这样，必然是有原因的。也许会务组的人是强大的，任何批评，都会导致自己今后在这个环境中的被动局面。他不得不把已经冲到嘴边的言语、词汇、独白、戏剧情感、个性化语言压回去，就像自己对食物的味道也完全没有感觉一样。

饭吃得很沉默，大家偶尔碰碰杯，也显得有些尴尬。他们什么也不敢说，他们似乎非常害怕说什么，这可是大学教师与教授们的聚会，他们究竟害怕什么呢?现在应该不是政治的高压时代，互联网上各类批评的声音都很多，微博里强烈抨击权力的声音让人感到现在是最开放的时代，他们为什么如此谨慎，他们害怕什么，害怕什么?什么……

啤酒微凉，饭菜很凉，人心很凉，所以他渐渐在餐厅也感觉到了冷。他默默地低头看着自己眼前的盘子，似乎已经丧失了语言能力，或者自己完全是一个哑巴。他不知道该如何形容这令人窒息的晚餐，似乎还没有吃什么，就已经很饱了。可是，竟然没有一个人愿意离开，似乎人人都知道，只要自己先离开，那留下的人就会拿他当话题，说他的坏话，谈论他的历史，提起他最不光彩的事情。想到这儿，他终于站了起来，没有看大家，只是低着头说：你们慢慢吃。说着，他就转身离开了餐桌。那时，他感觉到仍然很沉默，似乎大家回应了他，又似乎没有任何人说话。他朝门口走去，头几步好像控制不住自己，有些摇晃，但渐渐地他的内心平静下来。当走出餐厅，经过大堂，走出了大门后，一阵冷风吹过来，他突然感觉到内心不仅仅是平静，而且宁静了。

他抬头看看天空，有星星，郊外总还是能看见星星的。他又想起了她。那时，他看见一辆车开过来，停在离自己身边不远的一个车位里，他想是不是她会从车上下来呢？他站着不动，盯着那车看着。下来一个老人，像蒙哥马利一样戴着顶贝雷帽，提着一个讲究的牛皮包。他认出了这个老人，在戏剧文学院的网站上见过他的照片，好像姓柳，那应该叫他柳先生了。

柳先生没有回头看他，只是自顾自地、缓慢地朝大堂走过去。

他移开了自己固定在老人身上的目光，刹那间他想起这个老教授是中国电视剧艺术概论的奠基人，并因为这项获国家级奖励的科研项目成为学院的骄傲。他走在寒夜里，突然感觉到了疲倦。他对自己说，应该早点回房间，洗澡之后，看看带来的那本洛奇的《小世界》，然后，就早早睡觉。他转身朝酒店走去，进了大门，进了破旧的电梯，上了三楼朝 301 走时，在过道里感觉到了恶心的霉味。这让他再一次怀疑中国经济已经成为世界第二的说法，那么多外国报纸对中国这个新兴而又庞大的经济体产生的恐惧是不是真的有阴谋？他讨厌阴谋论者，但是如此贫穷的“211”却让他对全世界说中国好话的人不得不多留个心眼。回到酒店房间，在昏暗的灯光下欣赏着破旧的、污陋的房间陈设，这让他内心更加压抑。他洗澡后坐在弹簧已经明显出了问题的沙发上，那时他想起了奥尼尔，这个总是皱着眉头的老东西在写了那么多剧本之后临死前说：“出生在一个该死的旅馆房间里，死去时也在一个旅馆的房间里。”

3

他早晨起来后拉开了窗帘，外边阳光灿烂，天空蔚蓝。在去餐厅时，过道里的冷风在穿行，他觉得自己在跟风一样穿行。他穿过风，风也穿过他。他走得很快，在经过每一个窗口时，都朝外边看看那些院落中的枯树，它们的颜色被寒冬涂改成褐色。他停下来，仔细地看着那些坚定、勇敢的树冠，感到自己也有了几分勇敢。那时他又想起了她：昨天晚上来了吗？是不是会在早餐时看见她呢？

他走进餐厅时，已经不像昨天那么拘谨了。他把目光撒开去，就像是一面彻底张开的大网，瞬息之间就把整个餐厅打捞了一遍，没有发现她。

他在吃早餐时，开始主动与其他老师打招呼，然后，很快地离开了餐厅。

走到了大堂时，他突然感到内心一阵紧缩，尽管他还没有明确地意识到发生了什么事情，但是心跳显然加快：一个窈窕女人的身影从大门外走进来，他一眼就认出来是她！只是比他原来想象的要年轻、要高一些。她走得很快，左手拖着一个拉杆箱，半长的头发遮住了眼睛。她甩了一下头，似乎要驱散那些黑黑的头发，就像是要驱散楼内的压抑和楼外的冬天。

他站住了，一直看着她。

她似乎没有意识到这个男人正看着她，并渴望与她说话。她没有放慢走路的速度，一直朝他走来，直到要经过他身边时，才突然意识到这个男人正充满期待地看着她的脸。她站住了，开始看他，渐渐的，微笑开始出现在她的脸上，她说：您是闻迅老师吗？

那时阳光从东边窗口照射了进来，让她的脸上充满明朗。她侧了一下身体，让强烈的阳光从她的左肩上照过去。

他点头，听清了她称呼自己“您”，这说明她知道他在戏剧方面取得的成就，说明她肯定看过自己写的话剧，也肯定关注过他写的电影。对了，说不定那部有些失败的音乐剧她也看过，并为他惋惜，她一定不会跟其他人一样那么严苛地批评他。他于是非常放松地笑起来，说：我们合作过，那次你们学院戏剧理论研究生答辩。

她笑了，说：是呀。然后，她犹豫了一下，说：以后是不是应该说是我们学院了？

他点头：前天刚办完手续，以后还要合作……我们。

她点点头，仍然笑着说：是呀。我听说了。

然后，他们互相点点头，都微笑地看着对方。转过身去，她走向电梯，他也不能继续站在那儿跟她说话了，他知道在自己与她之间如果需要作更长时间的交谈需要理由，需要他能确定她愿意与自己有更多的交往。他尽管内心不情愿，但还是朝酒店外走去，而且脚步并没有踌躇。在出门时，他回头看她，发现她正在走进电梯，没有回头，她没有注意他一直在看她，直到电梯门关上。

他走出了大门，突然发现北京的天空有了颜色。从昨天到刚才一直是黑白的空间和静止的物体似乎被一阵冬天里的风吹得有了生命，五彩缤纷，五光十色都向他飞来。

他的步伐变得矫健而有弹性了，他不认为自己在那一刻像一个跳高的体育明星，但最起码他真的是一个快乐的孩子。他走到自己的车跟前，拉开车门，发动车的刹那，巴赫的音乐立即充满了周围的空间。那是长笛吹奏的巴赫，是他最喜欢的帕胡迪演奏的，古钢琴与长笛透亮的声音让冬天变成了春天的感觉。

他不知道该怎么描述自己当时的心情，因为要说出这个四十二岁的戏剧家，这个中年男人突然拥有的阳光明媚的感觉，似乎任何夸张都是不够的。他先是要表达对于巴赫的爱，然后表达对于长笛的爱，表达对于帕胡迪的爱，对于北京越来越少的蓝天的爱，当然还有对于自己的爱……那么，她呢？他对她是一种什么样的情感呢？

他忘了那是哪一部欧洲电影，不过自己这两天就是生活在一部欧洲电影里。特别是刚才意外地在大堂里偶遇她之后，里边的节奏、色彩、心情都与现在一样。也是巴赫，也是一个恬静的女人，尽管没有感觉到熟悉的香水味，但是，她的眼睛、她的皮肤、她的头发，还有她两条长长的腿都让他感动。那时，他的内心充满了一个男人对一个陌生而又动人女性的无边的想象。

4

他漫无边际地开着车，朝郊野驶去，很快就看到了大片的田地。

"庸俗的生活对人性中美好东西的腐蚀力……"

他开始摇头否认，并感到美好永远都存在，只是看你的运气如何。如果是一部欧洲电影，那应该是关于欧洲或者说是俄罗斯知识分子的电影。他认为自己的想象升级了，觉得从昨天晚上他渴望遇见她，直到刚才在酒店大堂看见她的全部过程，特别是现在一直持续响着的巴赫的音乐，那种节奏，那种充满着大量新鲜空气的感觉，更像是一部欧洲电影。

他就在那个时候听到了手机短信的提示音，他看着手机，是系主任——他在西北大学时的老同学周大同，现在是戏剧学院的副院长兼系主任——在通知大家：各位老师，戏文会场在二楼第十二会议室，九点整开始开会，请准时参加。

这是他第一次参加系里的活动：本科课程论证会——每个老师所讲课程的主要内容、授课方法、存在问题、整改建议。

他打开了车窗，美好的心情让他觉得很多词汇都重新变得有了色彩：品特、尤奈斯库、萧伯纳、奥尼尔、布莱希特、皮兰德娄重新有了生命，他们也与自己一起来到了北京的郊外，而且马上要跟自己一起参加戏文系的教学内容研讨。

5

他调整方向把车朝回开，那时他感到太阳迎面照耀着自己。回到了停车场，他拿了包，直接走进了二楼第十二会议室。那时，里边已经有了两个中年女老师。他在饭桌上见过她们，而且互相作了介绍，可是现在完全想不起来她们叫什么，但他能想起来她们分别教剧本改编和戏剧评论。教剧本改编的女老师说：闻迅老师，你能帮着打开空调吗？我们不会开。希望，你能帮我们带来热气。

他开始调空调，回答她说：男人本来就应该为女人带来温暖。

教评论的女老师回应说：是吗？

他从她的语气中感觉到了冷淡和缺少回应，就没有再说什么。调完空调后，三个人回到了桌前的座位上，沉默着等待了一会儿，房间真的渐渐变热了。他开始批评自己，感觉自己刚才的话太像调情了，对于自己的女同事,不该这样不自重。这不是在剧场,在电影拍摄现场，不是跟女导演、女演员、女编剧在一起。一般人对他来大学所提出的忠告是：很复杂，少啰唆，少往来，否则你会很累的。

6

桌子围成了一圈，阳光还是在东边，只是窗户有些朦胧，像是洛尔卡的语言：“棺材打开了，床单舒展了，那些沉重的身躯，破碎的头颀……”你那么尊重它，却看不清它，你总是在朦胧中感觉到它的力量。而那时阳光就是从这种朦胧中蹭了进来，让你不知道外边是晴天还是阴天。可是，它坚定了你的沉重感。戏剧文学系的老师围坐在那里，二十个老师来了十九个，只差一个人了。系主任周大同一进门，就先朝他走过来，说：闻迅老师，昨天有一个人来学校找你。我把你的手机号给他了，让他打电话，他打了吗？

没有。他说。

系主任又说：这个人有些与众不同，很体面的样子，不像大陆人，有些像海外归来的。

他一边向系主任点头，一边在脑子里搜索着海外归来的人，却想不起来。他说：那，他留什么话了吗？

系主任：没有，我问他了，他只是说，等见到你，你就知道了。

他苦笑了，摇头：这么神秘？有些人也许永远也不会知道。

系主任坐下来，开始来回清点着人数，似乎那是一个永远也算不清的数字，似乎他要用这种方式使会场安静下来。

他感觉到了陌生和无聊，就沉默着不随着大家一起无端地去笑。没有人说出多有趣的话，有什么好笑的，可是大家却在互相应付着笑。

只有岳康康老师还没有来。

噢，对，我刚才出来时，她还在吹头发呢。要不我打个电话叫叫她？一个女老师声音有些高地说着。

那时，门开了，她走了进来。已经换了一身衣服，跟刚才的色彩不一样，刚才是艳丽的，现在是沉稳的。她从他对面的那排椅子背后走过，没有声音，宁静而又快捷，看见所有人都在等自己，她的脸红了。当她走到自己的座位前，把椅子朝后拉时，她的头发来回晃悠，他能从缝隙中看到太阳的光线。

岳老师，今天你是最后一个，所以我们都在等你。

是呀，真不好意思，房间太冷，头发一直吹不干，真不好意思。

那你就开始吧。PPT 文件可以在那儿放。

他看着她起身，走向屏幕旁边。他知道她是讲西方戏剧史的，他在大学时没有特别认真地学过戏剧史。中文系里当然会讲到外国戏剧，不过他那时没有特别认真听。他看着她把自己的电脑与设备连结着，当图像出来时，她说：我明年想作一些简化，我认为没有必要讲一百个剧作家，我明年只想讲十个，而且，我希望你们同意我，就这十个里边也分重点。我真的特别希望学生们在听了我一年的课之后，能喜欢并且记住哪怕是一部戏剧。

大家沉默着，没有人表示赞同，也没有人表示反对。他也没有吭气，他同意她的想法，只是认为自己现在不应该说话。你已经走进了体制内，一个全新的陌生的环境，你今天不是来发言的，你是来听的。你在这儿说任何话都不太有意义，说不定会引起同事们的反感。你就把自己装扮成一个哑巴，这样你就会有平静，有安宁，不会有麻烦。

这个时候，一个熟悉而又亲切的名字清晰地进入了他的耳朵，走进了他的大脑，沉入了他的内心：《六个寻找剧作家的角色》——皮兰德娄。

久违了，青春时代简陋的舞台。不是以后的那个《皮兰德娄精选集》，是二十世纪八十年代版本的《皮兰德娄戏剧两种》。那个颜色灰绿的，有些像是塞尚风格的封面。他当时还演过父亲，他那时总是胆怯，在舞台上声音放不开。

她的目光平淡，脸上充满了明亮的色彩，她说：我想重点讲这一部戏。我选择皮兰德娄有许多原因。

他看着她，听着她的语言，就像是在听一首莫扎特的奏鸣曲，他似乎忘了在听她讲话，老是被自己的思绪打断。她用电脑放出的画面有皮兰德娄的照片，剧作家的目光与音乐声正在一次次地碰撞。突然，他忍不住地提高声音说，自己都能感觉到冲动和紧张：岳康康老师，我想下个学期去听你的课，想听听你讲的《六个寻找剧作家的角色》，因为我当时曾经忽略了这个剧作家，我希望自己能补补课。

大家都看看他，没有人能够意识到他的用心。他的兴奋让所有在座的人都感觉到不太正常，因为老师们彼此之间是很难去听对方课的。他如此无顾忌地提出了一个让他们有些别扭的要求，使会场里产生了点不和谐的因素，让老师们有些不舒服，却没有产生任何好奇。或者说他们已经忘了人类的这种鬼把戏了，生活的重压让他们都忘了彼此还是有性别之分的。他们都忘了在这个屋子里坐着的真的分别是男人和女人。

他的内心里却产生了悬念：我有意识地在这个会议场合传达出自己对她的兴趣，她能听懂吗?

果然，她愣了一下，迟疑地笑笑，脸再次有些红了。她一时不知道该如何回答他，就停顿了片刻。然后，她很自然地越过了皮兰德娄，开始讲迪伦马特。

可是，他的内心还停留在《六个寻找剧作家的角色》里，他当时隐约地听到了周围的老师在说这部戏名的翻译还有几种，比如“六个寻找剧作者的剧中人”。他的目光一直停留在她的脸上，他对她没有把握，因为他对她除了美丽的头发、走路的姿势、皮兰德娄、西方戏剧史、《六个寻找剧作家的角色》以外，在其他方面几乎一无所知。

7

正如尤奈斯库想象设计的那样，这个会议室成了舞台，本身就是一个半圆形的房间，较高的讲台，有十扇窗户和两扇门，这跟尤奈斯库设计的正好相反，应该是十扇门和两个窗户。舞台是在一个岛上，教授们坐在房子里面，他们被水包围着，因为他听到了窗外的流水声。其实，回想起来，那天她给他留下的除了美丽感觉，还有一点让他惊讶的是，她说话的方式，态度是那么平静，她也会脸红，但是那丝毫也没有影响她清晰的表达。她的这种状态肯定在影响着周围人对她的看法。大家显然对她有好感。而且，不光是男人，也包括女人。让一个女人对另一个女人有赞许的目光是最难的事情，如果让一个女老师对另一个女老师表达赞许就更难了。可是，她显然得到了。在她平和的目光后边，有着轻松和自信，她对西方戏剧熟悉，就如同那是属于她自己的东西。她清晰而又谦和的语气，让所有人都很心安。她用自己的美丽和淡然充分说明了她不是一个具有攻击性的人，你不用防备她，她永远也不会成为你的敌人。

而他完全不同：

如果你天生不是一个哑巴，那你无论如何也是要说话的。他以后总是这样对世人宣称这个概括，就如同那是一句名言，里边蕴含着意义。因为，那天他虽然要求自己当一个沉默的人，可是，他却一直做不到。

开始是系主任要求他说几句，他微笑着谢绝了。接着，在另一个话题下，一个年轻的女老师首先说：闻迅老师是著名的剧作家，应该说说自己的想法。他想了想，那时他感觉到了她坐在对面并没有直接看自己，可是，他能感觉到她的注意力是集中的，她的呼吸很小心，正在仔细地聆听着屋里的一切。

他对大家笑笑，说：我今天是来听的，在座的各位都是我的老师。大家看着他，都笑了，系主任说：闻迅老师还是说说吧，你看，大家都在等待。

他终于忍不住了，开口说：我刚才听了一下，感觉大家都认为四年时间对于学生来说很紧张。那就应该放弃一些课。比如说中国电视剧艺术概论，其实，重点讲一些优秀剧作就可以了，用不着去费心弄一个这样的电视剧艺术概论。回想起这三十年的电视剧，在座的各位都有记忆，有意义吗？中国电视剧艺术概论？研究这样的东西很难有前瞻性，对电视剧创作也不会有指导意义。

他当时并不知道在中国电视剧艺术概论的背后站着许多要吃这碗饭的人，他们已经生气了。有的人这些年来就一直在研究着中国电视剧艺术概论，他们就此写了许多文章，成为了学士、硕士、博士，成为了讲师、副教授、教授。

他继续说着：可是，我最近发现有一个课题值得去做。我们大量地看了欧洲电影，却很少关注欧洲的电视剧，俄罗斯、法国、意大利、德国这些国家的电视剧。前两天我看了俄罗斯年轻一代的导演拍摄的电视剧《日瓦戈医生》……

有翻译吗？一个男老师问他。

还没有翻译。他说，可是，因为对帕斯捷尔纳克的小说原作，还有大卫·里恩拍摄的电影太熟悉了，所以，我基本能猜出来里边的情节。我看了一些资料，在俄罗斯，它很火，人们对于这部电视剧争论很大。他们有些不习惯电视剧里表现过多的人类弱点。在电视剧里，角色变得复杂了许多。甚至连作家本人的儿子也出来说，这部电视剧与父亲的本意完全不同，父亲的意思是在那么可怕的年代，人性却仍然在闪耀着美丽的光芒……我是说什么呢，咱们应该有意识地引进一些欧洲的电视剧，作为教学用。不用发行，只在学院内互相交流。我们可以申请经费，以一个项目组织一个班子，不但翻译它们，还评论它们，并把它们与中国的电视剧作一些比较，给现在一线的导演和编剧一些意见。因为欧洲确实比我们强，由此而作出的研究肯定会比评论眼下的国内电视剧更有意义。

他是一个善于表达的人，他知道自己平时的语言是有感染力的。

果然，当他说完之后，很多人都表示赞成。这让他内心产生了兴奋，他有些忘了自己是在一个陌生的环境，他与周围这些人彼此之间充满不信任，他们正等待着他出笑话，然后，在大家指着自己后背时窃窃私语的快乐中，他失败地成为了一个小丑。

他的话闸子打开了，他开始像在过去任何一个会议场合一样，渴望说话。他能感觉到周围人对自己的欣赏，于是他变得有些正常了，那就是他非常愿意说出自己最真实的观点。语言狂欢有时那么令人幸福，一个人很平常的思考、观点在一个小场合的包围中，在一小群人的赞赏中，在一群女老师欣喜的目光中，突然变得具有阳光一样的魅力。他突然觉得在座的女老师都非常好，她们不但能听懂自己的愿望，甚至还支持自己对于欧洲的欣赏，他跟她们因为有着共同欣赏的东西，彼此之间也互相欣赏。她们其实是一群很有教养的人，大学里的女老师们，其实是一群特别聪明的、优雅的女人。他与她们共同谈论欧洲的电视剧，不是电影，甚至不是戏剧，这真是全新的感觉。

可是，柳先生说话了：为什么不研究自己的电视剧艺术概论，你以为你一句话就能否定中国的电视剧人用几十年时间创造的历史吗?

他说：对不起，柳先生，我这个人也许有些极端，不过……

柳先生打断了他，说：对不起，闻迅老师，大学里不太需要你这种极端。其实，任何地方都不需要极端。

那时天黑了，他不想吵架，他能感觉到自己对周围老师们刚产生的好感，特别是对那些女老师们产生的美好感觉并没有消失，而是徘徊在心里。

8

第三天的状况让他永远也想不到。

他与那位老教授发生了剧烈冲突。本来他是想在这几天会上表示谦虚谨慎的，这是一个既定目标。他渴望从今天起自己的同事就认为自己是一个与世无争的人。这不是展示才华的地方，尽管他认为才华完全可以在任何地方展示。可是，他知道，才华真的可以在任何地方展示，只是除了大学校园。在他这几年的印象中，大学是一个彻底扼杀才华的地方。

老教授坐得离他不远。他的头发有一半是白的，这让他开始以为他不到六十五岁，可是，经过介绍他得知教授已经七十了。跟自己的母亲一样大了。

连续三天，他注意到每当自己发言时，这个老人家就会做出种种让人不愉快的表情、动作，然后又会说几句让他别扭的话。这对他是一个刺激，他的话之所以渐渐多起来，是因为他感到自己遇见了对手。

他强调了当四年结束时，每一个戏剧文学系的学生都必须完成一个剧本，可以是电影剧本，也可以是话剧剧本，甚至可以是电视剧的两集剧本加整个故事大纲。他补充说，很奇怪为什么过去没有强调让学生必须完成剧本。

老教授这时说：写什么剧本？今后这些人有几个能当编剧？现在竞争这么厉害，教给他们一点实际工作的能力就行了，今后出去也好混一碗饭吃。所有的人都必须成为编剧吗？

老教授说到编剧两个字时，有明显的蔑视，这激怒了他。

他想了想，尽管血液已经冲到了头上，可他还是忍住了。他一直在忍耐，现在已经到了第三天，他应该坚持忍耐。

可是，当老教授与他的学生拿出了他们的被分别称为方案一和方案二的教学计划时，他终于坚持不住了。因为，柳先生不光要讲电视剧艺术概论，而且，方案二还另有深意。他觉得自己必须表达自己的观点，这不是才华而是公平。

方案一是几十种应用文体的写作，包括晚会构思，专题片构思及解说词，小品，舞台晚会设想，电视访谈节目设想……他认真听着老教授学生的介绍，心中产生了强烈的疑问：在短短几个月的时间里，要让学生掌握如此之多的文体，可能吗？他们练笔的时间在哪儿？

然后，老教授发言了。他明显是有权威的，因为，他发现老教授说话声音很小，可是大家却都在紧张地听着。一个校督导就有如此之大的威慑力？他们害怕他什么呢？

老教授竟然也会PPT，他用电脑展示了自己的课程。他讲的是关于民间文化专题片的。用一年时间，专门讲民间文化，还专题片。他在旁边越听越觉得受不了，最后终于忍不住了。他没有等教授督导说完自己的话，就说：我能插一句吗？为什么要用一年的时间去讲什么民间文化，我们这儿是培养民间文化专家的学校吗？如果我们不是专门培养民间文化专家的学校，那我们就不能把学生如柳先生所说的这么宝贵的时间用来学柳先生强加给学生以及我们大家的民间文化。

全场人都愣了，他如此直率地冲着柳先生的民间文化开火，这在系里肯定还是头一次。如果他谈到中国电视剧艺术概论无用论是无意伤人的话，那么他现在就是直接挑起事端了。所以，全场安静极了，他能听见人们的呼吸声。

然后，他觉得自己的言语还是过于含蓄，他应该说得更到位些，更准确些：我听了三天会，现在总算知道了，原来在每一门课程设置背后，都有教授们、老师们的利益。这让人想不通，却完全可以理解，是呀，人人都应该有一口饭吃，这是必须的，我们不能饿死人。但是，你们说了，学生时间有限，应该让他们具备竞争能力，今后出去了，好混口饭吃。那么咱们系的学生最大的竞争力就是这支笔，这支能出去混饭吃的笔。无论你写专题解说词，写剧本，还是写理论文章，都必须强调一个“写”字。只有写，才能有能力出去不饿死，只有他们有了这支笔，今后他们出去才能成为一个有用的人。

柳先生这时突然提高了声音：光有一支笔行吗？还要解决写什么的问题。

他立即说：写什么？如果想混饭吃，谁给钱，让你写什么，就写什么。

不对，当然有个写什么的问题。

柳先生的方案二我是完全不能同意的，柳先生是这个学校的老人了，又是学校委派的督导。我这个人说话比较直，我来自体制外，还不知道害怕，也不知道应该怕谁，而且说实在的，我也不怕。

他感到自己当时像一个斗士一样，浑身上下都变得有些亢奋。他感到她一直在看着自己，那让他突然产生了一种渴望表演的舞台英雄气概。他感到了许多不公平存在于这个世界里，而今天有一桩最不公平的事情就摆在了自己的面前。那个女人还在看着自己，刚才她一直没有看，现在她看了，而且，她的目光中充满了某种深深打动他的东西。那是什么东西？是一个美丽女人纯美的心思吗？她的头发现在完全干了，她每天早晨洗澡时都会洗头发，他观察到了这点。也许她的头发微微有些黄，就是因为天天洗头的原因。她的面容相当生动，兴奋使她的脸再次变红，她就那样看着他。其实，许多人都在看着他，可是他似乎没有感觉。他只是意识到了她的眼神，那里边有担心的成分，他知道了她的心思，她不希望他再说下去。尽管她对他所表达的都非常认可，但是她在为自己担心。这让他内心感动，窗外是冰冷的冬天，即使有阳光也显得很遥远，身边却有着一个女人真心的关怀，这让他真的感觉到了英雄的压抑和委屈，他甚至还想到了英雄的眼泪。

这个时候，奇迹发生了，柳先生突然哭起来。他不知道柳先生是因为什么而哭泣。一个白发苍苍的老人在公众场合，在阳光的照耀下，在寒冷的会议室里渐渐暖和起来的时候，突然哭起来，这让所有的人都感到了强烈的震撼。

现在这个屋里只有一个人哭泣了，是老教授柳先生。那能算是英雄的眼泪吗？

他知道，如果是在历史上任何一次残酷的政治运动中，老教授的态度，甚至他含蓄而攻击性明确的语言都可能置自己或者任何一个在座的人于死地。

可是，现在老先生哭了。他哭了一会儿，突然开始对自己的学生发难了：你为什么在做方案二时一直瞒着我？你们全体都瞒着我，在后边做事情，特别是你，系主任，专业负责人，你们修改自己的教案为什么不告诉我？你们合伙整我，我觉得又一次政治运动来了。我们这些人，没有过几天安宁的日子，从反右到“文革”，到一次次的改革，从来没有稳定过。

他听着，渐渐明白了，开始他以为是自己的攻击性语言让柳先生突然哭泣，原来不是的。他们彼此之间早有矛盾了。

柳先生的哭泣更加伤心，比他在舞台上感受和创造的任何高潮都要强烈。他突然想起来“蹂躏”这个词，此刻所有人的心脏包括柳先生本人的心脏都在被蹂躏。

他突然有些愧疚了，让一个老人如此哭泣，是一个英雄人物应该做的事情吗？可是，戏文系的学生四年大学时光竟然不允许写一个剧本，这样的大学，这样的教授，难道不应该改变吗？难道不应该让这样的老先生哭一哭吗？难道他的民间文化专题不应该被赶出去吗？难道他是一个校督导，就应该人人都害怕吗？丛林法则让动物流血，难道这个老教授他不应该流血吗？

柳先生显然是害怕流血的，他的哭泣说明了他的软弱，他与任何一个中国知识分子相同，也是软弱的。他开始欺负自己，是一个外来户，一个新人。一个还没有被大学暖和过来的人，就连续发表自己的看法。应该让他感觉到大学的厉害，让他吃几次杀威棍，让他懂得忍，让他为老教授们让路。可是，今天来了个想扮演英雄的人，他不但自己不怕，还挑事，他掀起了盖子，捅了娄子。但是，结果是柳先生哭了，所有人都暗暗与他为敌，连他的学生都不愿意告诉他自己的课时安排。丛林嫌他老了，食物和养料决定要抛弃他了。

他突然无话可说了，就站起来。他眼看着几乎所有的人都在安慰这个老人，就想走出去，透透气。可是，身边的男老师突然说：他认为方案一与方案二之间还是有联系的，有内在的因果。他突然又想说话了：皇甫鑫老师，我不同意你的说法，我认为两种方案没有任何可以对接的。它们一定要打通。

柳先生仍然在用纸巾擦泪，他那时突然收到了短信。他一看又愣了，出乎自己意料的是，那短信竟然是柳先生的学生、方案一的设定者发来的，上边写着：闻迅老师，您的发言对我很有启发，你说的不怕，让我感动。我也想学着不怕。

他的内心矛盾了，学生不堪老师的折磨，想躲开，因为老师会否定、排斥他的任何想法，这能算是背叛吗？如是算，那么学生的品格有问题。如果不算呢？因为他仅仅是想从民间文化里抽身，为学生们多讲一些实用性的文体，使他们出去找工作方便。

年轻女老师们都在发言，她们纷纷说柳先生的课讲得非常好，多年来很受学生的欢迎。

他注意到她没有说这类话，只是默默地看着桌面。突然，她站起来，走到墙角拿起了暖水瓶，先为柳先生倒满水，然后为大家倒，最后，她走到了他的跟前，仔细地小心地为他把茶杯续满水。他那时说：谢谢。她只是看看他，说：你的水凉了吧？

他没有直接回答她，只是说：皮兰德娄的《六个寻找剧作家的角色》

你那儿还有别的版本吗？不同翻译的版本？

她轻声说：我收集了中外好几十种版本。

他说：噢，那我更要去听你的课。

她离开了他的身边，再次回到了自己的座位上。

他没有看她，内心深处的火焰被她收集的不同版本点燃。他好像突然忘了柳先生，完全不去注意系主任周大同在对柳先生极力解释些什么。

然后，他起身，独自走到门口，拉开门，离开了会议室。感受到过道里的冷风，他突然意识到：男人们其实没有为女人带来温暖，而是空调让女人们渐渐暖和起来的。

他已经于去年戒烟，这时却又开始渴望抽烟。他站在过道里，头脑中充满了皮兰德娄的形象，回忆起与孟京曾经谈起《六个寻找剧作家的角色》，是孟京当时说的吗？厌恶没有意义的演出，却又顽固地相信戏剧的力量。

这时，他看见了柳先生竟然朝自己走来，他有些纳闷，不知道他会说些什么。柳先生走得很慢，像是一个真正的老人那样走路了，与那天晚上第一次见到时的神采飞扬判若两人。

柳先生终于站在了他的面前，说：闻迅老师，别误会，我是个性情中人。

他看着柳先生，一时不知道该说什么，性情中人是什么意思？既然不知道该说什么，就不说吧。他决定不吭气，不与这个博士生导师作更多的交流，没有意义。柳先生说完话，没有听见他的回应，就转身走了。他望着老教授的背影，竟然跟朱自清面对父亲一样难过起来。那个背影渐渐地远了，他摇摇头，想想觉得自己才是性情中人，“性情中人”其实是一句骂人的话。那是不是说明了这个柳先生有着自我反省精神？

9

屋子里已经没有了柳先生，会议仍然继续。

围着桌子坐成圆圈的老师们的整体情绪有些亢奋，又有些紧张。压抑与激动成了每个人内心的舞台氛围。柳先生会去哪儿呢？刚才说不怕，现在却突然又紧张起来了。

刚到学校，就遇上了这样的事情，如果问起来，自己该怎么回答，如何交代？

他看着柳先生的学生，她正有些怅然若失，她在想什么呢？她是柳先生带的博士，她的导师柳先生现在会去哪儿呢？肯定不会独自回房间，他一定会去学院的领导那儿，甚至会去学校的领导那儿。他会在这些学校的权力掌控者那儿说些什么呢？他一定不会说其他人，因为他们并没有什么明显有问题的话语被他抓住。只有自己说的那几句话，才能让老先生有力地去证明自己的委屈、正确，及他面对学校、学院领导时的激情：在每一门课程背后都隐藏着老师教授们的利益。我来自体制外，不知道害怕，不知道害怕谁，而且我也不怕。这话是什么意思？你是在示威吗？你在向谁示威？你刚来，在还对学校情况不了解的情况下，就如此狂妄？而且，谁让你害怕了？我们不是法西斯，更不是顽固的敌对的，阻碍改革开放的，反抗教育改革的势力，你呢？凭什么说这种话？你是一个突然进入高校的普罗米修斯吗？他再次看着那个柳先生的学生，发现她也正在看他，他们的目光彼此接触了片刻，又都很快地移开了。他又把目光移向了她，发现她仍然平静地听着其他老师说话，那时他突然意识到自己已经完全没有兴趣再听任何老师谈关于教学的想法了。

当中午在餐厅又看到那些没有热气的菜时，他突然感到有些凄凉。

读书人就是这种毛病，激情来到时以为自己是一个革命者呢。柳先生没有来，他现在会去哪儿呢？系主任起身离席去找柳先生了，大家连忙提前为老教授腾出位置来。沉默又开始像雾云一样弥漫，每个人围在这张大桌旁都像泥塑一样，食物冰凉加上人心冰凉让空气开始寒冷起来。这时，终于有一个女老师忍不住了，她说：这菜做得实在太糟糕了。

他看着她说：是老师没有教好。

大家都笑了，她也跟大家一起笑了。

那女老师又说：为什么老师没有教好？

他说：是教育制度有问题。

她说：教育制度为什么有问题？

是我们的政治体制有问题。

为什么我们的政治体制有问题？老师们都快乐起来，异口同声地问出了这句话。

他更乐了，说：还是因为老师没有教好。

大家显然变得有些轻松了，人类其实是渴望轻松渴望笑的，只是他们平时不敢笑。为什么这些怀揣着理想和美好的人，却彼此共同创造了如此压抑的环境？

这时，他看见了系主任陪着柳先生走了进来，柳先生的白发与系主任的灰脸互相映衬，显得格外的跳跃。然后，柳先生没有到他们这桌子来吃饭，而是去了院长坐着的那张桌子。系主任独自走了过来，大家为他让坐，他一脸疲倦，没有看任何人，只是闷着头坐下了。所有的人都不说话了。他们低着头吃着凉菜，真凉呀，似乎所有的绝情与无奈都在菜里。不知道过了多久，突然，一盘青菜转到了他的面前。他先是看看青菜，然后抬起头看看正在转桌子的人，正是她，美丽的岳康康。她正看着他，说：闻迅老师，吃点青菜。

他的心胸刹那间开阔起来，突然有些不好意思直接看着她。但是他很快地，甚至是有点慌乱地用筷子夹起了一根鲜艳夺目的绿色的菜，来不及思考那是什么菜，就把它放在自己的盘子里，说了声：谢谢。然后，他双手扶在餐桌上，突然对她说:能把你的联系方式留给我吗?我给你打电话，我想弄清皮兰德娄不同版本的差别。

她脸又有些红了，没有答应他把自己的电话给他。周围的人似乎听到了他们之间的对话，又似乎在跟系主任议论着柳先生。这让他没有显得特别尴尬。

午餐后，在过道里，他们意外地走在了一起。她说：我刚才把几个不同翻译的名字给你写在了纸上，你可以自己先去找找。说着，她开始在自己的包里找那张为他写好的字条。可是，不知道是因为紧张，还是走在过道里的匆忙，她没有找着那张纸。

他看着她，内心感动，从自己的包里拿出纸和笔，说:你不要找了，现在就写在这张纸上吧。

她与他都站住了，她接过纸笔开始写着，他站在她的身边，能够仔细地品味她的头发、呼吸和身体的热量。他能感觉到她身上淡淡的香水味，跟她的头发和脸庞一起透出了雅致。他静静地等待着，生怕她由于匆忙而产生任何不舒服的感觉。这时，突然有一个人出现在他们两人面前，说：你们两个人在这儿用起功了?

竟然是柳教授，老先生已经恢复了尊贵，头发再次梳理得一丝不苟。校督导脸上保持着微笑，并没有等她与他说什么，就自己挺着胸，昂着头，朝前走去。背影仿佛是一堵墙，甚至是一座山。

她写完之后，把那张纸递给了他，只是匆匆地看了他一眼，就有些紧张地朝柳先生的方向走去。他接过那张纸，看着她离开自己的身边，然后，尽量仔细地欣赏着她的笔迹：皮兰德娄——《六个寻找剧作家的剧中人》。

第二章

1

女儿五岁生日那天，妻子突然告诉他自己的决定，她看着他的眼睛，坚定地说：她已经五岁了，我不希望她被这个国家的教育制度污染。我希望她还来得及成为一个美国思维的人。你会跟我们一起去吗？

妻子的决定从来没有告诉他，这让他一时不知道该如何回答，就愣在原地。那时他正在书架上寻找那本索尔·贝娄的《洪堡的礼物》。

妻子坐在窗口，她拿起毛衣披在自己的身上，又说：我挣钱有些烦了，我想到国外去学习设计，去美国。我必须带上女儿。我真的对这个国家失望，特别是教育。小学都不能让她在这儿上。绝对不能。你会跟我们一起去吗？

他感到有些突然，这似乎是要作出一个妻离子散的决定。他犹豫了一下，说：不去，我不去。

妻子说：那好，你会跟我离婚吗？

他当时看看女儿的照片，摇着头，毫不迟疑地说：不离婚。

妻子哭了，她说：其实，我有的时候特别渴望能仰视你，能够把你当做一个特别的依靠，可是，许多时候，我是那么无助。

他没有说话，这类话题他们已经讨论了许多次了。他也没有看着她哭，想了想，才说：我只要挣上钱，就会给你们寄去。

妻子说：不用，你一直没有管过钱，咱们家的积蓄，够我和女儿在美国过好几年的，然后，再把望京那两套房子卖了。其实，我在美国也可以试着工作，有朋友也愿意帮我。

2

一座老王府的大院，以后成为大学。

旧式建筑永远是那么骄傲，雕梁画栋、亭台楼阁、藏龙卧虎、形格势禁……所有这些词形容这个大学的院落都不过分。只是这些年规模扩大，连续建了五座二十多层的高楼。它们像是在花园里突然生长出来的怪树一样，打乱了王府的格局，让它与现在中国一般的大学极其相似了。

他走在这儿，想到自己人生四十二岁以后的时光将要在这里度过，突然有些惆怅起来。那时夕阳西下，光线从对面的高楼玻璃上反射过来，照在校内的树丛上，照在男男女女的学生脸上，让他们显得更加青春，让他更加怀疑自己是不是有些老了。看着那些学生，他突然发现自己的腿在走路时有些沉重，这是不是说明衰老真的要来了？

他为什么要到大学来教书？其实，外界对他的评价还是正面的，对于他的评论和研究比前些年多多了，他像丰饶的秋天一样收获了许多赞美。有人认为男人才四十二岁，正是富有激情的年龄，是创作的高峰期，可是，只有他知道自己已经是江郎才尽了。

这所大学他从二十多岁到北京的十多年里，曾经来过多次，今天走进来觉得又陌生又亲切。道路两边的法国梧桐很高，他必须仰起头来像是看天空一样，才能看到树的顶尖。

那时，他的注意力完全在树顶的枝叶上，他想起了法国作家对梧桐树的描写。突然，他听到有一个女人在叫自己。他不能确定是不是产生了幻觉，心跳却已经加速了。自己才来这个学校，认识的人很少。

那时他还不熟悉她的声音。但是人类的本能却是无限超越的，究竟怎么超越的，他认为古希腊的索福克勒斯说的最准确，具体怎么说的，他因为内心过于亢奋而没有想起来。虽然还没有看见她，但是，他知道是她。所有这些想象其实只有一秒钟，也许更少，但是，他感觉自己目光的移动却是漫长的，与古罗马人的文明发展一样漫长。他的眼睛猛然间明亮起来，似乎整个校园都在爽朗，渐渐亮起来的过程像是舞台上不断追加的灯光。那时他看见了她，而且，他发现她竟然离自己很近，从五号楼的北门一出来，就站在离他才四米不到的地方。她望着他笑着，没有其他同事在，她显然放松了许多：

还没有开学，闻迅老师怎么会到学校来？

不知道怎么解释，我喜欢校园，有些像是伍迪·艾伦镜头下的纽约，这些树很有些科恩兄弟想象中的郊野味道。

其实，他本来想说自己刚把妻子送走，内心凄凉，才到了校园里。可是，他觉得这些话完全无法对她说出口，他对她有着奇怪的、充满悬念的渴望与想象，选择对话应该像是在剧场的舞台上一样慎重。

她走得离他近了，然后停下脚步。

那时，远远望去，这一对大学里的男女教师站在校园里高大的梧桐树下互相看着。你即使从他们身边走过，也不会感觉到要发生大事，其实，他们两人正在共同创造着一个高潮，私秘的，初春的，暖洋洋却又凄凉的，未知的，递进的，能听见树叶与风对抗声音的，透过雨点能看见阳光的高潮。

3

机场内竟然也跟初春的空气一样寒冷，周围的人都显得匆忙，只有他像是一个老人那样缓慢地移动着。他那时与妻子女儿刚走进了玻璃大门，内心感到特别难过，不是因为妻子，而是因为女儿。这个孩子难道真的连小学都不能在中国上吗？妻子说得那么极端，在国内即使上小学，也会在她童年时就扼杀她的创造力。他对中国的教育体制深刻怀疑，但在现实生活中，却有些模糊，对抗力没有那么直接。像所有父亲一样，他对女儿非常溺爱。任何一个中国老师，都是孩子们想象力的敌人。这是妻子多次重复的。他与妻子的关系已经紧张了很长时间。他预感到与她要走到头了，这是一次失败的婚姻。

妻子是另一个女人了，而且，是一个很成功的女人。在她上本科时，他就认识了她，并与她很快地上了床。那时，妻子还不是另一个女人。他曾经与很多女孩子都上过床，有一段时间，他整天的最重要的事情就是不断地在中戏、电影学院、北京广播学院、中央美院、中央音乐学院、中国音乐学院去发现新的女孩子，然后跟她们上床。可是，这个学习设计的女孩子不太一样，她极其聪明，使他特别渴望与她不断地交流。他总是在她面前滔滔不绝，而她也很敏锐，他与她在观点上的碰撞让他渐渐有些离不开她。可是，现在她完全不愿意听他说的任何事情，尤其是他感兴趣的戏剧。只要他说到品特、尤奈斯库、奥尼尔、莎士比亚，她就会立即作出极其强烈的反应：厌恶。她会以种种方式打断他，让他说不下去。而他又是敏感的，她的一个眼神、一个动作、一个表情、一句只要是发出一个元音以上的话，都会让他沮丧无比，突然对人生失去兴趣。她的事业是极其成功的，先是搞了两年设计，然后，在她对自己还有感觉的时候，她生了女儿。现在女儿已经五岁了。然后，她又在朋友的帮助下成立了广告公司。她把女儿交给了自己的母亲和父亲。她专心致志地打理公司，挣了很多的钱，而且他们还买了几套北边和东边的房子。如果不是与她相比，他应该是一个成功的男人，也挣钱，也出名，但是，他与她在一起时，却喘不过气来。她的自信心和她的绝对自我中心，让他一次次地怀疑这是不是当时那个中央美院的女孩子。那时,她默默地看着自己,听着他说话,他们从人艺看完话剧后，能在旁边的小饭馆喝着啤酒坐几个小时，然后，他会搂着她，一直走到阜城门内他们租的小院。然后，他开始学着伍迪·艾伦那样与她做爱，就是一边做爱，一边大声说着话，谈论哲学,谈论戏剧。她当时不烦,只是不停地笑,而且,丝毫没有被扰乱,他们能共同达到高潮。

不知道为什么，他当时特别心疼这个女人，还有他与她共同的女儿。他有些自责，内疚，感觉到自己只是一个剧作家的渺小。让一个优秀的女人仰视很难，但是毕竟有那样的男人存在。

他把妻子送到机场时，女儿对他摆手，他当时不想流出泪来，可还是哭了。他与这个女人共同生活了七年，婚前同居两年，婚后五年。这样的女人嫁给自己的确是有些亏了。妻子只是认真地准备着她和女儿的护照，她没有流泪，只是时时地有些怜悯地看着他。

他一直抱着女儿，似乎突然有许多话要对女儿说，可是一句都说不出来。

女儿显得很高兴，她再次使劲捏了一下他的脸，说：爸爸，你的脸皮比昨天又厚了。

他没有说话，也感觉不到疼痛。因为心里的疼已经远远超过了脸皮。那时，妻子走过来，接过女儿，说：你回去吧，有空我会给你打电话的。

他没有动，甚至都没有与她目光相对。中国真的连小学教育都不配有吗？女儿如果在北京上了小学就会被污染吗？他想再次与妻子讨论一下，目的当然不是为了教育，而是想分析妻子出走的真实目的。他有时是一个偏激的人，对于国内社会的方方面面总是充满批判，可是妻子的极端让他这种人都感到恐怖，她像是一个惊悚片里的女主角。他知道这是在机场，女儿小学在哪儿上的问题已经成为定局，妻子不可能与他再次讨论了。她上身穿着短风衣，下边是裙子和长筒靴。她的臀部很性感，因为身边其他男人的目光在时时掠过她的腰部曲线和大腿，这让他再次对妻子远行的目的开始怀疑。可是，他并不恨她，几年的争论让他完全疲惫了，也许这种怀疑仅仅是剧作家对于角色的怀疑，或许应该把它们搬上舞台。

他一直看着她们安检之后走得看不见。妻子没有回头，女儿也没有回头，她蹦蹦跳跳，像是一个设计不好的玩具。她们拐弯时也没有回头。

妻子这么决绝地出走真的仅仅是因为女儿的教育吗？这像是一场戏的最后一句台词，应该是男主人公的内心独白，但是一定要让观众听到，并且跟着自己一起去思索，并产生巨大疑问。

4

那天他从机场回来后就到了校园，然后遇见了她。他离开了一个女人，却又见到了另一个女人。前一个女人是他的妻子，另一个女人究竟是谁，他并不知道。他与前一个女人之间的关系已经没有任何想象，只有现实的冰凉，其他男人对妻子性感的身体有邪念，他却没有任何感觉。而他对另一个女人完全不了解，仅仅是那些最表面的东西在让他激动。他是一个幼稚、简单的男人吗？当然不是。

那你的心跳究竟是为了什么？

那时，他们在树下站了有一段时间了，尽管从对面楼上反射过来的红光让他们都知道黄昏已经来临，对话却在继续：

闻迅老师去哪儿招生？

他听她这么问自己，内心又有些冷却了，像是舞台上因为演员忘词而产生的冷场。因为，这说明她并没有特别关注自己。从在国际会议中心开完会到现在已经过了一个多月了，假期已经结束，又要开学了。他经常想起她(当然,也并不是时时刻刻),他也没有特别去关心她。他的激情和平静都是瞬间产生的，他对女人的态度因为经历过多而变得复杂、矛盾，并且缺少持久的耐心。但是她呢？她连自己去哪儿招生都不知道。

我去武汉，你呢？

他回答她，有些羞愧，自己也不知道她要去哪儿招生，而是在为妻子与女儿的离开难过。那时，机场的情景浮现出来，妻子只是在仔细地检查护照与机票，女儿兴奋而快乐……

我去杭州。

他没有听清楚她在说什么，就说：哪儿？

她看出来他在那一瞬间里走神了，就没有重复，只是说：你累了吧？

他缓过神来，回到了校园里，眼睛重新看见的不是妻子和女儿，而是她，那个含蓄而优雅的女老师，她是教授西方戏剧史的，她还会重点讲几部现代戏剧作品。

他说：杭州这个时候正是好季节。

武汉很冷，你要多带些衣服。

冷倒不怕，我没有招过生，不知道会是一些什么样的学生。

你刚来学校，就有这些琐事麻烦你。不过，系里人手就是不够。这次连柳先生都出去了，而且，他自告奋勇去了哈尔滨。那儿零下二十几度呢。

听到柳先生这三个字，他笑起来，说：那天他哭了，我想想觉得难过，想起了丛林法则，弱肉强食，适者生存。想起了日本电影《楢山节考》，人老了要被自己的孩子背到山上去喂野兽……

她也笑了，说：闻迅老师有些像是没有经历社会生活一样，那么自信，还不知道谁是食物链上的高端动物呢。

他感到思绪停顿了一下，想了想，认为她说得很对。

他不了解她，更不了解柳先生，他像许多软弱的人一样，在自己说了一点点实话的刹那间，产生了英雄豪情，以为自己真的就是强大的人呢。

你哪天去杭州?

后天，你呢?

明天去武汉。

第三章

1

照相机的镜头透过了窗口，落在了那棵很高很粗的法国梧桐树上，他的目光随着移动着的镜头，似乎在寻找着那个以后无数次在他回忆中出现的场景：

一个足球正狠狠地朝树根上射过去，很快被弹回来，紧接着再次射出去，又被弹回来。每一次都显得稳准狠。这让他产生了好奇，球技不错，是谁会在这儿踢足球？他移动着镜头，终于找到了那个戴着眼镜的高个儿男孩子。他穿着一件米色的夹克，下边是LEE最新款的牛仔裤。他正专注地踢着球，完全没有注意到在考场的楼上，正有一个人拿着照相机对着自己。每一次踢出球时，他都会轻盈地弹跳起来，然后，他会像意会到了什么特别好玩的事一样，笑起来。不得不承认，这个孩子的笑很有感染力，连闻迅都被他刹那间绽放的笑容打动了，跟着他一起笑了。男孩子再次跳起来，很有技术地又踢了一下球，就好像伏明霞跳水时跃起来的刹那，显得很放松，青春活力像亮光那样朝他奔涌过来。

有一个女人走到他的身边，轻轻拉拉他，好像是在制止他。可是，这个男孩子没有理会她，只是再次笑起来。闻迅认得出来，那个女人应该是学校招生办的，她认为男孩子有些影响了考区外边的平静。

男孩子很固执，他边笑边坚持在那儿踢球。那个招生办的女人似乎被男孩子的笑激怒了，她严厉地劝阻了他半天，却没有任何效果。只是那个男孩子不再笑了。最后，招生办的女人无奈地离开他和足球，回到了考区门口。那儿聚集了许多人，他们的脸上露出了苦涩。他们绝大多数都是考生家长。这些人站在门口，像是受害者一样，盼望，失望，绝望，他们的表情非常呆滞。他们的孩子还没有开始考试，他们为什么显得这么可怜？他们脸上的表情是做给别人看的吗？他们可怜什么呢？

闻迅本来是想拍摄那些树和街景的，现在却对这个男孩子产生了浓厚的兴趣。他开始把镜头固定在那个戴着眼镜的孩子身上，心想：这是一个什么样的孩子？他在这儿踢球，与他们艺术类招生面试有关吗？又笑了，他笑什么呢？

足球再次被踢出去，然而是被踢到了相反方向，而且球速突然变得柔软、缓慢起来。他收起了自己的照相机，直接看过去，那球竟然射向了一对老人。它缓缓地滚过去，正好到了老人跟前，轻轻停住了。

他有些喜欢这个孩子了，感到自己看他的目光里明显有了一点温暖。一个中年人对年轻人的好感有时就是这么形成的。

他眼看着这个充满青春的、踢球的孩子朝考区门口跑过去。心想，他是一个考生，哪个专业呢？

大门那儿站着守卫的人，考生必须接受检查。闻迅早晨从那儿进入考场时有些诧异：那是一个洗脚屋的门口。本来是党校的院落，因为市里要开更重要的会议，所以他们大学招生只能从小门进。而那小门，就是洗脚屋的门。那孩子随着人流朝里走，他在快到小门口时，从怀里掏出了几张纸，他知道那是准考证、考生登记表之类的东西。然后，那孩子走进了小门。

他知道面试就要开始了，那或许是一种全新的体验。这时，他的手机突然响了，是短信。他收起照相机，开始看：闻迅老师，今天上午有两个考生请给予特别关注，是学校领导介绍的，一个叫刘元E00366，今天上午九点半左右考；一个叫于婷婷E00376，今天上午十一点左右考。

他仔细地看着这条短信，内心感到新鲜而又沉重。

2

记忆中那是一个很冷的房间，朝南的窗户很多，却仍然不能使它暖和。武汉天空的雾霭顽强地遮住了太阳，让一切都产生了虚弱、轻浮、心脏跳动紊乱的感觉。那个宽大的被学校同事称为第一会议室的房间已经永远地进入了他的灵魂里，因为那个踢球的男孩子就是在那儿正式走进了他的生活，让他的内心永远无法平静。

3

他开始还对面试艺术类考生有些浪漫的想象。或许是因为曾经看过许多这方面的电影？教授们尊贵地坐在台上，下边是明朗如春天般的孩子们。他们内心充满对于艺术的爱，他们全是渴望成为艺术家、作家、导演、编剧的人，他们有梦，而且，他们为了这个梦已经从童年开始准备，多年过去，他们像窗外的法国梧桐树一样，挺拔，明媚，善良，骄傲，纯洁，敏感。他可以与他们对话，说不定他能像胡适一样面对那一双双明亮的眼睛。

第一个考生进来了，女孩子，她胆怯地看着几个坐着的老师，在递交了准考证和考生登记表之后，说：老师，我可以作自我介绍了吗？

他点头，然后，奇迹出现了：

女孩子突然像一根天线那样挺立起来，她提高了声音，全身僵硬如化石般地摆起了一个姿态，声音宏亮地说：我叫李思谦，李是木子李；思是思想者的思，我爸爸妈妈之所以给我起这个名字，是希望我能成为一个伟大的思想者；谦是谦虚谨慎的谦，一个伟大的人，肯定又是一个谦虚的人，因为他们从来都是虚心地面对哪怕是最普通的人……

他忍不住打断了女孩子的抒情，充满好奇地问：是谁给你在这么小的时候就灌输了这么多乱七八糟的东西？

女孩子愣了，显然，她没有想过自己刚才说的真是乱七八糟的东西。静默持续了几秒种后，提问开始了。

你看过什么书？

沉默。《安娜·卡列尼娜》、《变形记》、《老人与海》、欧·亨利的小说。

你看完了吗？

犹豫。看完了。

你对列文这个人还有印象吗？

列文？女孩子完全愣了，她不知道列文是谁。

他看着她，等了她足有半分种，当确定她真的没有看过《安娜·卡列尼娜》之后，他本来想说：对于一个想考戏文系的学生来说，看没看过《安娜·卡列尼娜》不要紧，要紧的是明明没有看过，却撒谎，说自己看过。然而他没有说，那个女孩子的胆怯与简单让他认为自己不能这么说。他又问：还看过什么小说？

卡夫卡的《变形记》。

他愣了，然后迅速地问道：

卡夫卡为什么会让格里高里死去？

他是在绝望中死去的。

为什么他会绝望？

沉默。然后，她说：因为，他已经是一条虫了。

他笑了，觉得这是一个不错的回答，同时他意识到自己也许问了一个很蠢的、有多种歧意回答的问题。然后，他又问她看过些什么电影、戏剧，回答更是让他失望。

女孩子出去了，他低头为她打分，多少分对她才合适呢？他不想让她过，因为她骗人，而且，还做作。他想了想，给这个叫李思谦的女孩子打了40分。

接下来更是让他感到了奇迹，因为进来的考生一个个都是女孩子，她们与李思谦大同小异，腔调几乎没有任何差别。长相也有近似的地方，比如她们的脸上都有青春痘。他回忆起自己的中学时代，那时的女孩子瘦，脸上长痘的很少。为什么她们的脸上如此灿烂？这似乎是郭沫若一个话剧里的台词，他不敢肯定。看着一个个女孩子进来，又出去，他心里难过起来，这个考区的男孩子都做了变性手术？他们全都消失了？男孩们呢？他特别渴望出现一个男孩子——他跟自己一样热爱文学，怀揣着关于电影、戏剧的梦想。无论他今后是想当导演，还是当编剧，反正他对人物的命运以及他们身上各种各样的故事都充满兴趣。当大学毕业后，他跟自己当年一样流浪，因为热爱北京的文化氛围而成为北漂。他的集体户口没有用了，他在北京成为黑户，可是他仍然顽强地在北京漂着。但是，没有男孩子，他渴望着下一个考生是男孩子。

4

果然是一个男孩子，看起来中国的男孩子在艺术类考生队伍中还没有完全绝迹。他走路的姿势跟他踢球一样，有那种让他无比羡慕的青春。闻迅喜欢踢球，所以知道刚才这个男孩子在树下控球是一流的。曾经在中学、大学他都喜欢踢，有时在球场上随便一晃就是一天、一星期、一个月，甚至一年。现在他有时也会走进球场，只是觉得腿硬，一天比一天硬。其实，一个男人从二十岁走向四十岁的过程，就是腿从柔软一天天变硬的过程。

舞台上极端的效果突然在那时出现，似乎是他首先写好了剧本，而导演认真发挥了一样，灯光猛然间像阳光一样强烈，照耀在这个男孩子身上，特别是他的脸上。武汉的天空变得晴朗了，早晨那些让人忧郁的阴霾没有了，留下了从正南面的窗口照射进来的阳光，它们在九点三十分时把这个男孩子的笑脸衬得如同阳面的山坡一样，宽广，充满活力。

男孩子一进来就笑着，闻迅再次意识到，他的笑非常具有感染力。他显然比那些女孩子都放松。他的笑，没有讨好、紧张、羞怯、谄媚。只是一个男孩子，他突然想笑了，似乎就是那么简单。

应该说，走进来的这个男孩子让他有些喜出望外。

说说你最大的优点。

喜欢笑。

这时，外边突然有哭声传来，他走了出去，看见是一个想考电视系的女孩子在号啕大哭。围了一圈人。他一问，才知道，因为出租车拉错了地方，把她拉到了省党校，而不是眼前的市党校，所以这个女孩子迟到了三十分种，她的面试资格被取消了。他看她哭得伤心，就想帮她。结果招生办的女人说：你是新来的吧？我们学校有规定。他看着这个招生办的女人，冷冷地说：是咱们学校。

女孩子突然哭得更厉害了，他在那种可怜的哭泣声中，忍不住地问：你叫什么？

于婷婷。

他愣了一下，觉得这个名字很熟悉，就说：于婷婷？我好像听到过这个名字。

招生办的女人突然有些兴奋，她从怀里掏出了名单，仔细看了看，走到那个女孩子面前，小声说：你刚才说，你迟到了三十分种？其实，还不到，刚才你进来时，我看到你了，那时才迟到了二十分种，你是因为没有找到他们戏文系的考场才耽误到现在的。好了，你去作作准备，可以参加面试了。

那个女孩子突然更加冲动，充满感激地再次大声哭起来。

他看着那个女人，又看看那个叫于婷婷的女孩子，摇头，无奈地回到了自己的考场，坐回到座位上。沉默地又听了一会儿哭声，才说：

你刚才说你最大的优点是喜欢笑。为什么呢，是因为平常你们老师不让你们笑吗？

也没有，但总是很紧张，一紧张我就想笑。

为什么紧张？

太严肃了。

教室里？还是家里？

一切地方。我不知道他们为什么总是这么严肃。

你平时喜欢读什么书？

庄子的《逍遥游》、《齐物论》。男孩子又笑起来。

我发现刚才你说到庄子的时候又笑了。这件事有什么可笑的？

男孩子没有说话，笑着。

你为什么会喜欢庄子？

说来话长，今天回答这样的问题时间不够。

老师在给你上课的时候，看到你的笑，老师笑不笑？

老师笑了。

对，我要是你的老师，我也笑了。你说说你读过什么书？

《安娜·卡列尼娜》、《变形记》、《老人与海》、欧·亨利的小说。

你看完了这些小说吗？

犹豫。没有。

你为什么跟前边那几个女孩子，那几个考生看的书都一样？

我们这儿有专门报考你们学校的策略培训班。

你看过哪些电影？

《飘》、《肖申克的救赎》、《泰坦尼克号》、《1900》。

这也是在培训班上学出来的吗？

是的。

沉默。

他又问：你喜欢文学吗？

男孩子想了一会儿，说：不喜欢。

那你喜欢戏剧、电影吗？

也不喜欢。

那你为什么来考戏文？

犹豫半天。不知道。

可是，我有些喜欢你，你与那几个考生不一样。她们也不喜欢，可是，她们都说自己喜欢。

男孩子又笑了。虽然没有读过他们的书，男孩子突然主动说，但是，我背过一首海子的诗。

哪一首？

是他自杀前写的那首。然后，刘元开始背诵：

在春天，野蛮而复仇的海子
就剩这一个，最后一个
这是黑夜的儿子，沉浸于冬天，倾心死亡
不能自拔，热爱着空虚而寒冷的乡村
……

海子为什么自杀？说一说。

那男孩子突然又笑了，不得不承认他的笑非常有感染力。连这么悲伤的时候他都想与这个男孩子一起笑。

他忍住了笑，让海子的死在这个考场尽量肃穆一些。他说：你又笑了，你觉得海子自杀这事很可笑，是吗？

不是海子自杀可笑，是自杀很好玩。

你又没有自杀过，怎么知道好玩？

想象吧。

海子为什么自杀？

他觉得这个世界没有光了。

这个世界有光还是无光的？

也许有光吧。

如果你的恋爱失败的话，你会怎么选择？

不知道。

他犹豫着，不知道该给他打多少分。他的笑很有感染力，他的足球踢得很好。但是，他对于文学、电影、戏剧都没有兴趣。他老实，他承认武汉办了专门投考这所大学的培训班，所有那些托尔斯泰、欧·亨利、卡夫卡，以及《肖申克的救赎》、《飘》、《魂断蓝桥》、《罗马假日》都是在课堂上讲的。不错，刘元对他们透了底，他是一个坦诚的孩子，而且，他是少有的男孩子，应该让他过吧？但是，他凭着自己多年的体验，知道刘元不适合艺术，他或许是哲学系、历史系、政治系的好学生，但是他不能到戏文系来。他给他打了55分。

当他转身看时，发现身边的两个同他一起面试的女老师都给了刘元高分。为什么呢？他问她们。

我觉得他挺不错的。

身边两人异口同声，就像是排演好了一样。

接下来的时间里，他总是想起刘元这个名字，似乎在哪儿听说过。突然，他想起来了，早上系主任让他务必照顾，说是校领导安排的，九点半考试的，不就是这个刘元吗？

他突然有些紧张起来，幸亏自己身边的“她们两人”都给他高分，这个男孩子过了，已经过了。他仔细想了想，似乎隐约有些后怕。他刚来学校，不想树敌，而且，还没有开学呢，他就已经有敌人了。

当然是那个柳先生，校督导。他对柳先生说他从体制外来，不知道害怕，不知道应该怕谁，而且他也不怕。其实，他现在明白了，那是他当时进入了戏剧角色。

他把现实生活当成了舞台，而且在期待高潮，而且，那个舞台上还有她的目光。

但是，现实太严峻了：你到哪儿能寻找到那些热爱电影、戏剧还有文学的孩子们呢？

5

晚上，他感到很疲倦，内心突然产生了巨大的伤心。他想起了尤金·奥尼尔在一次戏剧演出结束后的状态，就是在那天尤金对别人说：“我在别人面具的缠绕下孤寂地度过了自己的一生。”

酒店里的空调开了一天了，房间很热，却又很干燥。他站在窗前往外看着，要下雨了，武汉的春天似乎真的比北京要早些。他看不下去书，感到自己的人生很没有意义。这时，他的电话响了，他接听，是系主任。系主任说：闻迅老师，不好意思这么晚了还打搅你，今天那个人又来了，到系办公室来找你。

哪个人？他想不起来了。

系主任：就是上次来找你的那个人。

他开始拼命回忆：上次哪个人？

系主任：你忘了？闻迅老师，就是那个长得有点像是海外归来的，那个，我跟你说过，看着很体面的样子，不像咱们大陆人，让他打电话，他也不给你打电话，又神神秘秘地站在那儿等你。

他说：噢，也可能他找错人了，我实在想不起来有这么一个人，而且，我认识他。

系主任这时在电话里又说：今天招生感觉怎么样？那个刘元过了吗？

他说：哪个刘元？

系主任：你忘了？我还专门给你发过短信。

他想了一下，犹豫了一下，停顿了一下，才说：噢，过了。但是，我很犹豫。他本来还想问，这个刘元是什么背景，你们如此关心？可是，话到了嘴边，却没有说出来。

系主任笑起来，说：过了就好，就好。我不打搅你了，闻迅老师，早点休息吧。

突然，有人敲门。他心想，是不是那个海外归来的，从北京找到武汉来了？他走到门开，很快地打开门。

那个踢球的男孩子站在门口，看着他，眼睛里仍然充满了笑。

他说：你找我？

男孩子点头，说：老师能让我进去吗？

他说：不行，我有事情。

男孩子再次笑起来，说：我就是有几句话想对您说。

说吧。

男孩子突然有些犹豫起来，说：算了，我还是走吧。

他看着男孩子，说：如果你不想说了，就走吧。

男孩子脸上的笑容收起来了，看着他，说：我就是希望你不要收我爸爸送给你的钱。

他听到这句话，一怔，说：为什么？再说——你爸爸还没有出现呀。

因为你收了他的钱，我会恨你的。如果我进了你们学校，四年时间，我总是会在你背后充满仇恨地盯着你，你不怕吗？

他笑了，说：你家钱多吗？

男孩子摇摇头，说：不多。

他说：既然不多，你爸爸为什么还要把钱送给我？

男孩子笑了，说：这还用问？

然后那男孩子在他的注视中转身朝电梯方向走去。突然，他转身回来，走到了他的跟前，说：我爸爸会出现的。说完，他又走了，还时时地回回头，脸上还是充满着他已经熟悉的笑容。

他回到房间，关上了门，洗过澡后，换上了自己带来的睡衣，开始看书。菲利普·罗斯说得对："他不在了，不再存在，进入了乌有之乡，正如他当初的恐惧。"

那时，他突然再次听到了敲门声。他走到了门口，这次没有立即开门，而是从猫眼里朝外看着：一个比自己大几岁的中年男人站在门外，怀里抱着鲜花，有些紧张地看着房门。他从这个男人脸部的轮廓上能看出那个男孩子的影子，就没有开门。他听着门外的男人不停地敲了一会儿，就轻轻转身回到了沙发上。这时，他的手机开始响了，他看了看，也没有接。他已经在心里下了决定，不收他爸爸送来的钱。他真的有些害怕四年之中，那个男孩子从他身后射过来的，充满仇恨的目光。

也不知道过了多久，那个门外的男人终于走了。那时他开始重新读第三页：为什么我们聚焦到一个被岁月摧残得如此伤痕累累的地方，因为我还是希望他能长眠在那些曾经爱他，生他，养他的人旁边。

6

你热爱文学吗?

非常热爱。激动，甚至有眼泪从少女的脸上滑过。

那为什么看的书这么少呢?

沉默。

你真的热爱电影、戏剧吗?

真的热爱。再次激动，眼泪从她的眼睛里夺眶而出。

那为什么什么片子都没有看过?

沉默。

一个热爱的人，为什么没有表现出那种应有的兴趣?

沉默。

你文化课好吗?

还好吧。

要进我们学校，高考要过 600 分，你能过吗?

我一模过了 635。

那是没有用的，戏文系的学生必须真的热爱电影。

什么有用呢……

那天晚上窗外下着雨，滴答的水声有些像是哭泣。那个在过道里哭泣的女孩子有一张洁白的脸，她在招生办的老师面前大声说：我热爱电视。我爸爸妈妈给我起的名字叫于婷婷，他们的愿望是让我“婷婷”玉立地走向屏幕……

他躺在床上，似乎早就睡着了。那个男孩子再次走来：请你不要收我爸爸的钱。大学四年里，我会天天在你身后盯着你。然后，那一个个完全不热爱戏剧、电影、小说的考生总是像春雨那样滑落到他的面前，打湿了他的脸、头发、前额，还有他当年总是喜欢穿着的长风衣。

第四章

1

有雨的日子，你是不是愿意跟我出去
看看雨水，还有我被它淋湿的感情
你不要打开手中的伞
也不要为我脱下你的衣服
只需默默地擦去我腮边的泪水
……

北京真的下雨了，而且北京也是春天了。他走在校园里，竟然有些羞愧地想起了这首诗。他认为自己当然不是想向自己证明又开始喜欢诗，才在此刻背诵它的，很多年来他都有些远离诗歌了，怎么还有这么麻烦的东西？

那是挺长的一首诗，抄在一片黄树叶上，以后那女孩子说也许这就是她的被雨水淋湿的感情，看见它缠结在湖边的两棵树上。她说桦树到底比杨树坚强，她说她有沉重的感觉。

他现在坐在雾白色的台灯前，细细回味这首诗：有雨的日子问你可否愿意同我出去在雨中狂奔……

这句诗的确说明了那天，就是那个有雨的、遥远的星期六下午，是她带我出去的。她要我看桦树到底比杨树坚强，看她被雨淋湿的感情。

他感觉自己与那些西方的知识分子不一样。像库切、麦克尤恩他们总是把性看成一桩正常需要的事情。而他不一样，他认为自己既然已经有过那么多往事了，那现在已经缺少真正的热情，就应该换一种方式，应该惩罚自己。应该禁欲。

禁欲意味着什么？那就是说，你的体内积蓄了过多的液体，如果你始终压抑它们，你就会成为一个成熟的智者。你像老人一样迟缓、和蔼，你有意识地避开女人，尽管你无时不在渴望听见她们的声音，看见她们的头发，你对她们的呼吸非常欣赏，你意识到她们的目光中有跟春天一起涌动的活力，你在跟她们说话时完全跟没事一样，很放松，眼神透彻，你对她们的存在充满感激，你发现她们每一个人都有最美丽的特点，你似乎体会到了她们说话时的嘴唇，还有无处不在的微笑。然后，你回到了家，在夜深人静的时候，你才突然产生了跟库切一样的性渴望，你在幻想中抚摸自己，最后它们从体内涌出来，你感觉到自己像一个少年那样重新解放了。只是体内流出的液体因为积郁太久，当释放出来之后，你感受到了一种就像硫酸一样强烈的气息。它让你不安，又让你欣慰，这说明你无论如何都还是一个强有力的男人。

2

他走在细密的雨雾里，听到有人叫自己闻迅老师。那时他又在看那些显示出了生机的法国梧桐树，它们被潮润的水汽包裹着，像是一个个站立在田野里的俄罗斯农奴，当托尔斯泰看见它们时难免心生怜悯，内心的矛盾和挣扎油然而起。那个叫他的声音又重复了一遍。他把目光移向了声音，竟然是那个男孩子，他叫什么名字？一时却想不起来了。这个爱笑的男生，踢球的男生，在面试时唯一说实话的男生，他走在校园里，显然他已经被录取了。而且，应该是戏剧文学系的学生了。

男孩子笑着，没有说话。

他也对他笑着，也不打算说什么。他是去年负责招生的老师之一，可是，他回北京之后，就申请出国访问一年，于是避开了一切与招生有关的事情。比如复试卷子的批改，比如再次与招生办打交道，比如来往于系里和院里为某一个考生说情。其实，他对考生整体是失望的，他已经不知道还有没有真心热爱文学、艺术的孩子了。但现在他回来了，开始下学期的课程教学。

这学期开始上课了吗？

今天开始上了。西方戏剧史。

他的心微微跳动了一下，说：是岳康康老师的课吗？

男孩子点头，变得有些严肃起来，因为他意识到这个男孩子的呼息似乎变得与自己一样了，有些紧张和急促。他想起自己曾经冒失地在系里的会上说过，要去听她的课。要去听《六个寻找剧作家的角色》。

今天学了些什么？他看着这个大一的男孩子，没有等他开口，就自己先说：古希腊悲剧？埃斯库罗斯？然后，他开始像渴望表达的诗人一样轻声背诵起来："墓碑下安睡着雅典人埃斯库罗斯，欧福里翁之子。"是这样吗？

男孩子再次笑起来，似乎完全没有意识到他的抒情，而且，让他明显地感觉到在这个大学生的笑里有着嘲讽。他说：老师，想跟您商量点事，可以吗？

闻迅点点头，没有说话，他似乎听到刘元用了"您"字，像是从舞台下的乐池里听到了法国号跑调一样，内心突然潮湿起来。

刘元显得有些不自在，他的脚在踢着一片刚落下来的树叶：学校要求我们写论文，还要发表，好象有些核心期刊吧，那天听他们说，如果发表不了论文，就毕不了业 老师能帮帮我吗？

怎么帮呢？

他们都说你的关系多。

你们喜欢戏剧理论吗？

刘元把头偏向西边，他看着天空的云彩，顽强地沉默着。

真的毕不了业？

可能吧。

闻迅内心明显感觉到了压力，非常大的压力，怪异的味道渐渐地在面前升腾起来，他仔细地看着这个眼睛在闪烁的孩子，说：你的意思是让我利用自己的社会关系，为了一个教授的荣誉，去拉关系，帮着他的学生发表论文吗？如果我说我没有关系呢？如果让我求别人，我感觉到累，感觉到丢人呢？

刘元看着有点激动的闻迅教授，脸上渐渐出现了笑意，他故意摇摇头，似乎有些怜悯自己的老师。

闻迅突然有些渴望说话了：你们为什么不多写剧本，如果热爱理论，就去写许多理论文章，大量练习呢？要知道，这是唯一的方法。

每个老师都在帮助自己的学生，老师的能力也是需要检验的。

如果，我一点也不在乎所谓教授的荣誉呢？

当然，我们自己也能想想办法。刘元突然笑起来，说，没有想到老师这么紧张。

闻迅看着刘元，发现孩子的目光里有某种特别的宽容因素，似乎真的是一个智力优胜者正站在高处望着自己，就有些羞愧，尽管他不同意自己在这个时候感觉到羞愧，可是，羞愧像是汽车尾气一样让他不想呼吸。他沉默着，似乎感觉着整个中国社会对自己的谴责——一个这么不肯帮助别人的，一点也不务实的，以浪漫掩盖自己的自私和冷漠的人。仿佛是为了摆脱这种对自己扑面而来的声讨，他忍不住地再次轻声背诵："墓碑下安睡着雅典人埃斯库罗斯，欧福里翁之子。"然后，他想了想又说：看起来埃斯库罗斯真的死了。

您背诵这些东西，有意义吗？反正打死我，我也不会背它们。

他如同在春天里淋了一场大雨，从内心深处悲凉起来，似乎比埃斯库罗斯、索福克勒斯加起来还要有悲情。男孩子说得对，自己能背诵的这些东西真的有价值吗？而且，你并不打算为他们去拉关系，发表他们的还从来没有让你看过的论文，你没有实实在在地帮助他们，只是无聊地抒情，你还想把自己的激情强加给一个今天校园里的孩子，在这样一个躁动的、有雨的春天里。

男孩子说：老师，你别焦虑，我只是随便说说。

他注意到刘元用了"焦虑"这个词，心里有些感叹，真的感觉到自己焦虑了。

有一会儿，他们谁也没有说话。

然后，男孩子想了想，又说：岳康康老师今天还讲了索福克勒斯的《俄狄浦斯王》。

他总算从被打击的伤感中缓了过来，问道：岳康康老师的课讲得怎么样？

一般吧。

他愣了一下，说：什么叫一般呢？

男孩子说：其实，我对这门课没有兴趣，我对这门专业也没有兴趣。不过，我以后还会去上的。

他再次感到这是一个非常直率的男生，还是问：为什么呢？

男孩子突然不笑了，似乎被一个严肃的问题击中了，必须严肃对待。

他耐心地等待着男孩子的回答，但是，这个站在面前的大学生似乎突然进入了某种僵硬的状态，他的呼息明显地变了节奏，变得快速起来。他又等了几秒钟，打算离开这个男孩子了。不喜欢这门课，却愿意去听，说明他对老师的印象不错，自己在大学里时，也有过类似情况。只是他刚才关于埃斯库罗斯的背诵和抒情都像是一阵风掠过原野，什么也没有留下。他想转移一下话题了，就说：你去踢球吗？男孩子摇头：我爸爸来了，他说想看看你，想让你照顾我。他眼前立即浮现出那个站在武汉酒店门外的中年男人，手捧鲜花，怀里或许揣着钱，他为了儿子的前程来贿赂老师。可是，他的儿子分明不喜欢这个专业，他对于戏剧、文学甚至缺少起码的兴趣，他把儿子推上这条路，真的是负责的吗？

你需要照顾吗？

男孩子再次笑起来，说：不需要。你又不是我妈。

他也忍不住笑了，本想说你刚才还希望我帮着你拉关系，去发表论文呢——而且，闻迅先生内心里有了更加冲动、强烈的话：教授到社会上当婊子，又回到校园立牌坊……但是他突然懒得说了，就抬起了腿，开始走路。他朝北门方向走去，那时，男孩子在身后说：闻迅老师，你没有要我爸爸的钱，我挺尊敬你的。

他像没有听见这个男孩子的话一样，继续朝前走。他不想跟这个男孩子探讨这类问题，只是他能感觉到自己的后背是安全的，从身后射过来的目光不是仇恨的。

突然，男孩子又说：今天岳康康老师在课堂上还提了你。

他站住了，尽管没有任何表示，却感觉到自己的心跳也加快了。他看着男孩子，似乎在询问：她是怎么说起我的？

男孩子的笑容再次伸展，他完全是戏谑似的说：她说你的戏剧里总是有一种悲伤，你受埃斯库罗斯的影响很大。

他这次没有从男孩子的笑容里感受到嘲弄，而是有一种从天而降的、宽广的快慰。他完全没有想到她会在自己的课上提到他。一年多没有见了，而且，没有任何联系，她有变化吗？她的发型变了吗？她领口上露出的衬衫是什么颜色的？

有雨的日子，你是不是愿意跟我出去
看看雨水，还有我被它淋湿的感情
你不要打开手中的伞
也不要为我脱下你的衣服
只需默默地擦去我腮边的泪水
……

北京真的也下雨了，而且北京也是春天了。他走在校园里，校园也下雨了，也是春天了。他觉得应该把所有的观众都带进校园，让他们与自己一样，去重新感受那些久违了的校园春天。春天应该有春天的事情发生，否则，把舞台整个布置成春天的景色，其实质性目的究竟是什么呢？舞台上应该有树，是那种象征主义的树，按照夏加尔的说法，那树应该是三角形的，他们在树下吃面包，那面包也是三角形的。

3

他觉得自己应该到学院楼门口等她。说不定会遇上她，那他会装做完全没有任何准备一样，因为他与她是不期而遇。然后，他会怎样呢？约她吃晚饭？他摇头，感觉没有意思。现在的人天天都在约会时吃晚饭，过于重的味精已经把他们的舌头欺骗刺激得没有了任何感觉。现在是春天，让他怀念起有雨的日子，而且，他又重新回到了校园里。那就应该是那种感觉，你总是有些饿，甚至有时会饥肠辘辘，但是，你愿意和一个女孩子走在雨里。你二十几岁时，她应该是十八九岁，你现在已经四十三岁了，那她应该三十岁，或者更大些。你们走在雨里，脚步很慢，你们没有什么目的，没有打算去哪个著名的餐厅，你们也不打算去后海的酒吧。没有手机电话、短信，以及网络上的一切来干扰你们，你们只是在雨里走着，略微有些冷，但是内心很暖和。如果你们饿了，就会去街边的小饭馆随便吃点什么清淡的东西，然后，你们没有吃得太饱，却又回到了外边的春天里。你们不停地谈论戏剧，戏剧，还是戏剧。那时，你背诵的任何东西，都是有意义的，不会是一阵风吹过原野，留下的仅仅是你饥饿的胃。

他没有走到学院楼的门口，就决定朝回走了。那样似乎还是太刻意了，你想见她，可是，你见她之后，想干什么呢？她是你的同事。而且，你应该知道“女同事”的分量。你说过你来到体制内，还不知道害怕，可是你起码应该知道害怕女同事。他觉得这一切似乎都有些幽默。

他在雨中笑了：按照正常程序，他首先应该给她打个电话，或者给她发个短信，看看她有没有时间。然后，先约她出来，然后，听听她的想法，再安排下一步的计划。可是，他不愿意这么做，他甚至都没有意识到自己没有打伞，雨雾弥漫，让他的脸上充满清新。人只有在童年时才能感觉到这种凉爽，健康，朝气蓬勃，没有衰老，没有疾病，没有任何僵硬和沉重，没有任何不适，就跟刚才那个男孩子一样。他叫什么？他突然想不起来那个男孩子的名字了。他只知道那是一个爱笑的年轻人。

4

她会怎么离开学校？是自己开车，还是走出胡同去坐地铁，或者公交，或者她离学校很近，仅仅是骑自行车？他想着她，感到如果说一个男人，他已经年过四十了，还能如此浪漫地去想象一个陌生的女人，那真的是一件很幸福的事情。

那时，有一辆车轻轻地停在了他的身边，车窗本身就是落下来的，她从里边探出头来。即使这样，他也能感觉到她穿着一件长款的风衣，灰绿色的，上边露出的衬衫领边是白色的。她说：你的衣服都有些湿了，你在等人吗？

他看见了她，内心充满喜悦，想说：是呀，我一直在等你。嘴上却说：你好，你的课结束了？我本来应该去听听你的课，只是我想等你讲皮兰德娄的时候再去听。

她说：你去哪儿？我可以送你一截。

他其实非常想坐到她的车上去，可是，却说出了完全相反的话，说：我等人。

她的眼睛很快地闪了一下，说：我知道，你总是很忙的。

他说：我刚才碰见了你班上的一个男生，他告诉我，你在课上提到了我的作品，非常感谢。

哪个男生？

我忘了他的名字了，在武汉招生时，我面试过他。

是刘元吧？她笑起来，说：那真是一个爱笑的男生。

对，是，刘元。

他看着她微笑地开车起步，然后，缓缓地朝远处驶去。那是一辆老款的POLO，灰色的，有些旧了，她穿着的灰绿色衣服总是在他面前晃着。

这时，他的手机响了，是一个陌生电话。他渴望着是她打来的，说不定她也想起了“有雨的日子，你是不是愿意跟我出去。看看雨水，还有我被它淋湿的感情”。于是，她再次约自己坐上她的车，然后，他们会去北京的郊外，去随便吃一顿晚饭，然后，真的谈谈埃斯库罗斯，这个古希腊剧作家真的有什么好谈的吗？他相信，只要是跟她在一起，就一定能谈，而且，他们会引申出更有趣的话题。他接了电话，瞬间失望了，是一个男人，南方口音：你是闻迅老师吗？我是刘元的父亲，刘文儒，对不起，打搅你了……

5

餐厅很高档，他坐在一束强烈的灯光下，渐渐感觉到温暖。刚才长时间地在雨中漫步，风衣被浸润，似乎连身上的皮肤都有些潮气。

刘元的父亲刘文儒坐在他的对面，他拿出了从家里带来的茅台，对他说，这酒在家已经放了有二十年了。比刘元还大两岁呢。说完，可怜的父亲笑起来，露出了结实而洁白的牙齿。他发现当父亲笑的时候，跟儿子非常相像。这说明，他也曾是一个爱笑的男生。只是今天的压力让笑容远离了他。

他为什么会坐到这儿来？是因为馋酒了吗？是出于对父亲的好奇吗？他拒绝了钱，却来吃饭。其实，跟不熟悉的人吃饭是别扭的，缺少人文气息的。

父亲显然也是一个知识分子，言谈举止中透着一个曾经有过大量阅读经历的背景。只是，他在为他斟酒时过于紧张，把好酒洒在杯外许多。他能感觉到父亲的脸开始抽搐了。他心疼酒，当然，他知道，父亲更多的是心疼自己的自尊。

他们开始寒暄，话题涉及很多方面，还谈了知识分子男人们共同关心的政治：宪政以及体制改革，利益分配，贫富悬殊，房产税，中国会不会乱……

为什么那么喜欢笑？他在最后突然说。

父亲笑了，跟刘元的笑几乎一样。他说：刘元像我，我那时候也非常喜欢笑。我经常会在足球场上一边带球过人，一边笑。比赛的时候，全场都被我的笑逗笑了。

他也笑了，说：刘元是一个优秀的孩子，可是，他明明不喜欢这个专业，而且，他的才能其实不在写作上，你们为什么非要让他来我们学校，并且上这个专业呢?

其实，都是他姥爷决定的。父亲立即回答了他：是他姥爷!

父亲强调完之后又看看他，似乎希望多谈谈这个姥爷，当发现闻迅老师对姥爷并没有太多兴趣时，就避开了这个话题。

我们学校的戏文系特别好考吗?

父亲认真思考了一下，严肃地说：反正孩子已经上了，我就说句实话吧。刘元能过600分，仅凭这个分数，他进不了北京的好大学。所以，上上艺术类，就能进来，专业课有人帮他，文化课他又算高的。再说，贵校在社会上的口碑不错，特别在外地，家长们对于贵校趋之若鹜。

可是，四年时间呀，而且，是青春期的四年，最美好的四年，他没有兴趣，他会忧伤的。

他有些后悔自己竟然答应与这个可怜而又骄傲的父亲一起吃饭，而且，用了“忧伤”这个词汇。他在武汉没有见他，没有为他开门，而却在北京答应见他了。这是不是说明了他的软弱呢？或者说是一个写作者的好奇心？“哪位作家能说清楚，他的人物怎样在他的幻想中产生？”

那个时候，父亲突然从怀里掏出了一个红包，打断了他在内心深处对于皮兰德娄的引用，说：两千元钱，不好意思。然后他递到他面前，说：希望能严格要求刘元，你是有名的剧作家，又是专业带头人，你随便动用一些关系，或许就能帮助孩子们一生。

他有些不知所措，感觉到灯光特别强烈，似乎再次到了舞台上。这次应该是北京人艺的舞台，是很大的话剧舞台：一个父亲在为儿子行贿，一个老师成了受贿者。金钱的数目字那么微小，两边站着的男人都是那么可怜、边缘、非主流，却仍然是金钱。

他开始拒绝父亲，把他的手推了回去。

父亲羞怯地说：我知道太少了，我确实不好意思。

我也不好意思，竟然让你在我面前这么压抑委屈。他回答他。

那时，他突然想起了刘元，就又说：不要让你的儿子四年里，一直以仇恨的目光看着我。当我走在学生中间时，我希望我是放松的，我希望他们看我时，目光是正常的。而且，当我背对着他们的时候，我能感觉到自己很平安。

父亲仔细地看了一下他的眼睛，意识到他说的都是心里话时，才说：你很让我尊敬。然后，他从身后的提包里拿出了一袋香菇，说：这个你一定要收下。

他看看香菇，点点头，不想再揪扯了。其实，他也不想要，过去就很少在家做饭，现在妻子走了，他更是简单。但是，他还是要了，他懂这是人之常情。于是，他接过那袋香菇，把它放在了自己身后的台子上。这时，他又想起父亲刚才提到刘元的姥爷，能在家里决定大事的姥爷一定是个让人尊敬的人，起码在他们家是这样的。他本想问问姥爷的情况，却又觉得无聊。他认为这顿饭应该结束了。两个男人开始握手，告别，穿外衣，离开小包间。

他走在前边，父亲走在后边。父亲突然羞怯地笑着说：闻迅老师，你忘拿东西了。

他回头一看，自己忘了，把那包香菇遗留在那儿，就像是把刘元的父亲扔在那儿了一样。它睡在餐厅包厢的台子上，有些可怜，却楚楚动人。

父亲抢先走过去，拿起了香菇，快步过来，递给他，他稍感歉意地接过来。他们一起走到了大厅里，他对父亲说：我想去洗手间。你先走吧，谢谢你的盛情。

父亲客气了几句，然后，转身走了。他多看了一眼父亲的背影，发现走得很快，显然，这种应酬让这样的父亲疲惫极了。

他从洗手间出来，走进了餐厅大堂，走到门口时，他感觉手里边似乎少了点什么东西，又想不起来。外边有些寒冷，春天里的气息有些孤寂，细密的雨雾还在飘着，刘元的父亲已经无影无踪。可见这个父亲与自己在一起时有多么烦躁，他陪着自己吃这顿饭时有多么不情愿。他没有开车，也没有骑自行车，他想在微凉的空气中慢慢地走走，他老是喜欢慢下来。这时，一辆车开过来，为了让那车先走，他停下来等待。突然，餐厅的服务员气喘吁吁地跑过来，对他说:先生，先生，你把东西落在洗手间了。

他一愣，难怪刚才总觉得手里少了些什么。在夜色中，他接过了那东西:还是刘元父亲送的那包干香菇。

他手拿着这包香菇走在街上，路灯下他又看看这个丢都丢不掉的东西。透过没有封口的塑料袋，他看见了那些充满皱褶的菌类，就像是看见了刘元父亲忧愁的脸，那时刘元的笑声再次飘浮在雨夜。

第五章

1

你知道女人有阴道吗?

他犹豫了一下，说：知道。

我也有阴道。女儿说。

他又停顿了片刻：我也知道。

你为什么从来也没有告诉我？女儿问他。

他一时不知道该怎么说。

美国老师告诉我的。

美国老师还告诉你什么了?

你为什么什么都不告诉我？女儿又问。

中国人跟美国人不太一样吧。

女儿沉默了。

你想念爸爸了吗?

女儿突然说：我尿憋了。然后，女儿扔下电话，跑了。

那时，他听见电话那头，在女儿脚步声的背景后面，妻子正在打电话（一定是用手机）。她说着英语，似乎很愉快也很年轻的样子。他能听出来妻子是在跟一个男人聊天，而且，她很重视这个男人。他虽然英语不太好，却了解妻子。他对这个女人说话时的节奏、语气、沉吟、声音的高度所对应的男女关系都非常有体会。

他就那样拿着电话，等待妻子和女儿再次跟自己说话，但是，显然，她们都把他忘了。

正在他决定要把电话挂上时，才听到妻子喊着女儿，说：你为什么把你爸爸扔在那边不管了，你跟他说完话了吗？然后，妻子过来抓起了电话，说：喂，你还在吗？

他说：在。

她在那边笑了，说：今天早晨是女儿非要跟你说话，她说有问题要问你，她问了吗？

他说：问了。很有趣的问题。

妻子似乎对于女儿的问题没有太大的兴趣，她突然说：闻迅，我想跟你谈谈，其实，我在北京时就想跟你谈了，只是我当时还没有想好。

他沉默着，有些紧张，他似乎知道等待着自己的命运。像是一个将要被判决的人一样，他感觉自己的眼睛睁得比平时大了，尽管他什么也没有看见。

她说：我本来想让律师跟你说，但是，我仔细想了一下，还是应该直接跟你说，我们离婚吧。其实，我一直在找一个合适的时机，我不想跟你吵架。

你这个决定很早就有了吗？

她平静地说：是，两三年了。

他说：我也早就有思想准备了。

她说：这么说，你同意了？

他说：我没有说我同意了。你跟女儿商量了吗？

她无所谓，她在美国很快乐。

是的，她考虑的问题我这个当爹的已经有些不好意思回答了。

你那么前卫，其实，你是一个假先锋，你还是一个彻头彻尾的中国人。

你想让女儿成为一个彻头彻尾的美国人吗?

话不能这么说，她在美国长大总是比在中国强。对了，你想要女儿的抚养权吗?

他犹豫了一下，没有说话。以后，他总是为自己当时犹豫了一下而内疚。

妻子紧跟着说：你为什么犹豫？其实，我知道你并不想跟我争夺抚养权。男人有的时候很自私。

不，他开始振作起来：我想跟你争夺女儿的抚养权，也不想让她在美国长大。我还是认为她应该在读大学的时候再出去。

你不怕国内的教育制度会杀了我们的女儿吗？是谁这些年来天天跟我说,从小学时中国的孩子就被逼迫讲假话？要知道“杀了”、“逼迫”都是你平时激情的、反复的表达。

我确实不想跟你吵架，特别是在越洋电话里。他压抑地说。

可是，你已经在跟我吵了，你肯定是把女儿往你妈那儿一放，对吗？然后，就回到你的舞台上，去跟那些人鬼混。

你曾经对戏剧还有舞台也很着迷。可是，你终于成熟了。

你说得对，我终于成熟了。所以，我是不会把抚养权交给你的。你是不是突然松了一口气?

他沉默着。

你会同意离婚吗?

我无论如何也想不到，你在说出“离婚”这两个字时，竟然一点也不伤心。

其实，我真的很伤心。妻子在电话里开始抽泣了，她继续说：我觉得我非常失败。

他没有安慰妻子，却又想起了皮兰德娄的话：“有人可能会对我表示同情（这分文不值),”不知道为什么，皮兰德娄的话开始像波浪一样涌出来，吐着酸水，“认为我可能是个非常不幸的人。对这个不幸的人，应当弄清楚。可是，又能弄清楚什么？”

而且，这话他对她说不出口，这让他再次惭愧。他一直没有说话，心里不停地有语言泛滥。

2

那天谈话没有结果。因为，他的确没有想好要跟妻子离婚，他只是无比诧异妻子的绝情，再次想起了萧伯纳的话：“当一个女人不再需要你时，她扔掉你，就像是扔掉一粒干枯的面包屑。”

是呀，面包屑，还是干枯的。

他开始环视整个屋子，里边还充满了妻子和女儿的痕迹。墙上是她们的照片，床下是她们的拖鞋，卫生间里有许多女人的东西。显然，在她们走之前，这间屋子是被女人统治的。

这是朝阳门与东四之间的一套两居室的小屋子，小区品质一般，坐落在路南，才八十平米，只有一个卫生间。它离中戏、电影学院、人艺、国家话剧院、北京音乐厅、中央音乐学院、中山音乐堂、保利剧院都很近，你就是想去电影学院，也可以到朝阳门坐地铁。这是他当年坚持要买的。按照妻子的意思，他们一定要住到东四环，CBD，在那儿外国人多，离机场近，商务氛围浓郁，而且，能看见朝阳公园。不知道为什么，他那么厌恶东四环，也不喜欢朝阳公园。他永远喜欢二环里边，不为别的，就为骑自行车也能去排练。而且，他记得在演出完《大神布朗》之后喝多了，他在民芳餐厅街边的路口睡了好几个小时之后，才走回家，那是冬天，他竟然没有被冻死。这说明什么呢？说明东四比东四环要暖和。如果那晚上是在CBD的东四环，早就被冻死了。他还记得有一次跟妻子吵架之后，他晃晃悠悠地进了中戏，在小剧场里意外地看见了学生的排练，Harold Pinter，对，是哈罗德·品特的《看房人》。不知道为什么，那几个男孩女孩生疏的台词竟然让他泪流满面，哭个不停。其实，他们使用的那个剧本的翻译并不好，他却仍然被深深打动了。那天他忘了与妻子吵架，再一次感受到“戏剧伟大的力量”。

那是秋天，他从小剧场出来之后，才想起了妻子。那时他感到天上的月亮非常刺眼，像校园里晚上足球比赛时的灯光一样，东四环不可能有这样的月亮！像灯光一样的月亮。

这房子妻子肯定不愿意要，她早就开玩笑说过，如果离婚，这房子归你。你就天天在你充满象征意味的老城区打转吧，如果你需要象征性的三角形我也可以给你。

现在他被女人扔掉了吗？而且他真的成了面包屑吗？干枯的。

他在想着妻子的时候，上了MSN，他是因为无所事事才上去的。周末了，春天了，没有故事发生，没有进展，似乎有一个开端，但那是一个有争议的概念。他讨厌概念，无论是从经典意义上还是从即兴意义上，他都讨厌概念。他知道概念是离不开的，可是，像中国人那样去逼迫人们钻进概念，就如同非要让住惯了楼房的猫重新钻进洞一样。

妻子竟然在MSN上，他与她打了个招呼。她没有理会自己。于是，他开始在网上胡乱骚扰其他女人，那些不认识的女人。他发现女人们现在在网上越来越矜持了。她们很多人都懒得理会自己。突然，妻子跟他说话了：

一直忘了问你，你在学校怎么样？遇到麻烦了吗？

他说：没有。想了想，又补充了一句：暂时没有。

那你在干什么？好像你经常不在家。而且，你这种人，我是不信你不会遇到麻烦的。

为什么?

为什么?你就是这种人呗。别的男人有一次艳遇就能记住一辈子,而你,天天想的就是遇见新的女人,并且去追逐。还有,多年来,你自由惯了,忍受不了任何人,我还不知道你。

他突然有些感动,妻子其实是一个很优秀的女人,她了解自己,如果她非要跟你离婚的话,那一定是你自己的问题。他希望能对自己跟她的关系作出这样的解释。

你最近究竟在做什么?

他想了想回答她:每天都在思考。

思考什么?

我跟你的关系。

这不值得你思考。你已经夸大了。

他笑了,写道:我思考的问题我自己也不知道是什么。

妻子最后说:我们都有时间,你完全可以一边思考,一边鬼混。

他回味着妻子的语言,忍不住想笑,在她的词汇里,思考和鬼混成了可以放在一起的东西。就如同一个装残茶剩饭的塑料袋,你只能把那类东西放进去。

妻子曾经对他说过自己在纽约曼哈顿的感觉。她说,那才是一个真正的城市,可惜与我们无关。即使无关,也要在那儿,为了女儿。

女人对于孩子永远是伟大的女人。曼哈顿对于我们永远是伟大的城市中心。他去过那儿,知道林肯中心的歌剧好。妻子说的话很对,女儿应该生活在美国。妻子也说得不对,女儿的岁数,真的能把美国当家,她不会说曼哈顿与自己无关的。有一天,女儿长大了,自己也老了,如果大家问起来,二十年生活在美国值,还是生活在中国值?

他跟女儿的回答能一样吗?

一个家庭是怎么建立的？又是怎么分开的？怪谁？该怎么做到既不吵架，又能把事情说清楚？这不可能。

一个声音已经在他心里嚎叫了，他想起来了在纽约大都会博物馆里看到的金斯伯格的照片，他本人似乎一点也没有要嚎叫的意思，当时就感觉中国人对于世界的理解有问题。妻子现在就住在纽约，说不定一会儿就能领着女儿去大都会博物馆。他尊敬她热爱文化的习惯，也知道自己跟妻子嚎叫是不可能的，她的声音远远比自己要高。当然，他与她无论怎么争论，都说不清楚，他与她互相说不清楚。尽管他们两个人都是特别能说、会说、敢说的人。

3

妻子没有打招呼就走了，还在线上，却不再理他。他渴望知道她现在的状态，可是，没有办法。他其实想透过网络，看到有关妻子的画面。不可能，什么也没有，只能想象，可是，对于妻子这样的女人，他甚至完全丧失了想象力。

他起身给自己倒了一杯咖啡，他有时会渴望咖啡成瘾。如果世界没有了咖啡，他曾经如此想过。如果世界没有空气，如果世界没有阳光，如果世界没有水，如果世界没有咖啡。其实，对于像他这样的一个男人来说，“如果”真的可以很多，如果没有音乐，戏剧，电影，小说，诗歌，散文，优雅的服装，有品味的鞋，香水，美丽的女孩，森林，天空……

然后他重新回到电脑前。明天就要给学生们上第一次课了，不知道为什么，他突然有些紧张。他知道自己是一个表达力非常好的人，他的语言能力极强，而且，富有感染力。一个能用语言吸引美丽、聪明、智慧女人的男人，难道会讲不好课？

他还是打算备备课。记得在中学时常听老师们说要备课，似乎那是一桩特别值得骄傲的事情。可是，他又不愿意备课，他知道自己是一个满腹经纶的人，关于戏剧的一切，他可以张口就来。而且，每一次的说法都会不同，那是有激情的、创造的状态。为什么这么活生生的东西，非要被僵硬的重复代替呢？

那天晚上他失眠了，头脑里充满了各种讲课的开场白。他站在讲台上，下边坐满了那些热爱戏剧、电影、文学的少男少女，他们的目光，特别是那些女孩子的目光，让他感觉到空气清新，阳光充足。他的语言中有大量的新鲜语词，它们都是他临时创造的，他似乎在给所有的人放一首欧洲古典的音乐作品，就算它是拉威尔的钢琴协奏曲吧，应该是第二乐章。从木管的颤音开始，在自己与音乐的共同努力下，春天来了，春天真的来了。他睁开眼，从窗户上感觉到外边有些亮了，就起身拉开窗帘，朝外望去。他住在二楼，窗户正对着花园，树木虽然还是灰色的，但是，他发现它们蠢蠢欲动，就好像那些被风吹动的沙子。树根下的残雪似乎更少了，它们跟潮润的空气一样，正渐渐变成雨水。他打开了窗户，仔细地嗅着涌进来的气息，觉得不过瘾，就打开门，走到了阳台上。然后，他又匆忙回去披上了一件厚厚的羊毛睡衣，那是妻子去法国时为他买的。谁说她那样的女人完全自我中心，一个极端自我的人，真的会花那么多钱（何况那时他们还没有那么多钱），为丈夫买一件穿在身上之后，显得竟然有些华贵（不好意思）的睡衣？

被花草覆盖的土地上已经泛起浓郁的湿气，宁静的空间里似乎充满了歌唱性的语言。春天来了，他对自己有信心，即使他又不情愿地重新变成了一个孤独的男人，而且有些老了，已经四十三岁了。当看见春天的时候，他甚至感到自己的骨头都有些隐隐作痛。他望着春天，想象着那些将要面对的学生、课堂、那些目光、那些不同的皮肤，还有那些女孩子们可爱的头发，她们有着不同的飘逸。他感觉到自己内心涌动着语言，都是一些有色彩的文字，他渴望面对他们说些什么。那些伴随着声音的句子有些模糊，但是里边注入了他强烈的激情。

第六章

1

有一个跟你们一样的青年人，他对未来充满幻想，他的体内涌动着活力。那天他父亲让他一起去自己的上司那儿。他们是去父亲老板的家里，为了这一天，父亲还专门买了礼物。老板家那天非常热闹，公司的人都来了，人人都带了礼物，跟父亲一样，他们也都提前准备好了。年轻人跟大家一起坐在客厅里,听着大人们的说笑。他有些沉默，脑子里不知道在想着什么，他跟这些大人们近在咫尺，却似乎有些看不到他们。那时，老板终于出来了，他的出现让大家猛然间沉默下来，似乎每个人都被恐惧吓着了。老板身边的女人，也就是他的太太微笑着对大家说，可以入席了。

大家走进了餐厅，十多个人围在一张大桌子旁，开始吃饭了。老板是从美国回来的海归，所以大家还喝着红酒。老板似乎是一个爱说笑的人，他总是在说着幽默的话，然后，在座的每一个人都像被上了发条的钟一样，突然笑起来。老板真是太有趣了，他的每一句话都是那么智慧而且幽默。大家笑得整齐，强烈。

只是这个年轻人，这个刚二十二岁的男孩子，老是有些神情恍惚。他感到老板的语言一点也不可笑，确切说他不知道该在什么时候突然跟大人们一样笑起来，他不明白这些父亲、母亲们究竟为什么要那么笑。他先是看着桌子，那儿残留着最后一只大虾，然后，他看着屋顶，那上边的木头已经有些裂缝。突然，父亲在老板又说了一句什么话之后，在一片笑声中，用脚踢他，并凑过脸来悄悄对他说：

儿子，你赶快笑呀，快笑呀，快笑呀。

他看着老板，没有笑出来。父亲给他的巨大压力让他几乎无法呼吸了，那时他突然感觉自己吃饱了。他知道父亲带他来，没有带母亲来，是专门为他寻找机会的。他应该讨好那个叫老板的人。可是，尽管他明白所有这些深层次的原因，他就是不想笑。

在回家的路上，父亲一边开车，一边有些伤心地对他说：儿子，你为什么不笑？爸爸有意识地把你安排在老板的身边，费了很大的劲……

2

教室里只有他一个人的声音，下边坐着的人只有十几个。完全跟他的想象不一样，当他看见自己说的话远远没有想象中的效果时，就忍不住地重复说：在回家的路上，父亲一边开车，一边有些伤心地对他说：儿子，你为什么不笑？爸爸有意识地把你安排在老板的身边，费了很大的劲……

那时，他再次把自己的目光停留在睡觉的那个男生身上，他就是刘元，那个爱笑的男孩子。一束阳光正好照在他的头发上、肩膀上，以及后背的曲线上，这让他即使睡着了，也仍然朝气蓬勃，似乎欢乐的生命力正从他的每一次强烈的呼吸中涌进这个教室，让所有的年轻人都在这个春天的上午，在一个叫闻迅的剧作家自信的声音里兴奋地睡觉。不知道为什么，他知道不能不让刘元睡。那时他还没有被如今的学生打击到必须无耻地要求他们不许在课堂上睡觉的地步，因为一个说话充满吸引力的男人，怎么可能因为别人对你的表达不感兴趣，而困顿，而疲倦，就对那个人有任何伤害的企图呢？如果，你的话别人不爱听，那么说明你的能力有问题；如果，别人不爱听，你还去打搅人家的好梦，甚至想法报复人家，那就是你的人格有问题了。其实，他开始就看到刘元睡觉了，那是他开口的一分半钟之后，他意识到阳光正在朝南边缓缓移动，空气里悬浮着颗粒物，它们在阳光的辉映下显得清晰，而有个性。当时他没有打搅这个完全不理会自己的学生，因为他不愿意自己的气息断开，他渴望一气呵成，就像是金斯伯格写诗一样，或者说像李白写诗一样。他开始准备好要像唱歌剧的人在舞台上一样，有连贯的声音，而且要保持住自己声音的品质，让一个热爱戏剧人的内心世界如同图画一样展示出来。于是他尽可能地把自己的眼光越过刘元，并且越过那些散淡的眼神，而看着窗外的天空，那样自己有可能显得深邃，像是一个哲学家。

儿子，你为什么不笑？爸爸有意识地把你安排在老板的身边，费了很大的劲……

他在自己的内心里再次重复了这句话（它有可能在未来的剧本改编之时，成为重要台词）之后，才开始观察每一个学生的表情说：各位，这不是我编的故事开端，我也无意解释什么叫开端。我不喜欢在概念上兜圈子。我认为我们中国人在年轻时就被过多的概念压垮了。你们从小学开始到现在，可能背诵过很多概念，现在全部忘记了。我经常想，一个反复用概念折磨青春的民族是可怕的民族。

说到这儿，他停顿了一下，那时他似乎已经忘记了熟睡的刘元，他感到自己又找到了一点谈吐的感觉，有了一些说话时的快感。其实，对于民族弱点的批评从来都可以是自言自语。

他缓缓地朝学生们走去，就像是在舞台上，那个男主角突然决定要走向自己的观众一样，他也开始走向自己的学生。他思考着，沉默着，像是一个外国大学里的教授一样，终于走到了他们的身后。然后，他转过身来看着那些女孩子的背影，还有她们的头发说：

这是取自契诃夫的一篇小说，小说的名字我想不起来了。当然，我在叙述时有意无意地作了改动，把故事背景从旧俄时代移到了现在。我是想说，如果我们想写一个剧本，那最好应该从内心深处的强烈矛盾开始……

3

那时，门开了，从外边走进来一个人。他是一个身穿西装的老人。他的头发朝后背着，梳得非常整齐、光亮，他的身姿矜持而庄重，他走得很小心，没有太大的声音，似乎完全没有打搅别人的意思。然而，观众们都知道，又一个重磅演员上台了。阳光似乎又在移动，完全照耀在这个老教授身上。

他当时看着这个正站在讲台上的老先生，完全没有意识到自己是不是已经停止了说话。他的目光，以及全体学生的目光，都被对于这个外来人的好奇吸引。大家都在看着那个走进来的人，他就是柳先生。注意力在瞬间就被转移了，显然，他跟契诃夫两人共同的努力都不如一个临时的闯入者那么具有魅力。

柳先生越过了讲台，越过了学生们，走到他的身边时脸上出现了一丝微笑，然后，他在最后边坐下了。

他仿佛觉得自己的激情也被坐在了老教授的身下。

老先生坐下后，就拿出了一支笔和一个小本子，似乎在思考着什么，然后，写了两下。

他看着老先生，心想校督导在写什么呢？也许是年月日，某教授的课吧，他发现老先生写字显得一丝不苟，完全是认真投入的。他没有说话，而是一直看着老先生，就好像在他简单的动作里边真的蕴涵着特别深刻的真理。如果他在准备箭，那这是一支多重的箭呢？如果他在准备刀，那这又是一把多锋利的刀呢？

教室里阳光充足，却完全没有早晨时他对于课程、语言、激情、目光的想象，他从开始就能够意识到这是一间没有回音的教室。一切都没有色彩、共鸣，他意识到自己的声音里从来都不缺乏的感染力在这儿消失了。就如同澎湃的河水一直在流，最终它们消失在沙漠里。先是沉默，然后还是沉默，他刚才的讲述没有激起任何人的兴趣。这让他吃惊，也让他悲哀，突然间他变得完全不自信了，因为他本来渴望像个正面的英雄，事实上却被推到了小丑的境地。

他是一个积极的人，他知道自己不会孤独地站在讲台上，等待激情死亡。他有办法调动这些学生，就像他能在舞台上调动那些演员，能在餐桌上激动起那些女孩子的心情。他走到一个男孩子面前，说：能说说你的感觉吗？你可以大声说。

那男孩子看着他，眼神有些迷茫，轻轻摇头。

他拍拍那个男孩子，又走到了另一个男孩子面前，说：你也会摇头吗？

老师，我不喜欢这个故事。因为，我父亲从来不做这样下作的事情，他不怕比他地位更高的人，却总是对那些小人物充满同情。

他看着那个男孩子，说：向你父亲致敬。

然后，他又走到了另一个孩子面前，正想说什么，那孩子却说了：

老师，我记得父亲曾经对我说，今后出门别惹事，有事别怕事。我觉得他的哲学是对的，是中国人的哲学。

老师，我觉得这太残酷了，生活本来就无聊，我们还专门去写它，有必要吗？

老师，我没有见过这样的父亲。

老师，正因为生活黑暗，我们才需要光明。

显然，这些学生被这个故事的开头刺激出了观点。只是他突然发现，本来完全没有必要解释的东西，现在却处处需要解释了。

真的有些累了。

柳先生仍然在微笑，他听着每一个学生的观点。如果他同意，就会赞许地点点头；如果他不同意，就仍然微笑。

他没有看这个老先生，对着学生们说：我只是希望你们能从我的叙述中，感受到人生的某些滋味，某些体验，那种状态让我们心酸。

说到这儿，他有些激动了，又说：我们可能有很多知识，但是知识把我们压垮了。

他看到柳先生开始在小本子上记录着什么。

我们有可能从那些完全没有必要的知识里，获得了大量的观点，可那是错误的。我们每一个人的父亲都生活在现实的社会里，当你的父亲被迫对给他造成压力的人去笑时，你就会心酸……

那时，刘元醒了，他抬起了伏在桌子上的脑袋，揉着眼睛说：谁就会心酸？

全体人都笑了，那是他们在这个上午第一次开心的笑。

他看着刘元，感到自己似乎被嘲弄，尊严也在被冲击，就说：你就会心酸。

刘元的脸上展示出了他一贯的、迷人的、灿烂的笑容：为什么心酸？

他说：因为，你父亲不得不面对着那些他不喜欢的人拼命去笑。

刘元突然大声说：你父亲才会对他们拼命去笑呢。

然后，这个男孩子的脸上再次浮出了开心、感染力极强的笑容。

全教室再次轰笑起来，连严肃的柳先生也忍不住地跟着大家一起笑了。

他看着他们每一个人，内心真的被刺伤了。他知道自己刚才对刘元说的话，其实有些蠢，他完全没有必要对一个孩子具体地说到他的父亲。更何况，这个父亲自己见过，更何况这个父亲可怜的笑容直到现在都让他内心不舒服。他看着这些一直笑个不停的学生，不知道该怎么对他们说，只是感到笑声像洪水一样覆盖了他的整个生命。

4

走出教室时，他几乎不知道自己在做什么。经历是非凡的，他从来没有想过会是这样。刘元显然是在故意跟自己作对。为什么呢？他百思不得其解。想起来招生的时候，在那个晚上刘元到了自己的房间说过的话，他心想，是呀，我没有要你们家的钱，一分也没有要。我本来就没有打算要任何人的钱。我不想利用自己当教授的身份，来向学生索取。这是无耻的，我知道。是不是刘元的父亲对儿子说闻迅老师要了他们家的钱？那父亲是在撒谎。父亲为什么要撒这样的谎呢？不会的，没有必要。于是他又想起了那袋晒干的蘑菇，它们好像还在自己车上的后备箱里，他也许真的不应该收它们。他想给刘元父亲打一个电话，他似乎在手机里存了刘元父亲的电话。他开始搜寻手机，真的发现了那个可怜的父亲的电话，突然觉得自己好笑了。你给人家打电话，人家认为你是个神经病。而且，如果真的收了他们家的钱，也许他家的孩子会更乖。他把手机放回口袋里，内心突然平静了许多。

他从喧嚷的舞台中心走到了校园里，感到自己是一个失败的人，突然内心有些轻松起来。这些年他都很少有失败的感觉，就是最后那个话剧上演时，争议很大，骂声一片，他也没有失败感。像是觉得自己挑战了他们的忍耐度、审美极限，还有对于戏剧的理解力有差异，还有一个中年男人的恶作剧而已。今天不一样，一个自信的演员，在热爱自己的观众面前出了丑。而且，这个出丑的过程是在他自我陶醉的状态中渐渐表现出来的。

校园里的春天似乎也没有那么敏感了，它们变得迟缓了许多。走在那排法国梧桐树下时，他再次看到了刘元，这个男孩子似乎在等人。

他没有放慢脚步，也没有迟疑，而是朝着他的方向走过去。那孩子像没有看到他一样，在朝别处张望。当他走过刘元身边时，他仍然像没有看见自己的老师。似乎他们之间在今天上午什么也没有发生。他不想跟刘元说话了，也没有让速度放缓，像是经过一个不认识的学生身边。突然，刘元说话了：

老师，我无意冒犯你，我真不喜欢你讲述的这个开头。我父亲就够惨的了，你还拿他取笑。

他有些震惊，不看刘元，而是看着天空。

这时，刘元再次笑起来，好像他说的是一件非常好玩的事情。

那时，他把目光从天空收回来，看了看刘元，感到那孩子说得很对，自己用契诃夫的小说开头，以为震撼心灵的东西能让他们受到启蒙，却深深地刺伤了他们的内心。今天一共有十九个人来听课，有十九个父亲在给别人送东西，为了自己的孩子。这种悲伤的事情为什么要公布于众呢？坦诚地面对自己曾经有过的卑下、渺小真的是一个戏剧文学系的学生必须要先做的功课吗？特别是那些女孩子，她们从小到大，一直都在对别人诉说她有一个美好的家庭，她是一个公主，她的父母都很体面，你却让她面对自己父亲的谄媚，这是不是真的有些残酷呢？

他本来想说，我没有取笑任何人，我只是在从一个人的自尊入手，让他们尽快地进入剧作的心灵。他没有说这话，不知道为什么，他有些不好意思。他想起刘元父亲那张疲惫的脸，就感觉到不再忍心与这个儿子去争辩了。

可是，为什么自己能超然地去看待这一切呢？是因为老了，对于尊严不敏感了吗？

刘元似乎已经对这个问题没有兴趣了，他的目光一直在盯着那边看。他看着这个叫刘元的学生，点点头，离开了他。他独自朝前走，心里纳闷，刘元没有去喧闹的学生食堂，而是一直站在这儿，他显然不是专门等我的。他在等谁呢？这么专注。那时，他无意中回了头，朝刘元眼光的方向望去，恰恰看到了岳康康修长的身影从教学楼里飘移出来。他望着她，内心突然产生了忧郁，又感觉到不好意思。就像是一个打了败仗的将军，看见了那些美丽的需要保护的女人一样。他没有心思对她说什么，再说，她那么远，她中午会去哪儿？他一无所知。

突然，他内心一闪，刘元是在等她吗？他看看刘元，发现这孩子已经朝她走过去了。他一直观察着，想看看刘元会对她说什么，当然，是听不见的。可是，他能够观察到他对她的态度，他能够从这个爱笑的孩子身上感受肢体语言的暗示。

可是，刘元一直朝她走着，经过她身边时，竟然没有减速，就像是不认识她一样，从她身边擦过。目光没有斜视，脑袋没有偏移。

一个单纯的孩子，只有你才会想得那么多。再说，有谁会如同你这么复杂呢？

5

这个图书馆比他想象的要小许多。照理说一个在国内那么有名的大学图书馆楼完全应该是一座航空母舰，而眼前这个不过是一件模型而已。他一走进来的刹那，就闻到了那种熟悉的纸张变质的味道，那是一种让他内心难过的东西，似乎不仅仅是味道，还是声音，甚至于是一种舌头上的感觉。

多么清淡的中学、大学岁月！

这是谁的诗歌呢？他猛地有些想不起来了。自己读它应该是在中学时代，上个世纪八十年代，好像还有别的翻译版本：多么清淡，那些中学、大学的日子……

记得曾经有过争论，就是在学校图书馆里进行的，究竟“日子”好，还是“岁月”好？还有，对于别人诗歌的句式是不是可以改动？

他走在由巨大的书橱构成的通道之中，渐渐意识到了是“清淡”让他内心委屈的。像“清淡”这样的词汇也许你平时不太注意，但是，它在某一个瞬间一但进入你的眼睛，就会影响到你的整个身心。似乎你身上所有那些曾有过的伤口，又开始有了一丝丝的、几乎难以察觉的疼痛。你会因为难过而想哭，又会因为想哭而渴望坐在那儿静静地发呆，你会有重温旧梦的酸楚，你会想起童年时得到的最柔软的抚摸。

很久都没有进图书馆了。在书店里买书，把家建成了一个属于自己的图书馆，然后，又在网上买书，在家里堆放得到处都是，然后，就完全忘记了图书馆里清淡的味道。

他没有意识到自己有什么明确的目的，只是感觉这儿真是舔舐伤口的地方。从中学，到大学，只要是受到了伤害，他就会来到图书馆里，这儿的空气可以让他忘却那些纷乱。走到书里，走在所有那些思想里，可能会是你最没有思想的时候，你被静寂吸引，被平和填满，被忘却掩埋。

他在图书馆里借到了《品特戏剧集》的最新版本。然后，他看到了《莎士比亚戏剧集》，那曾经是他每天都要读的书，最后被别人借走了，就没有再看过。是不是再拿回家看看呢？他犹豫起来。就像是你看到了贝多芬的唱片，你却在犹豫着是否听它，因为听肯定会带来沉重。一张那么熟悉的唱片，再听是不是有些浪费时间？

他在站在图书馆里看着莎士比亚的那一刻，再一次思考人们对于文化的态度。就连贝多芬和莎士比亚都可以懒得去再次聆听，都害怕他们打扰你，那你自己写的那些东西究竟还有多少遗存的可能？所以你的剧本《大象》轰动过十年之后，人们不再演，不再说，没有一个评论家愿意为它再多写一个字，你在网上也再也搜寻不到任何关于它的新消息……所有这一切，你还有什么委屈呢？

你不就是这样面对贝多芬的吗？他把自己的眼睛再次定格在那几本莎士比亚上，感觉那英国男人突然睁开了自己的眼睛，他开始说了点什么，声音很小，而且是用中文……

6

我想跟你探讨一下。

尽管声音不大，却吓了他一跳。他朝身边的声音看过去，甚至都看不见对方。

图书馆的光线灰暗，图书馆的思想遮盖了他的目光，他感到有些恍惚了。

我不相信，你的眼睛也出了问题。

最后这句话，让他意识到自己在图书馆里狭路相逢，竟然遇上了柳先生。

那时，他终于能看见了，柳先生站在自己旁边，像夜里突然出现在自己身边的神灵一样，他离自己很近，几乎能让他感觉到呼吸。而且，似乎他们的皮肤都贴在了一起。

柳先生显然对自己的幽默比较满意，又说：我经常对学生们说，你全身任何地方都能出问题，但是，脑子不能出问题。思想不能出问题。因为，这牵扯到一个关于信仰的问题。

他始终坚持着没有说话，只是看着柳先生。他的气势真的有些强大，似乎他与他相比，突然掌握到绝对的优势，可以居高临下。而且，柳先生今天的脸上有微笑，有长者的风范。

他说：我们应该谈谈，那儿有地方。柳先生说着，指了指自己身后的一块地方，而且，他没有回头，说明他对这个图书馆极其熟悉。

我们之间能谈什么呢？他那时不得不把莎士比亚放回去，内心突然产生了某种委屈：是这个该死的老头不让我读莎士比亚的。同时，他也感到有些可笑，想起了知识分子面对政府时，就是这样。原本只是一点点犹豫不决的愿望，由于政府的存在，就变得强烈起来。他现在突然那么渴望能安静地读一会儿莎士比亚，而不愿意让柳先生的信仰折磨自己。就这样一个简单的愿望是多么美好。美好是如何产生的？因为渴望。那些实现不了的渴望。现在渴望读读莎士比亚已经不可能了，起码这一个小时之内不可能，于是巨大的委屈产生了。他突然内心有了语言，是那段他在二十多岁时不停地去为许多女孩子背诵的台词：

> 论气魄，到底哪一个更高超呢？是忍受命运无情的肆虐，任凭它投来的飞箭流石……

我们之间真的没有任何可以谈谈的吗？

你说呢？

> 还是面对无情的苦海，敢挺身而起，用反抗去扫去烦恼……

我认为思想需要交流。

我不知道。我真的不知道思想是可以交流的东西。

我们最起码坐到那边去，可以心平气和。

柳先生说完这句话，就非常诚恳地看着他。

死了，睡着了，如果那样就能除去心中所有的痛苦，逃避生命中千百种的烦恼，那真是一种解脱啊！

他的脑子里飞速地，像闪光一样的掠过了莎士比亚的思想。然而他最终决定放下莎士比亚，只是拿着那本皮兰德娄的《寻找自我》，他已经打算跟随着柳先生的脚步了，却说：我们能心平气和吗？

柳先生笑了，说：不要一次讲课失败，就这么暴躁。

谁说我讲课失败了？

我当然不这么简单地去肯定，只是学生们并不喜欢你。

如果是学生们错了呢？

在我们这个以教学为本的大学里，学生的认可是最重要的，我想，你应该知道。

那得看是一群什么样的学生了。

要知道，学生永远是正确的，而我们，只应该反复检讨自己，反省自己。

你的意思是说：我们永远只能低头认罪了？

柳先生说："文革"语言，不过，"文革"那年，你恐怕还没有生下来呢。是吗？

那又怎么样？

柳先生开始摇头，说：闻迅老师，我们不是敌人，我们是朋友，最起码应该算是同事。

而且，我想强调一点，是你们让这些学生们走进了我的课堂，而不是我自己。

你就好像生活在真空里一样，一切都是为你准备好的。

像我这样的老师，有没有权利为自己招一些喜欢的学生，而同时对他们负责，对自己的名声负责？

那是你的理想状态。

这其实是我们这个时代的最大悲剧。不管是什么原因吧。

你从舞台上来，不要把这儿的一切都当做舞台了。你不是在表演，而是在现实中生活。

表演？

他的眼前再次迷茫，莎士比亚的话再次响起来：

还有谁会肯去做牛做马，终生疲於操劳，默默地忍受其苦其难，而不远走高飞，飘于渺茫之境，倘若他不是因恐惧身后之事而使他犹豫不前？

在不知不觉中，他跟随柳先生来到了图书馆的一个角落。那儿有一个窗子，可以看到下边的学生正匆匆走过，阳光有一点被那个刚盖好的大楼遮住了，留下的那一点像是从侧幕打来的补光，洒了些斑点在眼前的桌上。学生们很像是从舞台的这头走向那头，而他跟柳先生现在就是剧作家，他们正商量着脚本。他本想把自己的感觉和想法告诉这个老教授，可是，看看他，心里又想：这个他妈的老傻逼。

那时，柳先生开始转入正题了。他没有犹豫，而像是拿着一把尚方宝剑朝着他直刺过来：

你说我们可能有很多知识，但是知识把我们压垮了。这个观点不对，甚至是非常错误的。我们经常说知识改变世界，改变我们。让今天的学生意识到这些不容易，我们不能随便去扰乱他们相对来说还纯洁的内心世界。

那时，他似乎重新看见了前方的灯火，透过窗帘，他望见了外边高高的老榆树，他暂时一点也不想说话，只是想听柳先生说完。

你那天说得对，戏文的学生是需要一支笔，但有这支笔，还要看他写什么。你承认吗？写什么是最重要的。

谁给钱，让他写什么，就写什么。

如果是错误的观点呢？

只要有需要，我们就写，错误的也写。重点在于，我首先需要一个愿意写的人，然后，我想办法让他写得更好。

柳先生那时望着他，就像是望着一头正在说话的大象，然后才说：你呀，我觉得这已经不是学术问题了，这其实是一个思想观点立场的问题。我们这些经历过“文革”的人，最不喜欢说思想，可是，现在已经到了非要说说思想的时候了。

他也停止了讲话，再次把目光移到了窗外，看着下边被灯光照着的学生们，那时他觉得舞台显得非常有秩序。

你为什么老是去为难那个叫刘元的学生？他跟你过不去吗？

我没有为难他，相反，就在这样一批学生当中，他是一个聪明的人。

可是，我听说你总是喜欢难为他，从招生时给他打分，直到今天在课堂上。

我觉得刘元是一个聪明的学生，可是他不应该到戏文来，他应该去学别的专业，比如说国际政治。

柳先生非常关注地看着他，想听他说下去。

他的目光一直盯着下边，因为他那时看到了从小路那头渐渐走过来的刘元，这个大一的男孩子显得没精打采，阳光洒在他的身上，像是水洒在了一棵小树上。他的头发在摇摆，他的脸色有些苍白，他的笑容有些奇怪。他缓缓地朝图书馆对面的校医院走过去，然后，站在了一棵大树的后面，开始抽烟。

柳先生没有随着他的目光一起朝外看，而是盯着他看，突然说：你知道我为什么要问你这个问题吗？

他仍然看着那个抽烟的男孩子说：不知道，也不想知道。没有好奇心，也不想有好奇心。

那时，他突然看到了岳康康从医院里出来。她仍然穿着那件长长的风衣，走路不像平时那么快。他的心突然有些紧缩，他喜欢看到她，尽管她美丽的身影总是让他感觉到忧伤。她朝图书馆这边走过来，他甚至感觉到她透过玻璃看到了自己，而且，他与她的目光已经对在了一起。然而，她其实什么也没有看见，她渐渐走得快了。这时，他发现了一个秘密，刘元的秘密，那个男孩子显然一直在跟踪着他这个美丽的女老师。此刻，刘元正把烟掐灭，像谍报人员一样扔掉了那根烟，然后，缓慢地把目光抬起来，朝着女老师看着。然后，他抬起腿，跟随着她，显得老练而沉着。他的目光始终没有离开自己的目标，走路的姿势也有几分神秘。

岳康康丝毫也没有感觉，她走得更快了，似乎她刚才不是从医院里出来，而是从网球场出来。她经过图书馆的窗下时，仿佛正在唱着一首歌，歌词是英文的，还是中文的？她的嘴在轻轻动着，她的眼睛里有着灵活的光彩。

似乎柳先生一直在说着什么，他完全没有听清楚，只是隐约感觉到他说：那好吧，关于刘元，我就不跟你说什么了。

这时，他注意到刘元一直跟在岳康康的后边，保持着五六十米的距离，他觉得她似乎是朝导演系走过去了。而那个孩子也朝导演系走去。

又是一个男孩子在阳光下跟踪他们的女老师，在这个孩子的感觉中，春天空气那么新鲜，他的激动宽广而博大。他的天空跟那个三十岁的美丽女人在一起摇晃，先是蔚蓝色，然后变成了五颜六色。

他看着窗外刘元与岳康康渐渐远去的身影说：我真的不了解刘元，我其实对他还是很有兴趣的。

你为什么会对他有兴趣?

柳先生紧跟着他问，他又说：你跟别人说话从来都是这样没有礼貌吗？不看别人，而是看着窗外。

岳康康与刘元消失了，他把目光收回来，开始认真地看着柳先生，说：刘元来这儿，其实对他是很不公平的。

柳先生的眼睛睁得很大，说：为什么?

他接着说:但是,我们不知道是谁,非要把这样一个孩子放到戏文，这有可能把他引入歧途。

柳先生说：也许是你的方式会把学生引入歧途，不仅仅是刘元。

他仍然坚持把话说完：如果有一天，刘元出了问题，我可能一点也不会感觉到奇怪。

柳先生突然显得有些暴跳如雷，他大声说话，完全不顾是在图书馆，他的声音引起了其他人的注意，有人甚至走到他们跟前来看热闹。

闻迅老师，我的忍耐已经到家了，我给你面子，你也不要太过分，像你这样的人根本不应该在学校，而是回到你的舞台上去。

像你这样的人也不应该在学校。

柳先生愣了，显然过去从来没有人说过，他不应该在学校。突然，他笑起来，说：太可笑了，太可笑了，那，我请问，闻迅老师，如果我不在学校，应该去哪儿?

他想了想，说：党校。

柳先生说：我这时突然想起了我的母亲，她在世时曾经说过，一个人如果完全没有礼貌……

他看着柳先生的眼睛，摇摇头，没有听他讲完，就站起来，突然打断他说：您回去跟您妈妈探讨吧。

柳先生说：我觉得我们都不太冷静，没有办法交流，以后再找机会吧。然后，他没有再说话，而是起身，拉开他们身边的一个小门出去了。他朝里边看，看到了工会的办公室，那边也有楼梯，可以更直接地走到外边的春天里。柳先生很熟悉这儿，他是大学的元老，中国的大学就是专门为他们办的。他似乎能听到老先生的脚步声，缓缓地走过那个已经有些衰老的木楼梯，把那句“您回去跟您妈妈探讨吧”留给了那个说出这话的人。这应该是最后一句话，然后，就要落幕了。

他习惯地看到舞台上，那个深色的幕布正缓缓落下，后台一片欢闹，观众席肃穆，而他作为一个剧作家，因为吐出了自己内心深处的感慨，瞬间变得有些轻松。男女主角似乎还有哭泣，他们被自己的表演打动了，还没有从角色中彻底走出来。特别是那个男主角，他在谢幕之前，竟然蹲在了舞台的侧幕旁，忍不住地继续号啕大哭——

7

可是，奇迹出现了，他完全没有想到，岳康康竟然走进了图书馆，来到了他与柳先生对峙的二层。她没有看到他，只是独自静静地到了外国戏剧那片书柜前，仔细地找着。他看到她去了那儿，而且，走到了意大利戏剧家的专柜前。他完全知道了，她要找的正是刚才自己已经借走的皮兰德娄戏剧与小说，而里边最重要的就是那部话剧《六个寻找剧作家的角色》。那本书是灰颜色的,就是此刻正在自己手中的《寻找自我》。凭心而论,他不喜欢这个名字,如果是在上个世纪八十年代,中国人天天都在说要寻找自我。当时新鲜，似乎找着了自我，就什么都找着了。二十多年来，他们什么都找到了，可是什么都没有了：干净的天空没有了，干净的河流没有了，干净的空气没有了，激情的学生和激情的老师都没有了。

她一直在认真地看着，却没有发现她想要的那本书。他看到她的眉头皱了起来，却仍然在顽强地一本本地翻弄着那些书。也许他们说得对，寻找书的过程就是在寻找自我。可是，自我究竟要什么？她究竟想要什么？她内心的秘密是什么？她又开始重新把那些意大利作家的书再次仔细地检查了一遍，那时，他看到了失望出现在她的脸上。

这时，他看到了刘元从楼梯上走了进来，竟然跟一个完全没事的人一样，也跟踪着她来到了图书馆二楼，世界真的是很小。他观察着这个孩子，发现他在上楼的时候还很镇定，可是，他很快发现了自己的女老师就在欧洲书架区，他在猛然间像要躲什么一样，身体晃了晃。然后，他像完全没事一样朝美国书柜区走去，他要经过她的身边。她完全注意着那本要找的书，没有意识到自己的学生正从身边经过。他怀疑她甚至已经忘记了自己每周都会给刘元上课。

刘元停在了那一大片马克·吐温面前，他随便拿起一本，土黄颜色，应该是《黄金时代》。他手里翻着书，眼睛却一直在她的身上。

她的手机在那时候响了，她掏出来，看了看，眉头皱得更加厉害。她没有接，而是肯定地把手机关上了。因为，他即使隔得那么远，竟然也听见了关机的声音。

那时，他从窗户下边看到了柳先生从刚才刘元的路上走过，他似乎也在跟踪着一个人，他觉得那个人不是别人，就是自己。

戏剧其实就在这几个人之间展开了。校园虽然不大，却很古典。于是，非常传统的悬疑剧在古代的庭院里进行：一个学生在跟踪着她的女老师。女老师却在跟踪着一本书。那个男老师却已经把那本书紧紧地抓在了手里。那本在手里的书却在中国出版了近二十年中一直跟踪着自我。自我在跟踪中迷失了，然后，夏天就来了……

第七章

1

皮兰德娄和他的《六个寻找剧作家的角色》或许是一条宽阔的河流，而她与他恰恰是生长在两边的杨树。他们从青春期开始就在喝那些河水，把皮兰德娄从里到外都吃了个遍。他们自己并不知道从此就染上了毛病，像有洁癖的人一样，他们总是以为全世界都应该擦得很干净。由于那些水的滋养，他们的血液里融汇了许多河水，而河水在他们的血管里流淌，从早到晚，没有停歇。那些对话可以看成是两棵成年的树在对话，在土里，在云端，在空气中，在皮肤与皮肤的触摸里。

可是，那些对话真的像是舞台上那么有效果或者说有意义吗？

那么您是天生的剧中人了？

说对了，是活生生的剧中人。

（两人都开始笑）不要这样笑。

我们带来的是一场悲剧。

尽管我们失去了归宿，

我们的确是非常有趣的剧中人。

这些都非常正确。

可是，你们到这儿来干什么？

先生，我们要生存。

与天地共存？

不，我们只想靠在你身上待一会儿。

2

夏天来得非常突然。似乎在他的耳边轰的响了一声，几乎全校所有的女人都穿上了裙子。她们是女学生、女老师，有的是从外边来学校的女人。他非常欣赏她们身上的五颜六色，就像是他有的时候喜欢在后台看那些女演员的服装柜，那当然是一种美丽。

那些在舞台上的日子里，他经常去女演员家做客。有时去洗手间时，会路过她们的衣帽间，他总是会停下脚步，看看她们的衣服，那是一种特别的审美过程。把女人的衣帽间夸张到审美的高度，这是不是一种病态？他反复地想过这个问题，没有答案。

夏天来了，女人们把自己的衣帽间带到了大街上，就像校园里开满了鲜花一样，他被万花筒一样的闪烁弄得有些晕眩。就像是一个得了花粉病的人，因为眼睛受到刺激，兴奋过后又极度疲倦而流泪。

不知道为什么，他认为自己欣赏每一个从学校走过的女人都是那么天经地义。特别是那些大学里的女老师们，她们穿着夏天的衣服从他的眼前走过，他看着她们，内心里涌动着要对她们夸奖赞美几句的愿望。他望着她们的头发，晃动的手，她们穿着凉鞋的脚，还有她们被夏天雨水充分滋润过的嘴唇。她们有的喜悦兴奋，有的忧郁伤心，尽管他不知道她们的名字，可是，他在内心深处渴望与她们认识。因为她们的气息、色彩、眼睛、背影总是在这个夏天里让他内心充实，并隐约感觉到一丝幸福。

3

他是在医院门前遇上她的。头一天晚上，他与一群刚为新戏受到好评的演员、编剧、导演喝啤酒，太晚了，自己竟然坐在单元门口就睡着了。那天晚上的月亮很大很亮，他在沉睡中一直以为自己没有关上台灯，反复挣扎着，却起不来。那灯影响着他的思维，他感觉自己又写新戏了，这次他真的模仿了皮兰德娄的《六个寻找剧作家的角色》，他让舞台里边出现了戏中戏。而且，这次，他把后台和观众席都充分利用了，让整个剧场都成了一个大舞台……他是在黎明之前天最黑暗的时候醒来的，感到头有些重，很像是睡梦中那个大臣的头颅。他知道自己感冒了，一个无家可归的男人天生就是应该感冒的。他上了楼，洗了澡，就去学校。他在上课时无精打采，决定去校医院拿点感冒药。

他与她就在校医院的大厅里相遇了。那时，每一个窗子里都照射进来强烈的阳光，他们沐浴在阳光里都有几分惊喜，似乎他们不是来医院看病的，而是到这里来高兴的。

他看着她，面带微笑，眼睛闪闪发光。

她也看着他，充满喜悦，脸上微微有了红色。

你病了？

没有，昨天晚上喝醉了，睡在外边的花园里，着凉了。早上头有点疼，你呢？

她迟疑一下，说：一直有些不舒服，最近总往医院跑。你头还疼吗？

他本想说：看到你就不疼了。可是话到嘴边，他又改了，只是说：不疼了。

他们很自然地朝医院大门外走去，走进了夏天上午十点半时灿烂的阳光里。那时，他才能开始注意她身上穿着的裙子。那一条长裙，是蓝印花布的，肩膀上有两根带子，让那种幽幽的蓝色一直沿着她身体的曲线顺下来，那时他看见了她的脚，还有深色的凉鞋。它们是那么美，让他内心里全是感动。

他突然忍不住地说：你穿得很美。

她笑了，说：说一个男人的坏话，意味着有个人怨仇；说一个女人的好话，意味着一场轻浮的爱情即将开始。

他也笑了，说：好熟悉，谁说的？

她说：普鲁斯特，《追忆似水年华》。

他的语气加重了：那七本书你全都读完了？

她说：看了两遍，一遍是上中学时看的，另一遍是在美国，南加州，看的英文版。我倒是想学法文，不过那时结婚了，没有精力了。

他沉默了，在不知不觉中把自己的注意力从她的身体转向了她的目光。

你还没有开药呢。她突然说。

是呀，我还没有开药呢。可是，我为什么要开药？

她听他这么说，就笑起来。就好像她也不是才从医院出来，而是刚刚爬山回来。

他问她：你怎么了？身体不舒服了？

她沉默了一下，说：没有什么，小毛病。

他又说：可是，不对呀，我看你有两次去了医院，春天里有一次，还有这一次。

她摇摇头说：今天我不想说这些事情。真的没有什么。

他看她态度坚决，就不得不改变了话题。其实他真的很关心她，想多问问她，可还是服从了她，嘴里说：那天我看到你去图书馆借《六个寻找剧作家的角色》——他停顿了一下，似乎在观察她，自己说得对不对，然后才说：——那本书了。

什么时候？

也是在春天里，我当时就坐在图书馆二楼。

春天里？她开始认真回忆。对了，她又说，其实，我知道图书馆里有两套，可是，都没有了。

有一套那天刚被我拿走，就在你来之前的半个小时。

她看着他，突然说：那你为什么当时不叫我，害得我一直在那儿找，我翻来覆去地找了可能有十几遍。你最近又看了吗？

当然，又看了。然后，他们走到了林荫下的椅子旁。他们看了看椅子，似乎谁都不想坐下，他们就只是站在那儿，继续看着对方说话。

她看着天空突然说：你能看这部剧本，我挺高兴的。我都能背下来了。

那么您是天生的剧中人了？他突然大声说。

说对了，是活生生的剧中人。她立即明白了他是在背诵里边的台词，就接着他。

（两人都开始笑）不要这样笑。他又说。

我们带来的是一场悲剧。她边背诵边持续地笑起来。

尽管我们失去了归宿。他示意她坐在身边的椅子上，而自己始终站着。

她一边坐下，一边有些感激地看看他，又说：我们的确是非常有趣的剧中人。

这些都非常正确。他摇摇头，开始学着一个意大利导演那样说话，一边故意皱眉头。

可是，你们到这儿来干什么？她的语气仍然显得轻描淡写，可是，她却开始认真地看着他。

先生，我们要生存。

与天地共存？

不，我们只想靠在你身上待一会儿。

那时，他们沉默了。他们不知道彼此内心想着什么，只是感觉到那个夏天里，校园内鸟语花香。

4

那天的考验很快就来了。这儿是校园，他们不能在校园里，一男一女的两个老师在这儿一直说下去。那样不好，他们心里清楚。因为这个原因，他始终没有坐下来，只是让她一个人坐在椅子上，这样会显得自然一些。如果正好来了一位同事，看见了他们俩，那起码还有一个解释：她正好坐在这儿，他正好路过，他们两人有关于教学方面的事情要说说，就在这儿说吧。两人关系有距离，而且，两人本身都很有原则，所以，她坐着，他一直站着。他们之间的时间肯定不会长，在那样的状态下把话说完应该是没有问题的。

你肯定站累了。她说。

不累，完全没有累的感觉。他说。

她笑了笑，没有再说话。

他也觉得自己最后一句话有点愣，像个男孩子说话一样。

他们必须离开这里了，可是，他们能去哪儿呢？这其实对于那天的他们来说，是一个非常严重的问题。首先，他必须要邀请她，然后，他们一起出去，或者吃饭，或者去看个电影，或者直接去个酒吧。如果运气好，他与她也可以一起去看场话剧。这儿是北京，是中国文化人最喜欢的地方。

当然，也许可以相反，由她来邀请他，然后，他们一起离开校园。

他有些犹豫不决，或者说他那天那时非常犹豫。他一直是一个果断的人。骑自行车，他总会骑得很快，上了车就会拼命地蹬起来，他喜欢那种突然产生爆发力的感觉。无论在中学还是在大学，都让坐在后边的女生感到有些奇异，刺激，男孩子从来应该这样。然后，是开车，那时他才刚学会，只要是一发动，他往往会突然提速，让其他在车上的人（多半是女孩子）吃一惊。而且只要上了高速公路，他会立即把车速提到一百五六十公里，让车上的女孩子尖叫一下，他才会过瘾。他追逐女孩子下手快，而且充满激情，而且，身上如果还有一百块钱，那他一定会与她当天就花光，第二天他再去找同学借饭票。从大学时，甚至从高中起，他就不断地与女孩子约会，但是结果呢？

这两年他开始变得犹豫起来，即使认识了不错的女人，他也很难与她们保持联系。他总是对自己说：激情的年代已经过去，不要再做那种事情。说完，他又会感叹一番：没有想到才刚过四十岁就老了。四十岁那年，他有一次照镜子时，仔细地端详了自己，发现真的老了，因为他在自己的眼睛里，看到了那种小时候在父亲眼睛里常常看到的疲倦。

今天我可以邀请她，但是结果呢？

“结果”两个字突然开始强烈地打击他了。

阳光已经完全照在头顶上，似乎在树荫下也被光线烤灼。校园里的人渐渐多起来，到了吃午饭的时间了。

你饿吗？他问她。

不饿。你呢？

我也不饿。

他有些犹豫，也有些试探地问：那你下午有事吗？

没有。她的回答很坚决。

他再次被推到了墙角，也许心里正希望她说有事情，那样他这个“四十岁的老人”就可以安慰自己说，看，她有事了，我是想邀请她的，可是，她有事情。

他甚至渴望始终去想象她，与她有无限的距离，这样，他内心美好的情感可以更长一些。这个时代，男人们并不缺少女人，缺少的是与她们在一起时最需要的那种美好的情感。

我下午也没有事情。

无论他内心有多少流逝的思绪，可是，他嘴里却说出了这样的话：我下午也没有事情。

你开车了吗？

没有。

我也没有开车。

显然，没有开车让他们在那天都突然感到了轻松。内心被风吹过来凉爽的空气。没有车让他们的身体突然体会到了与空气本身的情感。他们的运气太好了，因为他们共同任教的大学就在二环边上，没有在通州，也没有在昌平，没有在大兴，没有在海淀，没有在顺义，就是在二环边上，那儿现在遗留了人们难以想象的内城痕迹。二环似乎已经变成了古老的词汇，北京人看二环就如同在看旧式的木箱，它的颜色由灰变棕，由棕变土，由土变旧，由旧变朽……

5

他们就那样一起走出了校园，没有人看见他们。或者说，他们没有看见别人。校园内很安静，大家都去食堂了。食物加上喧闹把校园留在了外边，似乎有了回声，他们经过的树木显得格外清新。以后他们回忆起来时，感觉那天似乎是在雨后，初夏的雨后，天空悠远，好像那草上的水还把她的袜子打湿了。

散步注定了这次是一场古典爱情。男人和女人一起回到过去，没有车，没有电话，没有互联网，没有短信，没有手机的追踪，只有二环内的老北京，还有那些让人无限伤感的残留的胡同。他们走得很慢，也很优雅，只是在不知不觉中走进了一个人的镜头。

那时这个镜头正一直跟踪在他们身后。那是一部不错的日本相机，而且，还有拍视频的功能。当那个镜头开始朝前方跑动，从街对面超过了他们时，清晰的视频画面开始了：

一对大学里的男女老师正缓慢地走着，他们的脚下是二环里边的，有些年久失修的路面，他们的两侧是将要拆除，却仍然残存的低矮建筑。他们的眼睛里全部都是对方的身影，他们在不停地说着什么。

镜头一直在跟着他们移动，从取景器里能看到那个时刻真的阳光充足。然后，焦距开始变化，他们从远方被渐渐拉近了。先是她的脸显示出来，她是那么喜悦，一直在听着他说话。她的眼睛里不断在变化着光线，这说明她的想象那时正饱含着活力。他说话时总是看着前方，就好像他如果不看着眼前的路就会在瞬间迷失。

其实，他们的悲剧早就在那一刻被确定了：明明是一个视频的时代了，他们却天真地渴望回到过去，回到那个没有纷乱的时代。在那个时候，人们还特别依赖书籍，晚上在昏黄的灯光下读一本刚借回来的新书，是内心唯一的享受。那个时候，很少有更多的镜头，它无法扰乱任何人。如果他们是一对大学里的男女同事，那他们在阳光下散步，只有天空看着他们，小鸟看着他们，还有就是树叶和云彩看着他们，而不是那个一直在移动的镜头：

他与她都站在那一个餐厅前，他看看她，她也看看他。他们都笑了。但是，他们并没有进去，而是站在门口犹豫。

餐厅的门变得模糊了，却渐渐大起来，然后，又缓慢地变得清晰了。那是一个很小的餐厅，里边的灯光不是很明亮，必须要有白天强烈的光线，才能让里边的一切在镜头里显得清楚。

他们似乎并不急于走进去，而是一直站在门口说话。仿佛两个人都忘记了那是一个要进去吃饭的地方，从他们的身体姿态上可以明显感觉到，这一男一女两个人现在明显放松了。他们的身体不像刚才那么僵硬，而是有了明显的舒适感。

那时，正好有一辆自行车从人行道上经过，那个骑车的人似乎非要从他们两人的中间骑过去。这让两人都忍不住笑起来，他们没有商量,而是在瞬间一起朝后退了一步,让那辆自行车通过。骑车人看看她，再看看他，勇敢地笑起来，然后，突然双手放开车把，像个青年人那样奔放地、快乐地朝前去了。

两人这时都看着那个双手放开车把的骑车人，快乐地笑着。这时，她的脸再次被拉到了跟前，占满了整个画面：她的脸上有了微微的红色，尖尖的下颏显得生动，牙齿洁白，她的头发快要搭在肩膀上，它们一直在晃动。然后，镜头又让我们再次去感受她的眼睛，它们在望着一个固定的地方,时时微微眨动着,那里边装满了夏天里的快乐……

6

你还记得我们第一见面吗？在学院的三楼，其实，开始是系主任让我到楼下去接你，他说，对于从校外来的专家要更加尊重一些。

他没有说话，而是静静地望着她，认真地听着。

那时,他们已经坐在了小餐厅里,桌子上没有铺白布,却干干净净。他们坐在靠里边的第二张台前，从那里朝外看，透过门上的玻璃可以看到一棵树，是那种棕灰色的槐树。在树的后面，有反射过来的光线，光线一直射进了小餐厅，让他们的桌子上有了一种被舞台追光辉映的感觉。

然后，我就在外边等你，等了半天，那天你迟到了。

他看着她笑起来，但是仍然没有说话，他喜欢听她讲两人第一次见面时的感觉。那应该是两年前了，那时他还没有想到自己有一天会进入这个学校，与她成为同事，并真的与她像约会一样散步，然后，又走进了这家小餐厅。当然，他有自己的记忆，可是，他特别想听听她从另外一个角度述说她的（或者说是一个女人的）感受。

然后，你从楼下往上走的时候，就像是在操场上跳高一样，每一步都是三级台阶，好像还有一次是四级。你真的是跳上来的。我当时想，这个中年男人，性子那么急呀。

你想呀，我迟到了，而且，我不愿意让你等我太久，在那儿站着。

你当时又不知道我是在那儿等你。她边说，边笑得灿烂起来，显然她被回忆中他竟然能够一步走三四级楼梯台阶刺激得特别兴奋起来：不过，你这样说，我仍然高兴。

突然，她的表情变了，看着他说：没有想到，你一见到我，就说，你们是怎么安排的，通知上也没有写清楚，而且，还没有停车位。好像在怪我。不，你当时显然在怪我。

他看着她，仍然在继续听她说：

然后，我当时特别委屈。其实，我那时才到这个学校来，两个月，我对什么都不太了解。领导说让我接人，我就接人，没有想到架子还怪大的。

他这时开口说话了：我好像记得当天我就向你道歉了。

你记得你是怎么说的吗？

他点点头，说：我当时说，对不起，我把你当成学生了。

她笑了，点点头，说：你是这么说的。可是，我就是不明白，难道说，学生就可以冲他们发脾气吗？

他也笑了：那是一句双关语，一方面说你年轻，另一方面向你道歉。

他也想对她说自己那天头一次参加会议时渴望见到她的感觉，他走在那个寒冷的国际会议中心里，一直在回忆她刚才说的那个片断……

但是，他没有说，因为他突然再次地迷惘：我为什么那天刚到这个学校就特别渴望看到她？我有明确的目的吗？没有。我与她的关系会进一步发展吗？再加一个问号。那么，你现在对她说，那天你一直在寻找她，等待她，是想给她一个明确的信号吗？那是一个什么样的信号？他再次说不清了，就连今天约她出来散步、吃饭也仍然说不清，他与她究竟想干什么呢？这种冷峻的思考让他忽然感觉餐厅有些凉了，朝那边看看空调，又看看桌子。他为她加了一些茶，决定仍然听她说。只是听她说话，他就已经感觉到内心很舒服了。

她又说：我那天就在想，这是一个极端自我中心的人。不过，说实在的，我那天一直想抽时间，跟你能探讨一下你的剧作，《大象》，我想知道你在最后，为什么一定要让那个孩子死掉。

他必须尊重剧中人的意思，否则就要出乱子。

他再次引用了皮兰德娄的话。

她的脸上又浮出了那种聪明的微笑，立即从自己的包里拿出了一本书，显然是皮兰德娄的著作。她很快地翻到了那一页，接着他的那句话，说：剧中人一诞生，就立即获得了不受剧作家约束的独立性。

但这次两人没有笑，因为他们面临的问题特别严肃了：

那个孩子为什么一定要死去？

是呀，一个充满朝气的年轻人，一个完美的男孩子，一个大学生，一个笑得灿烂的人，为什么会在那部戏剧结束之时死去？许多年没有再次回到《大象》的主题里，没有再与人探讨，解释，说明，引述那个孩子必须自杀的原因。他以为人们都已经忘记了《大象》，没有人再去关心一个孩子的命运。但是，今天不一样，她竟然再次提起了话剧里的那个孩子，这让他感动，他说：我好像都忘了《大象》这部话剧，十年了吧，尽管每年都会有重演，但是，我发现作为一个话题，大家已经厌倦了。而且，说实在的，现在我也说不清了，为什么那个孩子一定要死去，而且，当时让他死在了校园里，那是春天，在校园里……

她突然接过了他的话题，开始背诵《大象》里最后一幕的最后几句台词：那是春天，在校园里，当人们渐渐看见太阳的时候，那个孩子却突然死去。几乎每个路过的人都看见了鲜血，尽管每个人都声称他们怕疼，怕血，但是，他们都盯着那个死去的孩子看，就那样残忍地看着，似乎他们真的看到了一部戏剧的高潮……

7

离开餐厅时，太阳已经西沉，黄昏来临，他们开始从西四朝后海走。他们不是为了去酒吧，而是因为她家住在后海附近。

他们一直往北走，路上两人的话似乎少了。但是，他不愿意离开她，她显然也是一样。当过平安大街时，他们不得不跑起来，因为眼看红灯就要亮了。当他们来到了船舨胡同时，她突然说：小时候，我就是在这儿骑车时，突然摔了跟头。当时，旁边还有男同学，他们都在笑我，我羞愧极了。只恨不得有个地缝，钻进去。

然后呢？他说。

然后，我就坐在地上，不起来，直到那些人都走了，我才自己起来，很快地跑了。对了，那车还掉了链子，我好像还把它重新挂上了。

穿过那胡同，就到了西海，或者叫后海西沿。北京人说话其实是很准确的，而且，他们一个“沿”字，就把那块地方与水的亲近感觉完全说了出来。

他当时突然有些奇怪，为什么整个中午，下午，直到现在，他们两人的手机都没有响，说明他们是这个世界上真正的闲人。

他们接着应该去哪儿？他没有想得更多。只是跟着她走，如果她想回家，就送她到楼下，如果她还想继续走，那就走。一直走到天黑。

他们到了后海，两人都没有任何犹豫，就经过西边朝北沿走去。他们似乎都在有意识地绕开那些酒吧。

北京夏天似乎永远是白天，已经六点多了，太阳还是能照耀在他们身上。水上闪着光斑，眼前的一切都是那么明亮绚烂，许多条木船随意飘浮在水面上，那上边的人似乎跟他们一样悠闲。在阳光的阴影里，四面小小的院落沉湎在寂静里，似乎还有炊烟，怎么这么快晚饭时间又到了。

你饿吗？他问她。

你说呢？她笑了。

他们有很长时间都没有说话了。只是慢慢地走，走了多久，走了多远？谁都没有去特别注意。

你为什么不喜欢酒吧？她问他。

他想了想，开始朝对岸的酒吧长廊望过去，说：没有，我没有说我不喜欢酒吧，如果你想去，当然，咱们就去。

她说：我没有说我要去呀，我只是想知道，你为什么不愿意去酒吧？

他说：你呢？你为什么没有提出来要去？

她说：就是不喜欢。

那时，天空突然暗下来，没有云彩，只是太阳或许被一片高楼遮住了。于是太阳变成了夕阳，金光闪闪的水面突然成了暗红色，小船的身影也渐渐变成了黑色，傍晚来临了。

8

我从大学起，就喜欢天天泡在酒吧里。只要有一点点钱，似乎只有酒吧里才花得值，好像有任何一点想法，只有在酒吧里，才能对别人说得清楚，有激情，尽兴。不过那个时候太穷了，以后挣了些钱，更愿意待在酒吧里。有的时候，中午只要一起床，就会跑到酒吧里抽烟去。那样的日子一晃就是十多年，突然有一天，我对酒吧厌倦了。一切都变得相反，只要是在酒吧里，就没有想法，就疲倦，就犯困，就感觉到什么都特别灰，所以，说心里话，我现在特别不喜欢去酒吧。

他在说着上边那些话时，他们已经坐在了一张椅子上。她似乎在听，但也没有特别去听；他似乎在说，但也没有带着更多的激情。他们只是喜欢待在一起，都知道已经到了傍晚，却谁也不想离开。仿佛只要一离开，天就会彻底黑下来。

那是2011年夏天最初的日子，以后他总是不知道该怎么对别人说起那个遥远的夏天。在那片渐渐暗了下来的水波旁边，他们一直坐在那儿。内心深处压抑着激情和感动，为什么那么有激情，又为什么感动，他无法解释。只是觉得那些水面、天空、树木、灯光在不知不觉中融化在了一起，然后水面上的风吹过来。她那时已经有很长时间没有看他了，只是望着水面。他有时会看看她，然后，也把目光投向水面那些闪光的地方。

他们已经不太说话了，但是，他们仍然愿意一起坐在那儿。一切都静下来了，就连对面的酒吧灯光也显得很远，甚至于很陌生。一切都慢下来了，缓慢移动的光影，散步的人，还有水上的船只，还有时间，天空颜色的变化，所有的一切都慢下来了，而且越来越慢。这种缓慢是那么舒适，似乎负心的人类早都把它们忘记了，而它们却顽强地朝回走，而且，就在那个夏日里，从白天到晚上一直跟着他们两个人走，然后，又像大片落下的树叶一样一点点地覆盖在这两个人的身上。

她没有接着他说酒吧的事情，而是说：知道吗？这儿过去都是木头椅子。

他说：绿色的木头椅子。

她说：我老是跟我爷爷一起来这儿。

他沉默了，那些年，他不知道跟多少女孩子来过这儿，已经数也数不清了。所以，他不知道该对她说什么，就问她：你爷爷身体还好吗？

她摇摇头，说：爷爷是十年前死的，那时我在国外，因为他的死，我就再也不愿意出国了。

他一时无法理解她的逻辑，为什么爷爷死了，她就不愿意出国了？就是说她出国其实是违反了爷爷的意愿？

她又说：我没有说清楚，爷爷当时不让我出国，我偏要出去。爷爷很伤心，他说只要离开我，他就变成了一个孤独的老人，我还是出去了。听说爷爷死了，我在国外，非常后悔。现在只要到了后海边上，就感觉到他还那样看着我，领着我，宠着我，惯着我。说起来都不好意思，我都十二岁了，还喜欢趴在爷爷背上。

他开始看着她，说：那你父母呢？怎么光是你爷爷，为什么没有听你说起他们？

他们在1981年生下我以后，就去了南方，先是广州，然后，又到了深圳。那时候干部子女都是这样，他们下了海，做贸易，因为只有他们才敢做那些大事。他们挣了很多钱，然后，他们离婚了。我一直待在北京，待在爷爷身边。

你觉得自己孤独吗？

很孤独，特别孤独。爷爷经常说我是孤儿。他先是让警卫班的战士轮流背着我，他的两个秘书都不得不背着我。然后，他离休了，就亲自背着我，每天就在这个后海边上转，也是这样，从白天，到晚上。他的步子很缓慢，所以，我特别喜欢慢节奏。以后，我大了，不好意思再让他背了，可是，他还是喜欢自己坐在那儿，然后，让我趴在他的背上。

他听她说着，那时心里想，现在自己就坐在那儿，让她趴在自己的背上。但是，只有一瞬间，这种想法就闪了过去，她怎么会趴在自己的背上呢？他们之间还完全不是这种关系。

四面都已经完全黑了，周围院落屋顶的轮廓像是一片片海岸边的礁石一样，被水面上的光波映照得时明时暗，一会儿清晰，一会儿模糊。风显然比刚才大了，他把自己休闲的厚衬衫脱下来，站起来，给她搭在了肩膀上。

她对他的举动没有特别的表示，而是沉浸在自己的语言里继续说：

我北大毕业后，本来可以保研，可是，爸爸、妈妈都分别在他们的新家庭里劝说我，让我出国，他们说我应该变得非常国际化。他们说国内金钱味道太重，资源紧缺。特别是父亲，他总结说国内的文化是争夺的文化，因为资源紧张，所以人们的关系也变得紧张。一两千年都是这样，紧张让中国人变得复杂，中国人不单纯，我应该到国外去学习，然后，过平静的生活。

他点点头，说：观点不错，设计也不错，你父母都是聪明人。

她仍然没有看他，在远处灯火和近处灯光的映衬下，她的脸显得很小，她的眼睛也跟水面一样，时时在闪着亮光。她的声音也很小，他得特别认真才能听清楚：我是二十一岁那年走的，在国外待了七年，结了婚，又离了婚，现在又回来了。你呢？为什么当时没有出国？你从来没有想过要出去吗？

他那时正看着她的眼睛，当她问他的时候，他也正想说话了：那当然想，只是我没有你那么好的运气，有那么有钱的父母，有显赫的爷爷，我没有那么多钱……

爷爷活着的时候，就特别有尊严，许多人都怕他。他在政治上其实出了问题，早就退下来了。尽管人人都知道他完全没有权力了，有好几年，新上任的那几个人，还总是到家里来向他汇报，对不起，我打断你了……

没有，我喜欢听你说你爷爷。

爷爷那天突发心脏病，摔倒在地上。听我爸爸说，他虽然身经百战，那天却失声痛哭，说想我，想得心疼。也委屈，他忠于毛主席，也忠于林彪，他为了我，也为了别人冤枉他，他要申诉，也要顽强地活下来。说他参加了林彪反革命集团，触犯了《中华人民共和国刑法》第93条的规定，已构成策动叛乱罪。鉴于是从犯，根据《刑法》第24条规定，决定免予起诉。终于有一天，最高层的人帮助了爷爷，为他说了话，他才能继续尊严地生活了最后几年。

我已经很久没有对别人说起他了，没有人愿意听，我也一直不想说。今天不知道为什么，对你说了这么多。

继续说吧，我还想听。

她突然有些不好意思地看着他，表情有些羞怯了，然后说：我炫耀了吗？我真的不想给别人这种印象，我说的都是实情。

他没有说什么，他内心里一点也没有感觉到她有任何炫耀。一切都很自然，就像是在拉家常，把生活说成日子，把度过说成过。她那时突然安静了，似乎自己说够了，又想听他说话。

他想了想，说：我那年特别想去伯克利，申请过，最后又放弃了。你去过伯克利吗？

去过，在山上可以看到整个旧金山，海面，大桥。

他说：因为《大象》的构思当时已经在脑子里盘旋，我那时特别渴望，迷恋舞台。尽管只是一个写剧本的，可是，我几乎天天都在舞台旁边，和那些导演、演员在一起。那时话剧很低迷，演《大神布朗》时，只有二十几个人看。

我是在国外看的《大象》，是别人带出来的一盘录像带。大象死在荒野中，孩子死在校园里。我记得这句台词，我当时觉得这个剧作家太有才能了，你在那个时候，就说：已经没有一条干净的河流，没有一丝带着甜味儿的空气。你声音嘶哑地喊：北京的天空为什么变得一点也不蓝？那时我在洛杉矶，曾经想过要给你写信，可是，找不着地址。

她说着笑起来了，又说：你饿了吗？咱们吃点东西好吗？中午是你请的我，现在我请你。

他显得有些犹豫。

她看他犹豫，就说：那好吧，你要是累了，我们就在这儿分开，以后再见。

他说：我送你回去，现在太晚了，太黑了，你会害怕的。然后，他想了想，怕引起她的任何怀疑，就又说：我把你送到楼下。

她笑了，那里边有几分调皮，然后说：走，听你的。

9

他们经过了恭王府，又走了一点胡同，就到了辅仁大学。当走到一棵很古老的，已经像是剪影一样的大树下时，她说：我到了，就在前边那栋楼上。你就站在这儿，不要跟我过去了。

他点头，说：好吧。

她没有再说什么，就朝胡同的暗影里走去，走了十多米远，又突然跑着回来。到了他跟前时，她脱下刚才他为她披上的那件衣服，递给他说：忘记了说谢谢。他对她说：也忘了告诉你，认识你以后，好像北京的天空变蓝了。

然后，他看着微笑的她，走向胡同深处，彻底消失了。

第八章

1

如果让你在一个夏天里，在一个叫做大学教室的地方，那儿鲜花盛开，风景如画，女孩子穿着你最喜欢看的短裙子，男孩子穿着短裤，他们自由呼吸着从窗外吹来的，经过树叶和草丛过滤的空气，你可以随性地讲述自己的感觉、思想，并且你还可以创造，因为你的故事在变化，你会在自己充满激动的时候有意识地改变自己的意图，你有意识地让这一遍跟上一遍不一样。而且，你可以在那些青春的眼睛面前充满活力，甚至可以比他们更加青春，因为你那时活在想象力中，你是一个彻底自由的人。你蔑视那些人写的教案，你甚至可以蔑视自己刚备好的课，因为你是一个变化多端的人，让那些热爱艺术、文学、电影、戏剧的孩子能够跟随着你的思绪朝前走，让他们能体会你内心的情节，以及它们的成长，让他们因为你独特的感受，而回忆起他们自己的感受。然后，你们大家共同经历了一个高潮过程，那里边包含着一个剧作家成熟的结构与精致，又包含着那些冲动而又急促的喘息。你们像冒险家一样被湍急的河流冲到了一个又一个景色面前，然后，你们或许疲倦了，却享受着无比的快乐。

夏天是漫长的，校园里有一个人始终在那个渐渐变得炎热的日子里，以同一种腔调在课堂上说话。他就是闻迅，那个剧作家，那个总是错误地把课堂当做舞台的人，那个只要是开始说话，就始终感觉是在面对镜头的人，那个总是走不出戏剧氛围的人，那个在剧作时固执无比，讲课时，也固执无比的人。

教室里没有空调，他们把所有的窗户都打开了，有一点点风吹在他跟下边同学们的身上，还是清晨，有一些凉爽。校园里的树木已经很高了，树叶变得浓密，他透过树叶看到的还是树叶。那时，他听见自己的声音在回响，似乎在林木之间游荡：

有一个父亲，他在公司举办庆典年会的时候，正好幸运地坐在老板身后，那是一个特别隆重的庆典活动。这个公司是一个具有国际化背景的大公司。在晚上七点半，他们都听见了钟声，那是剧院里的钟声。当最后一遍像人艺剧场的钟声敲响之后，公司国际俱乐部大厅里渐渐暗了下来，人们都安静了，因为老板安静了，演出就要开始了。我想强调一下，这是公司员工自己的演出，为了让老板高兴，为了公司取得的成就，公司上上下下都排演了很久的时间。

父亲看到合唱队上台了。员工们将要开始满怀深情地唱歌了。那时老板看看节目单，父亲也看了节目单。上边的歌曲名，因为父亲不太去 KTV，他似乎从来没有听过这歌，知道吗？那首歌曲太有名了，它的名字叫做《感恩的心》。他们听见一个站在台上的年轻人深情地说：我们把这首《感恩的心》献给我们所敬重的董事长，因为他的操劳，我们才有了很多机会。我从美国回来到公司才一年多时间，可是，我就从一个普通员工成长为现在的部门经理。公司的一年，是我生命中最重要的一年。尽管我们平时见不着董事长，尽管董事长也许并不知道我的名字，但是我想说，我代表我们这个 Team 说：我们都有一颗感恩的心。

父亲一直看着董事长，发现董事长听着那些话，眼泪再次流出来。父亲也感觉到身上一阵寒冷，一阵温热，他知道这些员工今天说的一定是自己的心里话。他们对老板感恩，跟自己一样，肯定是发自内心的。

那时，歌声传来，像波涛一样的音乐声，弦乐宽厚的流动性像大江大海，然后，是交响乐奏出了那首歌的前奏。大家开始唱了：

感恩的心，感谢有你
伴我一生，让我有勇气做我自己
感恩的心，感谢命运
花开花落我一样会珍惜
……我来自偶然，像一颗尘土
……感恩的心
……

老板站起来与大家一起鼓掌，父亲和所有人都跟着站了起来。他像一个真正的、饱经沧桑、历经磨难的老人那样望着自己的老板，还有这些舞台上的年轻人。

他站在讲台上，讲述时一直激情饱满，身后的门那时轻轻开了一下，他没有觉察到，更没有去理会在门外正站着一个人，他在朝里边看。

他沉浸在自己表达语言的快感上，认真思索着每一个从嘴里走出来的词句，全然不知道那个站在门外的人已经盯了他半天了。

公司庆典上出现了让人意想不到的事情，要知道，那首《感恩的心》反复回响在圣诞之夜狂欢 Party 的晚会现场，几乎有十个团队上来唱这首歌。老板和父亲一起听着，重复地享受着，他们甚至在伴奏带中听到了脆弱的童声，是那种婴儿稚嫩的声音。二十一世纪的中国人都非常熟悉这样的童声，原因是我们不断地在各种晚会上看到儿童们出来唱那些宏大的歌曲。没错吧，我们几乎在每天晚上的电视机里都能听到这样的童声合唱。那是因为站在这些晚会背后的导演们特别热爱孩子，他们喜欢让孩子们歌唱一切需要他们歌唱的事物。《感恩的心》，童声还在唱，天真烂漫的孩子们，要为老板们歌唱，那时，父亲的悲剧出现了……

注意，我渲染了半天，就是为了下边展示出父亲的悲剧：他当时正想靠近一下老板，想看清楚老板的表情时，突然，这个该死的父亲打了一个喷嚏，因为离老板太近，所有那些乱七八糟的东西都不幸地像洒水车一样，像专门喷农药的机器一样，全部都喷在了董事长的脖子上、头发上和半张脸上。父亲当时吓坏了！

但是，歌声，那些孩子们的歌声正在高潮中进行着：

感恩的心，感谢有你
伴我一生，让我有勇气做我自己
感恩的心，感谢命运
花开花落我一样会珍惜
……

2

他决定自己在课堂上不能改变风格，他是一个剧作家，从舞台上来到了这儿，应该保持自己的方式。他看到今天同学都很安静，时时还有人会心地笑起来，因为他们听出了他的调侃，他也注意到了刘元今天没有来。他继续即兴讲着，尽管他知道，自己今天的内容，说不定仍然跟学生有些对抗，但是，他坚持要这么讲：

契诃夫又来了，各位请注意，这是我无比喜欢的，契诃夫小说的又一次变种——

他身后的门轻轻开了一下，有一个人站在暗中朝里边看，他想问时，门却又关上了。只是感觉到一个人站在暗中，似乎一直在观察着自己。这是谁呢？他心里有了一点疑虑，却很快地被自己的激情冲走了，他继续说着：

对于那个父亲供职的国际化公司来说，那是一个充满温暖、温情、温馨、温顺、温热、温婉的晚上，整个圣诞 Party 的空间里温暖如春。晚会上热烈的情感，还有红葡萄酒白葡萄酒黄葡萄酒让每个人的脸都渐渐地变成了红的。可是，父亲却不幸地犯罪了。他看到董事长尽管没有喝酒，脸却和大家一样，也是红的。他知道董事长愤怒了，因为他的脸才过了不到几秒种，就更加红了。董事长在那个大公司里，感觉自己像领袖，又像家长，更像是一个饲养员，他喂养了像父亲一样的人，今天这一大群人，他们欢聚一堂，欢天喜地地生活在国际化公司的大猪圈里。

3

然后，奇迹出现了。这次下边坐着的孩子们没有对他产生反感，而是渴望知道那个父亲的命运，他们想知道当他不幸地朝老板脸上喷了污物之后，他将会面临什么样的结局。闻迅从他们的眼睛里感觉到了孩子们已经跟随着自己走进了绚烂的想象，他发现了这些孩子们对于自己的好感和依赖。他讲了那么长的时间，仅仅是为了一个设计的悬念，在契诃夫那儿，这只需要一百字的描写，可是，他转移了场景，把他们都搬到了中国一个“国际化”的大公司里边。他之所以反复强调“国际化”，是因为他讨厌这个词汇。今天中国人有钱了，他们创造的GDP已经超过日本成为世界第二,他们已经让很多欧美人担心了。但是，一个可怜的小人物的命运会怎么样呢？他在课堂上长时间地叙述，渐渐让那些孩子们进入了一种情境，《感恩的心》让他们不得不去想象人们必须要面对的那些委屈、尴尬和滑稽。孩子们“感恩的心”

让人震憾，然后，还有更残酷的东西：

突发事件——一个要养家糊口的父亲，他身上发生了意外的过失！

他走到了学生们中间，开始问他们：在座的有几个读过契诃夫的小说？

没有一个人读过。大家都在这时，显出了有些不好意思。但是，他却说：那就好，没有读过太好了。这样，我想告诉你们契诃夫小说的结局，那个父亲最后死了，是因为这样一件事情死的，是自杀，还是渐渐病死的，我忘了。总之，是死了。这就是《一个小公务员之死》的死亡结局。那么，现在我们需要做的事情是：以戏剧的方式，把这个走向死亡的过程描述出来。我们现在就开始！

然后，他没有思考，就对身边的一个男孩子说：来吧，你先来，然后，大家接着他的思绪，接过他的话题，让我们完成一个段落。

那时，他感到教室的门开了一下，隐约觉得有人在朝自己窥视。他看看表，已经超过了二十分钟，应该下课了。那时，正好有一阵风吹了进来，他感到了无比凉爽。那时，让他内心充满幸福感的是：他看到了这些原本并不喜欢戏剧、电影、文学的孩子们头一次在课堂上，脸上露出了激动的、渴望表达的光芒，但是能持续多久呢？

4

他走在过道里，感觉到在黑暗中有一个人站在前方，似乎一直在朝自己看着。他就是刚才那个推门窥探的人吗？他是谁？他没有放慢脚步，而是一直朝那个似乎在等待他的人走去。

那个人站在过道的暗影中，一直等着他走到了跟前，才说：我一直在等你，你是闻迅吗？

他点头，说：我是。

那人又说：我已经犹豫了三十四年，才决定在今天见你。

他有些愣了：三十四年？那时还是小学生。

那人又说：我是你的小学同学。

他在黑暗中仔细地辨识对方，却仍然没有能把这个形象与自己记忆里熟悉的人联系起来，就说：真惭愧，我还是不太明白。

那人走得离他稍微近一点，又说：惭愧的应该是我，我被折磨了三十四年。

这更像是一部戏剧的悬念，像谁的呢？好，迪伦马特，应该是他的：一个人对他说我被你折磨了三十四年，他却想不起来这个人是谁。然后呢，当然我们渴望知道这个人是谁，并愿意弄清楚来龙去脉。

5

他们沉默着一起走，似乎在猜测中走了很久，终于走到了那排苍老的法国梧桐树下。前几天他刚跟岳康康在这儿有过那么美好的时光，想起来内心就阵阵紧缩着，产生了无限遥远的忧愁。他最近刚听说，这排法国梧桐在北京很有历史，胡适当年曾经参加义务植树，就在这儿。那么，在这个同样的场景里，起码有三对主人公：他和岳康康，胡适和某人或者某些人，另外就是这个叫闻迅的老师和另一个一直在被他折磨着的陌生男人。

是让这三对不同的主人公在共同的舞台上同时说话吗？他们的声音彼此互相干扰，又共同增强音量，观众们可以听到杂乱无章的语言，然后他们能从里边挑出自己最喜欢的词汇来。那三对人都开始说话了，是一种有意思的氛围。然后，再让他们分开吧，先后顺序上场，每个人都说说自己已经到了嘴边的那些话。

现在这一对陌生的男人坐在了同一张椅子上，他们拉开距离，侧着身子，互相看着，似乎要看出当年。可是，当年很多，他想不起来是哪个当年。

那个男人看着他说：你还是跟当年一样有朝气。

他笑笑，这时他终于能够看清这个男人了。这是一个很体面的人，瘦削的脸很白净，戴一幅小巧的金丝边眼镜，目光在镜片后边闪烁得和蔼而又谨慎。尽管北京已经是夏天了，可是，他还穿着西装，是灰色的、很薄的高织纱西装，显得非常矜持，又很雅致。下边墨蓝色的西装裤翻着卷边，然后是棕色的、材质极其高级的皮鞋。整个人的装束显得不刻板，却充满严肃感。

他们互相看着。

他笑起来，对这个男人说：小学同学？谁？不要让我猜了。

那男人说：也难怪，你们有两次小学同学聚会我都没有参加。

他看着这个突然闯入自己世界的男人，听着他的有些台湾与香港混合味道的普通话，脑子一直在快速地旋转。似乎是一笔旧账，他感到是又一次面临审判，却又不知道以什么名义对自己进行这场突如其来的审判。

法国梧桐的树叶已经长得非常大，每一片深色的叶子都像是一张岁月中的脸，表情千差万别，它们在随风晃悠，让他的思绪更加飘乎不定：

好啦，好啦，有了一个死者。

迪伦马特出来捣乱了。

三十四年他们都安全地过来了，让他们竟然能在今天重新勾起一个新的期待，获取另一个意外的新鲜感。还有什么期待呢，四十三岁的男人老都老了，还在奢望新鲜感。在他的脑子里出现了许多关于迪伦马特的声音：

法官宣布：判处我们可敬的男演员、成功的推销员死刑。

它们先是在头顶上的树叶里徘徊，然后渐渐响彻云霄：

命运总是在不停地显现：那个凶手在赶来行凶的路上出车祸死了。

他开始看着他，他们开始互相看着。两次小学同学聚会都没有参加的同学有谁呢？他现在已经完全知道他是谁了，没有参加的只有一个人，他在九岁时就去香港了，他就是谢达。

当谢达这个名字一出现在他的脑际时，那种被搁置多年的委屈突然涌上心中，像一个要吐酸水的人一样，他突然感到整个世界都渐渐变得湿润了。

悬念是悬念戏剧的安魂曲……

“谢达”突然从空中降落下来，让他一时不知道该说什么才好。可是，那全是他的心理活动，在他的脸上，他完全像一个政客那样，或者像剧院领导一样，没有任何明显的表示，他在拼命压抑自己。

你真的完全忘了我吗？我不相信。

他没有再看面前这个离自己很近的人，而是把眼睛像一张迪伦马特的灰色照片表现的一样，眯起来，去尽可能地掩饰那些渴望流出的泪水。人家还没有说什么呢，你就那么委屈，你已经四十三岁了，还那么不成熟。

我是谢达！

他听到了这句话，这是他多年来一直在期待着的声音。可是，他仍然没有把自己的头抬起来，就好像他无法看清世界一样，他在突然间变成了一个盲人。他扮演一个完全没有瞬间反应的人，或者，他就是一个耳聋者，他什么也没有听见。

谢达眼泪突然出来了，他虽然也在控制，但是，这个突然出现的，与自己年龄完全一样的男人，还是哭了。他应该是五月一日那天的生日，他比自己大一个月吧。

谢达继续说着：我不相信你真的会忘记我。说着他从自己的手包里掏出了纸巾，很讲究的纸巾，白色的质感在阳光下像五星级酒店的台布一样，明晃晃的。他边擦着眼泪，边说：三十四年了，我总是会想起那件往事，我有几次都特别想来找你。八年前我来北京，那天正好看了你写的话剧《大象》。最后那头大象死了，因为生态被破坏；那个孩子自杀了，我想那个自杀的孩子就是我，或者是你。我们被周围这个世界逼着自杀。那天，我很冲动，走进了后台想去找你，他们对我说，剧作家不在这儿。我问他们，他在哪儿？他们当时说：他已经去了另一个自杀现场。我不知道他们在跟我开玩笑，我极力追问他们你又去了哪个自杀现场。他们在后台都大声笑了，好像刚才演出的不是一出悲剧,而是喜剧。我第二天就回香港了,然后又去了英国。可是，那个自杀的孩子一直在我内心摇晃。你知道吗？那次事情之后，你看着我极力跟别的同学一起玩，就好像没有发生任何事情一样，可是，你知道吗？我有几次都差点自杀。一次是在教室打扫卫生，我做值日，那时我在擦窗户，咱们的教室在三层，那时三层楼就是最高的了，我从玻璃上看到了自己的眼睛，我突然很害怕自己的目光，决定朝楼下跳。我都想好了，要让自己的头先朝着地，要让自己从此什么都不知道了。只有这样，我才不会再丢人。

阳光透过树叶照在他的镜片上，那时他的额头上因为过于激动而渗出了些许汗珠。他再次掏出纸巾缓慢、仔细而认真地擦完了那些汗之后，才又说：还有一次是咱们全校师生去迎接《邓小平文选》那天……

他突然打断谢达说：不，是《毛泽东选集》第五卷。

谢达停止了说话，开始思考，回忆，然后他又看着他，摇着头，说：不，你说得不对，是《邓小平文选》，全校迎接毛选第五卷时，咱们好像是上二年级，那个时候咱们就在一个班里，那个时候还没有发生那件事情。是毛选第五卷还是《邓小平文选》我也记不清了，这也不重要。我记得是《邓小平文选》。记得那天全校师生走上大街去迎接《邓小平文选》的情景吗？我们边走，边跳，边唱，当时卡车队开过来了，我从来没有见过那么多卡车排在一起，上边装的全都是《邓小平文选》。那天不光是全校师生，全市中小学的师生走上了大街，去迎接《邓小平文选》，我那天的注意力最后全在那黑乎乎的汽车轮子上，很大的轮子，像是大蟒蛇一样在翻滚，我就想一头朝轮子下边扎进去，一定要头先进去，然后，才是身体。我当时觉得自己抬不起头，丢尽了人，从此再也爬不起来了，而且，我还又害了你。

他没有抬起头来，只是平视着前方。他们共同坐在那条长椅上，如果想看看对方，就必须侧过脸，或者转过身子，那样有些费劲。

谢达说话时一直朝着他看，他的目光里有一种迫切需要表达的诚恳，这种态度和表情让人感动。

他只是听着谢达说话，那时突然很大一片树叶落下来，缓缓地掉在了谢达的头上，竟然没有继续往下滑，而是像一个帽子那样盖着这个体面的男人。谢达只是沉浸在自己渴望表达的感受里，没有意识到头上有了一片很大的树叶。那时，他突然感觉谢达的脸有了一些变形，这个小学时的老同学在瞬间里回到了那个时候的模样。

6

一张很瘦的、苍白的脸映在了学校朝东面的墙上，那个孩子痛苦地眯着眼睛，他在放声哭泣，而且，他显然被打了，他的额头上还流淌着鲜红的血。他就是谢达。那是一个很大、很长的学校公共厕所，许多男孩子都会在这边朝那边偷看。那天一个偷看的孩子被另外一群孩子发现了，他们去学校揭发了这个孩子，就是当时在学校里非常著名的刘晓军。

刘晓军是班里的田径英雄，他十岁时就能跳过一米八，他的百米短跑成绩十一秒一直是全校的最高纪录，女同学们都非常喜欢他。但是更重要的是他父亲是副市长。一个品学兼优的人怎么会做那样的事情呢？刘晓军当时飞快地跑了，但是，一群孩子都看得很清楚，是刘晓军在偷看。而闻迅也是这一群孩子之中的一个。

校长亲自解决这件事情。

没有过几天，那三个看见刘晓军的孩子们其中有两个改了口，说他们最后看清楚了，那个偷看女厕所的人是谢达。

只有那个叫闻迅的孩子，坚持着说不是谢达，是刘晓军。无论班主任，还是校长怎么跟他谈话，他都不再吭气。晚上回到家后，父母把闻迅叫到里屋，说：你爸爸妈妈都在市委刘晓军爸爸手下工作，你为什么不承认看见的是谢达？

闻迅委屈地看着自己的母亲，说：是刘晓军。

母亲当时因为气愤，而抬手给了自己孩子一个耳光。

可是，这个孩子始终没有再抬起头来，并且不再说一句话。他心里边却始终在叫喊着：妈，你不公平，我想自杀。

时间过得很慢，三天又过去了，奇迹出现了，竟然是谢达站出来承认说，是他偷看的女厕所，不是刘晓军。是闻迅与刘晓军有仇，所以，他陷害刘晓军。

于是，这两个孩子一个是流氓罪，一个是诬陷罪，他们是两个犯了罪的孩子。最终谁也没有跑掉。

7

一张很瘦的、苍白的脸映在了学校朝东面的墙上，那个孩子痛苦地眯着眼睛，他在放声哭泣，而且，他显然被打了，他的额头上还流淌着鲜红的血。他就是谢达。这是一个以后在他头脑中反复播放的画面，那两人犯了罪的男孩子就站在舞台上。

全校全体师生在白天迎接完《邓小平文选》之后，在晚上开了一个相当规模的对于谢达、闻迅的批判会，而闻迅故意陷害刘晓军，思想品德极差，更是罪上加罪。两个孩子站在那个遥远的舞台上，头顶有几盏明亮的，如同星光一样闪烁的灯，是那种数十个几百瓦的炽光灯的聚集，它们把自己全部的炽热都洒向了台上的这两个愁眉苦脸的孩子。甚至还有学校的摄影师为两个被打击的孩子拍照片。他们似乎还渴望说些什么，但是，已经丧失了力量，他们的确不敢再说什么了。只是感觉到照相机上闪着刺眼的光芒。

似乎在灯光下，他感觉到自己的耳朵已经什么也听不见了。他能看见所有身边，或者说场下的那些人在挥手，他们白天焕发了热情，晚上又来表达愤怒。

闻迅觉得自己根本不愿意去看愤怒的、坐在台下的人们，那些大人们、老师们、校长们，还有跟自己一样是九岁的孩子们。他当时唯一想再问一句的，就是身边这个谢达。于是，他的眼睛就一直盯着身边这个叫谢达的同学，他跟自己一样，也是九岁。

谢达躲避着他的目光，并且也躲避着头顶上刺目的灯光。他完全被这些天来突然降临到自己头上的灾难打垮了。

这时，那个叫闻迅的孩子像在舞台上一样，突然走到了谢达的身边，双手扶着他的肩膀，看着他的脸，大声说：明明是刘晓军，你为什么要承认是你?

他的声音很大，全场都听见了。人们突然安静下来，似乎那个舞台真的有了灵魂。

谢达终于抬头看他了，恐惧和委屈压抑了这个孩子，他脸上全是眼泪，他不知所措地看着闻迅。

闻迅突然朝他的脸上狠狠地抽了一巴掌。

谢达苍白的脸上流血了。

闻迅对谢达说:我们一起喊，是刘晓军，不是你，不是你，不是你。

谢达没有敢看他，再次瘫软地倒在了地上。

整个会场沸腾起来，人群像爆炸一样都被一种力量驱动着，弹跳起来，无数声音像浪花一样朝这两个九岁的孩子扑过来，把他们再次卷进了人群里。

他感到那片古老的法国梧桐开始荡漾，整个大学的校园像地震一样摇晃起来，谢达的哭声一直飘过来，从三十四年前的那个晚上。

我有许多天都想自杀。

我也有很长时间一直想自杀。

我想以死来让他们看看我的委屈。

我也想先让我妈看到我从楼上跳下来摔死以后的样子，然后，我虽然死了，可是，我还是想看看我妈痛苦的表情。看看她是不是会为我哭。

那次事件之后，我转学了。

你转学之后，不到一个星期，我也走了。两年后，我竟然真的去了香港。

你到学校找过我?

是，有五次。他们给了我你的电话，我不敢打电话，我只是想直接见到你。见到你本人，然后，找一个安静的地方，我们能有一个机会说说。

他说：现在说完了。

8

那时，他能感觉到树下的风开始吹起来，顶上的天空很蓝，他抬起头来，认真地朝天上看着，就好像他从那儿能看到自己与谢达的童年。他记得很清楚，那天开完批斗会之后，已经是深夜了，他以为自己会被继续关押在学校里，而班主任老师会把他们像犯人一样一直看管着。可是，没有，所有人包括那个刚才还激情满怀的校长在内，都似乎在散会的刹那间意识到已经太晚了，应该尽快回家。

他们已经完全遗忘了这两个孩子。

灯光熄灭了，学校操场上的人群仿佛在几秒种之内就散尽了。舞台上却留下了这两个疲倦而犹豫的孩子，他们被刚才的人群吓怕了，不知道自己还有没有权利回家。

然后，这两个孩子互相看着对方，他们仍然站在那个舞台上。

他问谢达：你为什么非要说是你，明明是刘晓军。

谢达：我害怕。

他说：你害怕什么?

谢达说：我害怕我爸、我妈。

他一听就不再问了，的确，爸爸妈妈是最可怕的了，他也不知道晚上回家后，怎么面对父母的脸。

那天晚上，他们两人是如何分手的，已经忘了，只是记得他回到家之后，父母都没有睡，他们在等他。

母亲说：去吃饭吧，还热在炉子上。

不知道为什么，看见了爸爸妈妈，他开始更加恐惧。然后，他开始吃饭了，当感觉到饥饿，感觉到那饭很香时，他的眼泪竟然流了出来。

母亲说：你还哭，你还委屈，你有什么好委屈的，你知道吗？你爸爸因为这件事情，已经被调出了市委办公室，被调到下边的陶瓷厂，你知道对你爸爸来说这意味着什么吗？他的政治生命彻底完了。一个人如果，他的政治生命结束了，那就意味着这个人已经活不下去了。

他的眼泪猛地停止了，而且，脸上遗留的泪痕也在刹那间干了。他紧张地看着沉默的、阴郁的父亲，内心的恐惧开始加剧了。他有些不敢再看自己的父亲，他知道家里已经面临灾难。本来内心还有些愤怒、委屈，现在荡然无存，只有对父亲的心疼和害怕。他害怕父亲会突然跳过来，像武松打虎一样痛打自己。

家里很安静，他听着母亲的声音，觉得学校的批判会又转移到了家里，而且，说不定是审判会，会宣判自己的死刑。

他低着头，也不敢再吃饭，只是看着自己的脚，好像那是他心灵里唯一的寄托。他希望那是一场梦，可惜他清楚那是现实。

父亲一直没有说话，他似乎也没有多看自己的儿子一眼，他只是继续沉默着。

他渴望与父母交流，他想再次对他们说一遍事实，只是母亲的声音一直没有停顿，他无法说话。突然间，家里安静下来，母亲开始哭泣，他在那时感觉到自己有了说话的时机。

他感到家里的灯光也突然开始明亮起来，母亲的哭声让他意识到父母其实是很软弱的，他可以再次跟他们说说事实。他开始说话了，而且，他能很清楚地听到自己的声音在屋子里回荡，那声音像是通过舞台上的麦克风传到了天空中：

明明是刘晓军偷看了女厕所，又怪到谢达头上。我坚持了，我说就是刘晓军，不是谢达，我明明是说了老实话，却说我骗人，说我是骗子，是最爱撒谎的人。

母亲举起的手又放下了，说：谢达自己都承认了，是他。

他说：就算是谢达自己承认偷看了，也不对。真的就是刘晓军偷看了。

母亲说：那谢达为什么要承认？就是他偷看的，你还在这儿犟。

他突然大声说：他爸爸就是副市长，也是他偷看的。

母亲不再想打他了，说：他承认了，就是他偷看，你这样，把家里都害了。

他看父亲仍然没有说话，就突然提高了声音，说：那是因为谢达害怕，他是害怕才承认的，那不是真的。

父亲突然说话了，他说：你这个傻孩子，你为什么不懂得害怕？你必须学会害怕，你懂得怕了，就懂事了。

他忽然间感觉到身上没有力气了。天完全黑了，父亲的话以后总是在黑夜结束黎明降临时响起：你必须学会害怕，你懂得怕了，就懂事了。你知道害怕了，就长大了。

然后，他又听到了父亲遥远的哭声，在那天晚上，从他与母亲的床上传过来。这种略带恐惧的哭声就如同飘洋过海的风一样，一直走到了他中年的校园里。

9

远远看上去，两个中年男人一直站在树下，他们不是一对中年同性的情侣，他们只是要把过去的一件事情说清楚。在他们的头顶上，那些大片的树叶不停地晃着，就像海面上漂浮着的金色波光。不时有学校里的女人从他们身边走过去。有时，她们也会回过头来，看着这一对衣着讲究的男人。他们自己也不知道什么时候已经站起来了。他们说话时都很控制自己，但是，渐渐地，那个叫谢达的男人有些失控了。可以看见他的肩膀开始颤抖，如果有个镜头面对着他时，一定可以拉近看见他的脸，那时他的脸上正流着泪水。似乎在那个夏天里，因为雨水过多，形成了许多小溪，那些水全部流淌在了他的脸上。

然后，似乎看见了另一个男人在为他用纸巾擦泪，如此温情的场面，让很多人难以接受。然后，那个男人又开始拍打着谢达的肩膀。他拍了有很长一会儿，两个人都缓慢地平静下来。似乎他们真的长大了，而且，害怕了。

谢达说：我还想告诉你一件事，如果不是这件事情，我还不会来找你。

他看着他，目光在询问、等待。

谢达说：我在今年春天里，突然查出来，有癌症。而且，已经进入了晚期。

他有些吃惊，看着保养极好的谢达，看着这个小时候那么懦弱，现在却体面、富贵、沉着的小学同学，一时间不知道该说什么。

谢达的眼睛再次湿润了，他说：当时，我拿到诊断书之后，首先想到的不是我的事务所，不是那些财产，而是你，想着要当面向你道歉，忏悔。

“忏悔”这个词从谢达的嘴里一出来，就让他心里发出了巨大的声响，甚至把他吓了一跳。他心里想，如果自己跟谢达一样，那他应该为什么事情忏悔呢？他一时有些想不起来。他那时拼命想，脑子却仍然是一片空白。

他突然感到羞愧，因为不能立即知道自己应该为什么事情而忏悔。

谢达又说：我还会来找你，要为你送那天的照片，批斗会现场，他们拍得很清楚，咱们两个人站在台上。

他好奇地说：今天你为什么没有带？

谢达说：我把它放在美国的家里了，这次是从香港来，看看能不能见到你。下次我要专门从美国为你把那张照片拿回来。

他的头脑中想象出那张照片：两个孩子站在舞台上，所有的人都在喊着口号，因为那两个孩子是有罪的人。

他说：一定把照片送给我。

谢达：一定。

他看着这个一年多来一直让他充满悬念的谢达，感到有些奇怪，也有些恐惧，还有些激动：一个得了癌症的人，一个活不了几天的人，他首先想起来的是在小学最后一个学期发生的事情，他渴望真心忏悔，他竟然还找来了那张照片。

谢达又说：剧作家，你说，一个人如果病死了，即使是把他的身体火化了，用火烧了，他的灵魂，如果人有灵魂的话，那他的灵魂能升天吗？灵魂升天重要吗？

第九章

1

一个六月的夜晚如萤火虫降临在一棵巨大而孤独的松树下……

那种温暖、恬静、安宁的声音里真的有种女性美丽的智慧，她的声音在那时从讲台上传下来，像在音乐厅里的小提琴声从空气中走过来，一直潜入他的内心深处。不知道为什么，她的声音，以及她讲课时所营造出的整体氛围，竟然那么让他感动。仅仅是因为他对她有着极为美好的想象吗?

1867 年，应该是这年吧? 她说着，低下头看了看讲稿。她没有用电脑，而是在用那种旧式的笔记本，封面是牛皮纸的，上边充满了岁月的痕迹，似乎她不是一个从海外回来的女人，而是一个满身沧桑的怀旧者。当确定了就是 1867 年之后，她抬起头，继续说：6 月 28 日的这个夜晚，路易吉·皮兰德娄诞生在意大利西西里阿格里真托一个名为 Caos 的地方，不远处一株几百岁的大松树见证了他的出生。然后，她再次看看那个旧式的笔记本，又说：1936 年，就是那年的一个冬日，六十九岁的皮兰德娄离世，骨灰埋藏在同一棵松树下。

2

2011 年 5 月 10 日上午，那个男人走进了这所大学四号楼里的

332 教室。他公开的身份是剧作家，同时又是教授。此刻他坐在下边，看着她站在上边，不是神父，不是牧师，不是主教，不是旗帜下的领袖，她完全不是一个布道者的形象，而是一个平静的女老师。他在那时产生了一种感觉：也许女人天生就是应该去当老师的，她们那么美丽，她们身上真的有种超出知识、学问、法条、规则的东西，她们像春风一样吹过来，又像是秋天里一个晴朗的早晨从天空照耀在你身上的温暖阳光。

我们今天重新说起皮兰德娄的出生和离世，不是为了让大家记住常识，就是说，我要考你们，他的存在和死亡，不是这个目的。因为你们也许注意到了，我并没有记住那个年份，每次都要重新看看，不过，我不愿意说错，因为我希望准确一些。那棵大松树充满了诗意，充满了你只有在书卷里才能体会到的形象和感觉。瞧，我忍不住地想对你们强调，是在书卷里，不是在电子文本里。书卷、纸张、油墨和故事在一起，会让我们感觉到文化是遗传下来的。我们任何人都没有见过皮兰德娄，但是他活在自己的戏剧和小说中，面目清晰，眼睛里充满了活力……

他一直坐在下边听她讲课。他早就想去听她讲讲皮兰德娄。他在那天的教改会议上，在那个国际会议中心，在他刚刚进入大学老师们的氛围那天，在与老教授柳先生发生对抗之前时，曾经说过，一定要听她讲课。那天她来晚了，她的头发是湿的，她走进会议室时，让他的内心充满忧伤和激动。那天，她重点说到了皮兰德娄——《六个寻找剧作家的角色》。今天他来了。在头一天晚上，他犹豫着是不是应该提前告诉她，自己明天要去听她的课。经过思考和犹豫之后，他决定不告诉她，不特别征得她的同意。他不想在她的课上发表任何观点、意见，以及自己对于皮兰德娄的理解，他只是渴望作为一个学生，静静地坐在最后一排，听她的声音，感受她的逻辑。

3

那个男人因为起得早，所以他在北京的夏天里，也穿上了一件灰色的休闲西装。因为堵车，因为他昨天晚上睡得太晚，所以他迟到了，当走进教室时，所有的学生都在好奇地看着他。只有她，只是用很单纯的目光扫了他一眼，就像是月光掠过湖面，没有任何声响，然后，她继续着自己的表达。他从她的眼神中没有发现丝毫的不快，更没有看到她的情绪起伏。从那天在后海分手后，已经过了好多天了，他与她没有通过电话，没有短信，没有 E-mail，更没有在 QQ 或者 MSN 上交流。就好像他们真的彼此忘记了。

他想写 365 个短篇小说，题目叫《一年的故事》，后来完成的是 245 篇，15 卷。他还有好多长篇和戏剧，我在这里无法复述，也并不需要对他没有兴趣的同学去知道那些小说和戏剧。我们讲述一个剧作家时，有时不得不泛泛，因为你没有体验过他的经历，说心里话，“重新发现夜晚的魅力”，我始终没有明白他所说的夜晚的魅力究竟是指什么。

她穿着一条特别长的连衣裙，淡淡的蓝色让整个教室都显得有些凉爽。她的声音甚至是轻微的，但是安静的孩子们已经很清楚地感受到了她咬字时的文雅。她有时会在讲台上稍稍走动一下，那时她的头发也会轻轻摇晃，在他的感觉中，她那时表现出了某种高贵，是普契尼歌剧女声二重唱那样的高贵。

我有一本他的小书，叫《自杀的故事》，硬壳小 32 开，适合藏在桌肚里偷偷看。我在上别的老师课时，总喜欢悄悄地看。和很多出生于西西里的意大利作家一样，著名的皮兰德娄也终生没有离开西西里。身体的迁徙没有改变他心理上对西西里的依赖，“我是 Caos 的儿子”，这个 Caos，是皮兰德娄出生成长的地区，它位于西西里文化名城阿格里真托郊外小山上，山丘被橄榄树和橡树环绕，俯视大海……

他在她的声音里开始观察着听课的学生，发现这些完全不热爱戏剧与电影的孩子们在她的课上很安静，他们的目光一直望着她，没有对抗，没有挑衅，只有安详。他不知道这帮小祖宗是不是听进了她的全部语言，只是在教室里感觉到了和谐。

今天我有些激动，因为我又要讲述皮兰德娄。我有些随意，似乎真的想把你们带入我自己的感受中，就像我的美国老师格蓝常说的那样，这不是知识，这只是想让你们在皮兰德娄的世界中发现你们自己的生活。

她停止了表达，教室里没有了声音，似乎学生们都睡着了。她在等待着学生们提问，她看着他们，盼望着他们是一群好奇的孩子。

4

他坐在最后一排，越过她的肩膀，朝窗外看去，那儿有树叶在晃动。显然，这些树渐渐长高了，它们像女人的头发一样，很神秘，似乎那是世界上最有想象力的身姿与扭动。

意大利这个国家，或者说他们这个民族是对于艺术充满想象力的民族。

她仍然沉浸在自己的讲述里，没有疲倦。

突然，下边的一个男生大声说话了：老师，那我们民族是不是一个有想象力的民族呢?

他看着那个说话的男生，是刘元。在他的脑子里，立刻出现了这个学生似乎在跟踪面前的女老师的情景。

你说呢？她充满友善地问这个男生。

刘元大声说：报告老师，我们是一个没有想象力的民族。

真的吗？我们这个民族在哪一方面没有想象力？是艺术方面吗？

我们在任何方面、任何时候、任何地方都没有什么想象力。

这么绝对，为什么呢？

刘元把声音压低了，说：IPAD是我们发明的吗？IPHONE是我们发明的吗？

整个教室好像有些振奋了，大家的热情正在像火焰一样渐渐升起。

互联网是我们发明的吗？汽车、电话、洗衣机、微波炉是我们发明的吗？坦克、飞机、火箭是我们发明的吗？电冰箱是我们发明的吗？玻璃、塑料和优质钢材是我们发明的吗？……

另外一个学生也开始说了：录音、录像、摄影是我们发明的吗？

电烤箱、抽水马桶是我们发明的吗？

如果所有这一切，都不是我们发明的话，那凭什么说我们是一个有想象力的民族呢？凭什么说，我们在艺术上就能是一个有想象力的民族呢？

也许你是对的，不过我很犹豫，你认为京剧艺术有想象力吗？唐诗、宋词有想象力吗？

刘元想了想，突然笑起来：老师，你说的这些我全都没有兴趣，也不了解。我爸爸曾经逼迫我背诵过唐诗、宋词，我觉得他们老是喜欢在诗歌里吹牛，说大话。好像跟我理解的想象力完全不是一回事情。比如他说的：安得广厦千万间，大庇天下寒士俱欢颜。我请问，我们这些可怜的大学生今后到哪儿去安得广厦呢？还千万间，有一间就不错了。杜甫凭什么这样说，他是国务院总理吗？他是建设部部长吗？

刘元再次咧开嘴笑起来。

他的笑很有感染力，全班男男女女同学都笑起来。

她站在台上脸突然红了，就好像在那时她代替了唐诗和宋词，她是代表杜甫到这儿来与学生们谈话的。但是，她坚持没有说话。

就跟中国人发明不了电风扇一样，他们也发明不了这些。

刘元说着又笑了，边笑，还边回头看看坐在最后一排的闻迅。那意思里很有挑衅意味，好像是在说：看看你，你不是剧作家吗？你们这些在中国称王称霸的著名人物，真的给了我们任何想象力吗？我们能从现在的电影、戏剧、电视剧里看到丝毫想象力吗？

这回应该轮着他脸红了。可是，他没有脸红，他甚至没有注意到刘元的表情，而是被爱笑的刘元带进了一个空旷的房间里，跟着这个孩子一起思考起来：想象力？这真的是一个特别巨大的问题。

他看着刘元，这个孩子几乎说出了他的心里话，也说出了他内心最痛的地方。

他起身，先是对站在上边的她点点头，然后说：那请你们分析一下，“飞流直下三千尺，疑是银河落九天”是不是充满了想象力的诗句呢？

教室里沉默了。

他等待着这些孩子们说话，可是，这些孩子们没有说话。

他坐下了，内心里装满了那些不踏实的感受。所以不踏实，是因为连他自己也说不清这样的诗句是不是能够充分证明中国文化的想象力。究竟什么是想象力？

老师，刘元再次笑着站起来，说，我能再次发言吗？

她点头。

大家都看着这个孩子，看着他的笑容。

刘元说：我觉得这样的诗歌，与你们今天讲的皮兰德娄没有任何关系。今天的电影、话剧，都有剧情，有故事。我脑子里都是故事和人物的想象力，而不是像古诗一样的说大话。

大家都笑起来。

刘元仍然在说：可是，我看不见奇思妙想的情节，看不见像《六个寻找剧作家的角色》里，父亲跟导演那样的对话，更看不见母亲和女儿说话时，那么可怜的，可怜的，我也不知道该怎么说了。反正，飞流直下三千尺，为什么非要三千尺呢？也可以八千尺，还可以说得更多。可是，有意义吗？还有，我到现在都不知道，银河是什么，我们从小知道的那个银河，与科学家说的，是不是同一条河？

大家再次笑起来。

刘元接着说：一点想象力都没有，夸大其词，吹吹牛吧。几年来，我天天被国内的影视包围着，从来都没有遇到过有想象力的，那些创作者是白痴吗？他们这些年究竟干了什么有价值的事情？

他看着刘元，听着他的充满杀伤力的批评，终于再次开口说话了：让我特别感到惊奇的是，你们并不是别人，你们是未来的剧作家。你们可以批评我们没有想象力，我承认。可是，你们也是我们的一分子，否则，你们不应该来戏文系读书。难道，你们可以躲得开对于自己的声讨，或者追问吗？

他感到自己突然很有些激动，认为面前出现了对手，腹中有了无限的语言了。他可以这样说下去，充分证明自己的观点的正确性。可是，他唯一忘却了，自己又一次站在了学生的对立面，成了让他们对抗的人。他那时丝毫也没有意识到，自己证明这些充满青春荷尔蒙的人也完全没有想象力时，就又一次与青春为敌了。而且，他也忘了，本不应该和中国人谈论想象力的问题。这是一个民族最大的弱点。如果刘元骂老师们没有想象力是愚蠢的话，那他反过来攻击学生照样没有想象力就更是蠢上加蠢。

如果我把舞台给你们，把讲台也给你们，你们能为我提供些什么，来证明你们是一群有想象力的人呢？

老师，我们还不到二十岁。你这样有些过分了。

于婷婷突然站起来说。

另一个女孩子也说：对呀，为什么把我们又扯进来了。

他想了想，说：可是，我想知道，你们是谁？你们究竟是谁？

那你说呢？

我想让你说，你们是谁？

我不知道。

那我——更不知道。

老师，于婷婷站了起来，她看看脸上始终挂着微笑的刘元，突然说，可是，我能理解皮兰德娄的想象力。《六个寻找剧作家的角色》就很有想象力。那个让人鄙视的父亲，带着他成了妓女的女儿，还有孩子的母亲……他们去找剧作家、导演，把他们从舞台上赶走，自己成了主角，这有想象力，反正我在中国编剧身上，没有看到这些东西……

岳康康在那时突然机智地接过了女学生的话题，说：皮兰德娄的确充满想象力，现在闻迅老师就坐在下边，刚才他才说了一半，现在我们听听他对于艺术想象力的观点，好吗？

大家在瞬间就都把身体扭转过来，他们目光清澈，如同被舞台上的追光照耀一样。他们明显很好奇，渴望听到他的解释。

我不喜欢“想象力”这个词，当然，关于这些，我没有跟岳康康老师交换过想法。身为一个中国人，我好像特别不喜欢谈论关于想象力的问题。我不想反驳刘元，因为我不知道该如何谈论中国人的想象力。我经常发现，在中国越是喜欢说想象力的人，越没有想象力，有模仿，有对于样式的抄袭……说到这儿，他认真看了看刘元，发现这个孩子的眼睛里对自己竟然有着轻蔑和明显的不信任，但是，他坚持说下去：很大程度上我同意刘元的说法，而且，我当时在大学里，在课堂上，提出过与刘元完全一样的问题。只是那时我遇到了围攻，而他今天没有。我不喜欢想象力的原因是，在我们身边，往往是一些最没有想象力的人，却最喜欢说想象力。他们总是让我们为想象力这个词而羞愧。我不认为艺术靠的是想象力，我只相信体验。或者说是对于自己亲身经历的故事的发挥。

那老师，按照你的说法，我们所做的一切，不都太无趣了吗？

刘元站了起来，认真地看着他说。

是的，可是，对于一个中国人来说，你除此之外，没有任何别的办法。我们都知道，洗衣机还可以模仿，生产出来几千万台，作为商品。可是，皮兰德娄的《六个寻找剧作家的角色》却万万不能模仿，因为它的盛开，只能有一次。

他说着，站了起来，朝舞台，或者说是讲台走去。不知道为什么，他在那时渴望站在岳康康身边，他看看她，发现她在微笑。她的脸因为兴奋，也有些红润，她的目光平静，却也充盈着激情。他终于走到自己的舞台上了，并且能意识到学生们的目光一直跟随着他，就像剧场里观众的目光一样，他们追随着角色，听着他们的台词，观察着演员的动作，似乎永远渴望感受悬念，并刺探出结果。他沉默了一下，如同一个戏剧导演在排练之前的思考一样。那时候，他感觉到窗户在动，显然外边的风比刚才大了，树叶也晃动得更加厉害。他忍不住自己的好奇心，在大家的注视中朝窗户走过去。他能感觉到她的笑容，这让他更加有了自信。站在窗前，他似乎仍然在思考。太阳已经完全在头顶上了，显然，十二点到了，该吃午饭了。但是，尽管看不到太阳，光线却非常强烈，树木的绿色变成了浓浓的黑，土地的黄色十分鲜艳，有些像是在巴黎看过的马蒂斯的画。北京的天空尽管蓝也还是有些灰黑，好像窗外的一切都在反射着强烈的光，让他才几秒钟就感觉有些刺眼。他那时不知道自己更像是在表演了，因为他一直看着窗外，她看不见他的眼睛正闭着。他没有把身体转过来，当意识到自己身后仍然是一片宁静时，他吐字清楚地说：

我也说说皮兰德娄，年轻时皮兰德娄在家乡有一次出于好奇溜进停尸房去看一个自杀的人，出乎意料，他却看到一对男女在那里做爱。

5

学生们离开了教室，但还留下了一个人，那就是刘元。他仍然坐在座位上，似乎是一个超级用功的孩子，在读着那本皮兰德娄的《寻找自我》。他们两个人站在讲台上，好像谁都没有特别去注意这个孩子。他们只是彼此互相看着。而且，他们都在对方的眼睛里看到了激动和热情。

岳康康仿佛突然意识到了什么，轻轻说：刘元，你不去吃饭吗？或者说，你还有什么关于皮兰德娄的问题，需要我解答吗？

刘元站起来，但是，头仍然是低着的。他像是感觉到羞怯一样，摇头说：没有。然后，他抬头看这两个老师，只是小声说：老师再见。就悄悄地走出了教室，把那两个互相望着的老师留在了教室里。

他们两个人似乎不约而同地注意看着那个孩子走出去，然后，又重新把自己温暖的目光定在了对方身上。他们谁都没有去注意刘元虽然已经出去了，但是，他的脚步声并没有传进来。他们谁都没有意识到那个孩子其实并没有走远，而是站在门外悄悄地看着屋里的那一对充满热情的人。

如果是别的老师，我这样表演，他们会愤怒吗？

他问她时，发现她突然显得有些不自然。但是，她很快地就镇定下来，说：

让我想想，男老师会的，可是女老师不会，我想她们都会欣赏你的才能。

那你呢？

我，别忘了，是我为你创造的机会。

哈，我当时还以为是为你解围呢。

没有呀，你没有发现学生们都不抗拒我吗?

我可以请你吃顿饭吗?

当然可以。

他们走在过道里，漫长的回廊里充满了历史的灰暗，没有任何人来打搅这两个内心充满温情的人。他们以为那些对话只有两个人能听到，那就是一个叫闻迅的男老师和一个叫岳康康的女老师。可是，那个叫刘元的男孩子却跟这两个自信的人玩起了心眼，他先是在门外悄悄观察着他们，然后，当他们走出来时，却又迅速地躲进了旁边的206教室。他听着，看着，感觉着自己的这两个老师从门前走过之后，就一个真正的幽灵那样，轻轻地蹭出来，尾随着他们，听着他们的对话：

去哪儿吃饭?

不知道，你应该比我熟悉。

为什么?

你在这儿比我待的时间长，你教龄比我长，是老戏文了。

去艺术餐厅吗?

那儿学校的人太多。

我以为你不怕呢。

6

那时他们两人完全不知道自己真的成了演员，因为有摄像头又开始对着他们，在那个摄像头后边是同一双眼睛。焦距和场景时时在变化，一点也没有变的是编剧、导演和摄影师的内心世界。当然，在那个正午时分，镜头里总是他们的背影。那个男人穿着长裤和衬衫，在他的胳膊上搭着一件西装。那个女人穿着很长的连衣裙。在她走路的时候，随着长裙的飘逸，可以看见她两条修长的腿在镜头里晃动，让以后看到这些镜头的人止不住地要叹息。他们走在校园里时，并没有特意分开，而是很自然地边走边谈着话，从教学楼里出来之后，他们朝右走，然后左转，然后朝西，从西门出去后，左转，最后到了喝粥的餐厅。

是学校西门外的一个餐厅，喝粥的地方，门外挂着几个红灯笼，有些像是地主家的宅门。两人站在门口犹豫了一会儿，真的就在这儿吗？天气太热，不走了，就在这儿。

我本来没有特别想要说想象力。

我也没有想到会滑向那个词汇。是一个敏感的词汇，又是陈词滥调。

刘元是一个聪明的孩子，你仍然觉得他不应该在戏文系吗？

不知道，也许我错了，也许他不能搞创作，却能搞批评，成为一个苛评家。中国也需要苛评家。但是，想想特别难受，中国其实特别需要那些有才华的创作者出现，可是，每一代里出现最多的却仍然是苛评家。我常想，这是不是与我们把学生大量的时间用在文艺理论课上有关？是不是与我们在中学时，就喜欢讲所谓中心思想有关？离开了对于过程的体验，总是去下结论，这让孩子们开始就变成了苛评家。

她笑了，说：我发现很多剧作家也是从苛评家开始的。

他也笑了，说：你的意思是，我跟刘元是一样的人？

她摇头，说：你跟他是完全不一样的人。

他看着她说：我的攻击性太强了，我没有想到在你的课堂上，竟然再次发起攻击。而且，是面对今天的所谓青春。

为什么还所谓呢？青春就是青春。

对，只不过是完全不同的青春。

其实，也是完全相同的。

那你说，“飞流直下三千尺，疑是银河落九天”能说明想象力吗？中国人的想象力？

不知道，我真的不知道。

他们互相看着，他从她的眼睛里再一次看到了自己的影子，于是先笑了，他们都笑了，而且，竟然笑得很开心。

7

那时，两人都发现自己并没有走进那个餐厅，而是站在外边，长时间地说话。似乎，一点也没有表达情感，只是说着那些对于一个局外人来说完全没有意义的事情。但是，那天高温，非常炎热，他们竟然没有感觉，或者说他们能够在这种状态下站在外边，坚持很久，谁也不肯离开。

这样，就给了那个摄像头更多的机会。当把两人拉近时，尽管已经有些摇晃，镜头也有些虚了，但是，还是可以看到这对站在餐厅门外的男女老师笑得很开心，说句充满想象力的话吧：笑得很灿烂。

第十章

1

他渴望找着刘元，因为这个爱笑的孩子已经有两次没有来听他的课了。他非常希望能跟他随便谈谈。谈什么呢？就像当年父亲在那个晚上对自己说的一样，孩子，你只要懂得害怕了，就长大了。

他是在那天清晨时，躺在自己的床上想起了刘元的。那时才六点钟，他昨天晚上没有拉上窗帘，自从妻子带着女儿去了美国，自从妻子要与他离婚，自从他总是一个人回到家里，他就很少拉上窗帘了。他朝窗外看，还有些迷茫，无法判断是不是一个晴朗的天。突然，他意识到自己的内心深处有一点点淡淡的苦涩，是因为她，对，是因为她。

在这样的早晨她在干什么呢？还在睡吗？她会想他吗？她会记起哪些细节呢？从那次送她回家以后，他每天早晨都会进入这种状态。

他仍然躺在床上没有动，而是仔细地回忆起他与她在昨天的场景：他们竟然没有吃饭，而是离开了那个粥店，朝着天安门的方向走去。最后是她先上了一辆公共汽车，是在美术馆上的，好像是109。他当时对她说：我特别喜欢把你送上电车的感觉。

她笑了，故意说：你是想把我送上车，自己赶快回家吗？

他当时没有感觉到她的调皮，有些像傻瓜一样的说：我只是欣赏这这个画面，很怀旧的样子。

说说你曾经送过多少女孩子？

忘了，数也数不清。

他本以为说了这句话她会笑，可是，她竟然没有笑，而是从眼睛里表达出了淡淡的伤感。

他躺在床上，笑起来，与她共同在享受伤感。可是，他又知道，其实这些画面和对话不是他最想回忆的，他当时想对她说，或者是他希望听她说出下边的话：为什么这么长时间没有跟我联系？你在躲什么？

为什么没有给我发短信？

为什么没有给我打手机？

为什么没有给我发 E-mail？

为什么没有在 QQ 上找我？

我是你需要的那种人吗？

我们是不是对方渴望的那种类型？

他们都应该问问对方，可是，他们谁也没有问。

他们谁也没有主动与对方联系，好像真的成了那种年轻人，似乎只要是谁主动向对方发出信息，那他就成了软弱的失败者。是更加没有意志力的人，是首先服输的人，是情感上的弱者，并且在今后的岁月里，他或者她就必须承受更多的责任。

那他为什么会把她送上公共汽车，而没有始终与她在一起呢？她是在什么情境下提出要上公共汽车的呢？很突然，对，是很突然。他们当时一直走在炎热的阳光下，很久了，突然，她提出要坐公共汽车回家，而他竟然也没有表示反对。那时立即就有一辆 109 电车开过来，她很快就上去了。当时，她的背影看上去，像是一个跳高运动员。她上去后，回头看看他，摆摆手，就把目光移开了。

他看着她，没有发现她再次把目光转回来。他望着电车缓缓地离开，那时他扫了一眼美术馆，似乎有俄罗斯的印象派画展，俄罗斯为什么会有印象派？他有些模糊，同时问自己，为什么没有邀请她一起看画展呢？说不定列宾和列维坦在年轻时，还真的就是印象派。

2

他从窗户外对面楼上玻璃的反光知道快七点了，今天要去学校，今天有课，今天最好能找着刘元跟他谈谈：孩子，你只要是知道害怕，你就长大了。这是父亲当年对自己说的话。在经历了那次批斗会之后，父亲那么无奈地看着他。

他在刷牙时对自己说：当然不行。可是，他的谈话与父亲说的所有那些东西，真的有本质差别吗？如果有差别，你倒是自己对自己说说，它们的差别究竟在什么地方？

孩子，我究竟怎么样才能说服你，来听我的课呢？难道你没有发现，我的课比那些陈腐的老师们强多了。当然，我有些夸张，有些强势，有些先声夺人，但是，我的魅力是经过了考验的。从一个个舞台上，到研讨会上，到从当年一次次地大学宿舍的讨论中，到今天我在别的地方，特别是大学里的演讲中，我总是能够非常吸引人的。就像是在寒冷的草原上冻了一晚上的人渴望阳光一样，你们应该渴望听我的课才是。孩子，你不听我的课，也许对你的一生都会造成损失。因为，你不听我的课，完全没有道理。

孩子，我为什么吸引不了你？

3

他走进教室时，又一次没有看见刘元。而且，让他吃惊的是，竟然有十二个学生没有来上课。他当然可以装做无所谓，下边坐着二十几个人。他可以讲课了，用不着表演，只要坚持着，像个爬虫那样，声音很小地应付过去就行。你只要是应付了一次，那这一辈子就好应付了。有多少老师一辈子都是这样讲课的，也许他们没有才能，他们从来没有要求过自己的语言效果，但是他们的坚忍不拔真的让人敬佩。

显然，除了刘元以外，还有另外十一个人没有来。这让他先是有些好奇，接着内心产生了强烈不满。他在忍耐。

那十一个人他有些想不起来都是谁，只是感到自己站在讲台上，或者说是舞台上有些孤单和可怜。

主要是刘元没有在。

他内心在刹那间产生了巨大的不满足。他突然发现没有了这个孩子，他甚至连上课的激情都少了许多。

是因为没有对手吗？刘元成了对手。他需要对手的刺激，需要反驳，需要抗拒产生的作用力。他突然发现有些离不开这个总是与自己对立的孩子了。

可是，这个刘元不在。

你们知道刘元现在哪儿吗？

在宿舍睡觉。

一个男生在下边回答。

然后，大家笑了。

其他人呢？

他们都在宿舍睡觉。

为什么？

老师，他们喝多了。

大家笑得更加厉害。

他知道这类笑声并没有什么恶意，并没有挑衅的意思，可是，他还是有些愤怒了。

刘元请假了吗？

教室里沉默，没有任何人回应。

那我想问问你们，上回布置的几部电影都看过了吗？

老师，是哪几部电影？

他看看这个男生，尽量抑制自己的情绪，作出轻松的语气，说：伯格曼的《野草莓》，最近上演的《速度与激情》，大卫·里恩的《日瓦戈医生》，波黑地区民族冲突的《风吹稻浪》，还有俄罗斯的《小偷》。

大家沉默，没有人说话。

有谁看过吗？或者看过其中一部，请告诉我。

没有人说话，男男女女的互相看着，窃笑起来。

他问那个说话的男生：你为什么没有看？

那男生站起来，想了想，说：天气太热。

还有什么理由？

没了。

大家又是一阵笑。

他突然感到脑子有些发热，就对下边的学生说：下课！

然后，那些惊讶的学生还没有起身时，他就首先走出了教室。

在门外，他迎头撞上了来听自己课的好几个校督导，走在最前边的正是柳先生。他与他正面相对，互相看了一下，柳先生说：怎么了？为什么下课？

他看看柳先生，说：天太热。

天太热？

天太热。

天太热？

对，天太热了。

柳先生拦住了他，大声说：为什么现在让学生离开教室？

他说：我决定下课了。

可是，才打过上课铃。

我有我的安排。

任何人都不能作出这种安排。

你不能把这些学生丢在这儿不管。

任何人都没有权利作出这种决定。

学校里还从来没有哪个老师这么放肆。

柳先生上前轻轻拉住了他，说：闻迅老师，请你留步，我想知道究竟发生了什么事情？

这时，另一个满头白发的女教授问一个女生：为什么？你们班出了什么事情，把闻迅老师气成这样？

女生说：刘元和另外一些同学没有来上课。

一共有十二个同学没有来。

柳先生一怔，说：刘元？他病了吗？

一个男生说：不知道，没有吧。他们昨天喝多了，十几个人都在睡觉。

另一个男生说：他们许多人不愿意听闻迅老师的课，他们说对写剧本没有兴趣，他们今后又不当编剧。

柳先生似乎明白了，他转过身，和颜悦色地对他说：闻迅老师，现在的学生就是这样，他们不来，可以去叫他们来，为什么要朝极端发展呢？制造与学生的对立并不明智。

另一个女生说：还有，闻迅老师让我们看的几部电影，大家都没有看，看不懂。

看不懂就不看吗？理由不充分。看不懂的才应该学习。《红楼梦》我当年看不懂，可是我连着看了五遍，最后成了半个红学家。

他感觉到柳先生的手还拉着自己的手，两只手已经有些出汗了，潮湿了，黏糊了。他突然使劲把柳先生的手甩掉，然后快步离开，似乎这儿有着某种瘟疫。

众人都没有再说什么，而是把目光都集中到了他的身上。他不再说什么，把所有的学生以及那几个督导留在了身后，独自一人朝前方走去。他没有回头，但是，他的后背能够感觉到，在灰暗、漫长的走廊里，他们每一个人的目光都像是探照灯一样追寻着自己，就像是当年那些追寻真理的人一样，他们今天在追寻正确的方式。

柳先生的话从身后传来：

重大事故！

4

宿舍里没有空调，窗户开着，纱窗坏了，里边有两三只苍蝇在盘旋，发出了像是超音速飞机那样的声音。上下床一共有六张，似乎全都躺着人。像是上访的人睡在露天一样，在星光下，在昏暗的街灯下，在阴暗、潮湿、闷热的夏日的夜里。他感到有些晕眩，就站住了，想让自己静下来。他尽量想看得清楚些，感觉黑乎乎的一片。

他不得不站在门口很长时间，让自己的眼睛适应里边的黑暗。

在那时，他听见了几声咳嗽和男生们在床上翻身的动静。几乎过了快二十年，他没有再进过学生宿舍，上下床发出的吱吱声，让他突然感觉到了心酸。当看到这么热的天，这些男生们为了能够享受安静还尽量蒙着头睡，他感到对他们的不满瞬间就消失了。

他突然想抽一支烟，已经十年了，没有再抽烟，今天却想抽。抽中南海吧，那时在宿舍里，一边争论《哥本哈根》，一边抽烟。似乎迈克尔·弗雷恩又回来了："我感觉到遗憾，你总爱把事情抽象、逻辑化，当你把它们当故事讲的时候，不错，一切都恰如其分。"

玛格丽特真的是女人吗？女人真的会对这类问题感兴趣吗？剧作家有些一相情愿，他们规定了情景，然后，就开始无止境地发挥。

终于有一个学生从床上坐了起来，当这个男孩子看到他就站在自己的床边时，竟然大吃一惊，忍不住大叫起来。

他有些不自在了，不知道自己身上有什么东西，让这个大学男生害怕成这样。

然后，他听见男生苦笑着说：我感到非常意外。

他看着这个被自己吓成这样的男孩子，也忍不住笑起来。

这个男孩子有些不好意思地看着他，说：闻迅老师，坐吧，男生宿舍您也知道，就一个字，脏。两个字，肮脏。

他补充着这个男孩子的话说：三个字，非常脏。四个字，非常肮脏。

另一个床上的男孩子开口说话了，只是他躺在床上，没有起身，声音从黑暗的角落里传过来：五个字，真他妈肮脏。

他笑着问：刘元呢？他在哪个房间？

两个孩子不约而同地回答：隔壁的隔壁，东边。

5

他没有再跟他们继续作语言游戏，转身出去了。朝东边走了两个门，他站住了，开始犹豫着，是不是要敲门，或者不敲门就直接进去，那样或许有些不礼貌，而且，应该跟刘元说些什么呢？问他为什么不来上课，而且，问他这么多男生不上课，是不是他组织的？他是想着要故意与自己对抗吗？

他又走得离门近了一些，心想，也许昨天在她的课上，自己说话的语气有些过分。你与学生对抗，你话里有话，你总是怀疑，他们是不是应该到戏文系来读书，你蔑视他们目空一切地对中国的戏剧、影视现状批评，你让他们明显感觉到你怀疑他们这代人的才能以及对于艺术的热爱程度，其实，是你在与他们为敌。

那还进去吗？并且，与他们争吵一次？

他摇摇头，对自己又说：不，不是来吵架的，只是想问问，他们为什么不来上课。他们喝的是什么酒？其实，我来找刘元，只是出于一个剧作家的好奇心。

他朝过道里四下张望着，感觉自己的呼吸均匀了，而且，他渐渐平和了。一个剧作家，他意识到自己江郎才尽了，于是，他来到了大学，想在青春中，使自己的才华得到另外一次展现的机会。结果，他的表演一点也不充分，而且，大学里的教授生活不是表演，是非常朴素、乏味的过日子，他的那套在这儿行不通。他的授课方式也远没有达到理想的剧场效果。他应该把自己位置摆对了，你就是一个普通老师，苦口婆心，默默无闻，不要总是渴望奇迹会在你华丽、漂亮、富有效果的讲述中产生。在今天这样一个务实的社会中，充满才能的表达只能让人感到不自然，倒不如平淡些，在喝下一杯杯白开水之后，把那些教案、讲义念一遍，舞台的归舞台，教室的归教室。

他感到自己的脑子这时很灵敏，生活突然开始又有了色彩，于是，他打算走进眼前的这间学生宿舍了。他伸出手来，活动了一下自己的肩肘，开始轻轻地敲门。他先是轻轻敲了两下，接着又敲了三下。停顿了几秒种之后，他发现里边没有动静，没有回应，就又大声地敲了三下，还是没有动静。他终于忍不住了，就边推开门，边朝里边走。让他完全没有想到的是，突然间，从门框的上边掉下来一个很大的塑料桶，它正正地扣在了闻迅的头上，里边是有些黑乎乎的水。而且水量很大，就像是瓢泼大雨一样笼罩了他的头顶、全身，眯住了他的双眼。而且，那水从他的脖子、领口处涌入，似乎把他的心脏都给淋湿了。那时，他弯下了头和腰，让那个桶重重地落在了地上，发出了一声闷响。

这声响动惊醒了躺在床上的六个男生，他们全都快速地坐起来，然后开始大笑起来。当看到被水浇的竟然是闻迅先生时，那种愉快的笑声戛然而止。就如同安了开关一样，突然停了电。

他站在他们面前，浑身上下都被淋得湿透了。他的脸上呈现出灰色，他的头发、墨镜、衣领都疲软地搭在那儿。他有些迷惘和糊涂，似乎仍然没有反应过来。

刘元坐在那儿，脸上渐渐有些严肃，他笑容明显地被压抑着。

另一个男生光着膀子下了床，朝他走来，然后，拿起了自己的毛巾，开始为他擦水。

他仍然有些恍惚地接过毛巾，还说了声谢谢，就开始为自己擦那些脏水。心里这时开始想起了在那个男生宿舍的对话：真他妈肮脏。

老师，我们不是冲你来的。

老师，我们不知道你会亲自走进我们的宿舍。

老师，从我们入学到现在，没有任何老师进过我们的宿舍，更没有学校领导。

老师，听说有中央领导可能会来一次，可是，一直没来，说了一年了，让我们把内务收拾干净。

内务是军训的时候教的，就是整理好自己的被子，打扫干净房间。

老师，对不起，我们真的不知道你会来。

你真的是头一个走进男生宿舍的老师。

他感觉自己脸上的水被擦掉了，似乎能看清眼前的东西了。这时，他终于坐在了那个男生为自己搬来的椅子上，那椅子的腿猛地一晃，他差点摔倒，就说：被淋了还不够，还要摔我一下？

大家再次笑了。

他想了想，说：我刚才是不是很狼狈？

男生说：很狼狈。

另一个男生说：非常狼狈。

他自己说：真他妈狼狈。

大家又笑了，他也笑了。他接过一个男生为他递过来的中南海，大口地吸了一下，愉快地咳嗽起来，好奇地说：你们为什么把桶放在门顶上，数字时代了，天天都在说着他妈的云计算，你们还玩这种古典的游戏，挺怀旧的呀。

男生说：其实，是为了防备那个宿舍的，他们老是半夜来偷我们的蚊香。他们自己不买。

男生说：闻迅老师，蚊子太多了，纱窗坏了，没有人来修。我们提出来，国家的经济都超过日本了，却不安空调。说太舒服了，就学习不好了。

招生规模那么大，钱来的那么多，连个吊扇都不在头顶安一个。

一到夜晚，我们的聊天还没有结束，蚊子就开始轰炸了。他们从不买蚊香，总是来偷我们的。

这个宿舍门关不上，就好像我们男生就没有隐私，我们屁股可以让人随便看。

刘元，你在想什么？

刘元看看他，没有笑，只是沉默着。

一个男生说：闻迅老师，大水淹了龙王庙，你是第一个走进我们宿舍的人，不管因为什么，我们都该感谢您。没有想到把您给淹了。我们甘愿受罚。

他把最后一口烟抽完，想了想，说：咱们试想一下，如果淹的不是我，而是毛主席，会有什么结果？

一个男生说：我们不了解毛主席。

他说：如果是小布什呢？

他可能会在国会上发火。

奥巴马呢？

可能会削减他对于全民医改的信心。

希特勒呢？

他会让德国人一直打到以色列。

校长呢？

他肯定会把我们男生宿舍楼的淋浴修好的。

他突然感到有些疲劳了，就站起来，说：我必须回去洗澡了，谢谢你们给我的奖励。

他看看刘元，发现他仍然在床上思索，就不想去打搅他，以免捅马蜂窝，又发生什么让自己意想不到的尴尬。他起身，摸了摸自己的头发，拧了一下自己湿透的衣服，走到了门口。然后，他开始朝门框上看，发现那个机关做得很精巧，专门用塑料板搭了一个平台，使一个大桶的重量可以完全压在上边。他于是摇摇头，说：

巧夺天工，叹为观止。

当他正要出去的时候，突然，刘元说话了，他声音很大地说：闻迅老师，我们没有去上课，还喝多了，您是为这事来的吗？

他站住了，愣在那儿一刹那，然后，转过头来，看着坐在床上的刘元，说：我并没有审问你们的意思。

刘元说：我们前天和昨天两个晚上，把你让我们看的电影全看完了。昨天晚上，凌晨四点钟，我们把俄罗斯的《小偷》看完了，当时大家特别感动，都哭了，喝了两瓶二锅头。

他那时突然感觉到宿舍里有了阳光，眼前的色彩再次变得浓烈起来，几个男孩子那时都望着他，让他内心产生了说不出的温暖。而且，他发现自己竟然有些激动得说不出话来。就那样站了片刻之后，他转身走出了宿舍，然后，沿着长长的过道缓缓地朝楼梯口走去，那时，他发现自己竟然忍不住地泪流满面。

6

闻迅老师，我很遗憾地通知你，必须要给你一个处分，因为，那天在你的课上，发生了一次重大事故。

他当时坐在系办公室的长桌旁，正随意地翻着女学生于婷婷新写的随笔。永远是这样，在中学叫作文，在大学叫随笔：在我的眼里，父亲是这个世界上最优秀的男人。他平和善良，却又有一种能够征服世界的力量。父亲对自己和我的要求非常严格，他每天出门上班时的衣着都非常整洁……

他当时如同渴望自虐一样的继续读着这篇让那个女生边写边流泪的作文，心里想：自己是不是犯了一个大错误？非要坚持让这些完全不应该来戏文系读书的孩子们写文章，练笔，甚至要求他们必须完成一部两万八千字左右的剧本。他们显然不具有这方面的，哪怕是一点点的才能，却要彼此浪费时间。同时，他又听着系主任有些羞怯地告诉他关于处分的决定：

闻迅老师，不知道你有什么想法？

他看看系主任，感觉对方又老了，想起来他在西北大学时天天踢球的快乐，不知道现在什么事情让他这么发愁，竟然这么快又老了这么多。

系主任又说：其实，我也很想不通，有时，我也会被这些学生气得够戗，你永远不知道他们喜欢什么。

周老师，他抬起头，看着系主任，说：我觉得，应该允许老师就在课堂上，带着学生看电影。

为什么？学校有规定，怕老师给他们放一个电影，就不管了，放任他们。

你知道吗？他们看《小偷》，看哭了。

小偷？哪的小偷？

俄罗斯的小偷。

不管他是哪儿的小偷，有什么好哭的？

因为，俄罗斯的小偷感动了他们。

系主任笑了，说：跟你开玩笑，你也不笑。其实，我也非常喜欢这部电影，记得当时还写过一篇评论。可是，你有没有想过，现在的孩子，当你真的开始引导他们的时候，他们总是想躲。

也许，我还没有找着一个燃烧点，跟他们产生共鸣。

系主任突然摇摇头，说：不，他们现在已经不接受我们那些优秀的表现，他们就像是一群羊，只愿意自由自在地漫游在山坡上，也许他们愿意慢慢地思考。所以，大学里现在无为而治，也许是对的。

他望着系主任，头一次感到他现在仍然是一个优秀的男人。他对于学生的认识，远不像那些愚蠢的、顽固的人，而他一开始还真的以为在这个戏文系里，只有自己是聪明的人呢。

闻迅老师才华横溢，有原创能力，还有着想打动学生的激情，可是，他们不太听你的，他们对于这件事情没有激情，所以，你可能感觉到灰，也有些冷，这都是没有办法的事情。课堂跟你在电影上看的，跟你过去想象的都不一样，甚至跟你我大学时期也不一样。人人都说今天的老师冷漠，其实，首先是学生冷漠。常说，有什么样的老师，就有什么样的学生。应该反过来，有什么样的学生，就有什么样的老师。

那我们应该怎么办呢？

默默地跟随着他们，悄悄陪着他们，让他们以为自己在山坡上，我们不要找他们，只是让他们来找我们。

如果，他们永远不找我们呢？

其实，他们从来没有找过我们。这我知道。他们没有兴趣。

你真的这么悲观？

系主任点点头说：我在这个学校里待了十五年，到了第五年时，我们已经彻底悲观了。

他笑了，没有再说话。

突然，系主任又问：闻迅，给你一个记过处分，你生气吗？

他说：如果给你你生气吗？

这次是系主任先笑起来。

他没有笑，只是说：一点也不生气，没有什么感觉。

系主任把一张打印出来的纸递给了他，说：我也没有想到决定的这么快，现在学校正在狠抓教学纪律，你是撞在枪口上了。我也不打算在会议上读了，你自己看看吧。

他接过来，发现“闻迅”两个大字非常醒目：

关于对闻迅教学事故处分的通报

各部门：

影视文学艺术学院戏剧文学专业教师闻迅于2011年5月11日，在其担任主讲的戏剧文学创作课程中，擅自停课，脱离岗位，影响教学计划正常进行。根据《教学事故处理规定》中“关于教学事故的划分及范围”第1项第11条，属一般教学事故直接责任人。

根据《教学事故处理规定》第5条、第6条规定，给予通报批评、取消当年评优资格、扣发当月岗位工资的处分。

特此通报。

教学管理部

他收起了那张纸，系主任说：不能给你，看完后，要还回院里存档。

他说：那我复印一下，留个纪念。

突然，从窗外洒进来一束阳光，那时，他看见门开了，柳先生走了进来。他感到在这个老教授的脸上，似乎挂着胜利者的微笑。

柳先生进来，让他内心不再平静。他突然改变了话题，对系主任说：你说，怎么样才能在课堂上吸引这些学生呢？

系主任没有说话。

他们已经看了俄罗斯的《小偷》，我很想跟他们说说这部电影。

系主任没有看他，而是开始和柳先生打招呼。

柳先生对系主任点点头，也对他点点头。然后说：闻迅老师，中国的小偷就够了，为什么还要在课堂上讲俄罗斯的小偷？

他看看柳先生，没有说话。他不知道这个柳先生，是不是在与自己开玩笑。

柳先生说：下星期四，我们大约有五个人，要听听你的课。

他也对柳先生点点头，说：处分的决定我已经看了，谢谢你，柳先生。我本来还想专门去找你，表示我的感谢，现在见到你了，就不用了。

柳先生说：你也不必有负担，谁都会犯错误，改了就好，改了就好。

他看着柳先生的自信与大度，说：您老人家会犯错误吗？

柳先生看着他，立即感觉到话里边的挑衅意味，刚坐下就站了起来，说：闻迅老师，你这是什么意思？

他也站了起来，没有跟任何人打招呼，就独自走了出去。当关上门的刹那，过道的阴暗压过来，让他的眼睛有些不适应。沿着过道走到楼梯口时，强烈的阳光再次从窗外伸过来，那时，他突然特别渴望找个人聊天，因为他感到内心有了很多话，想对她说。

7

走在校园里，他几次想给她打电话，可是，他这才突然意识到自己竟然没有她的电话。

他回到了家，突然感到有些凄凉，看着妻子与女儿的照片，似乎在那一刻才突然清晰地意识到：这两个女人都离自己很远了。妻子已经很久没有给他打过电话，最后一次还是与他商量离婚问题。

他打开音响，听到的竟然是《天堂电影院》，钢琴一出来，就让他内心潮湿起来。录音质量很好，是电影的原声吗？他在深深的惆怅里还又一次想到这些。自己的理想是参与到这样的艺术作品里，无论是戏剧还是电影。自己的理想，是像艺术家在舞台上一样，充满激情地讲课，坐在下边的学生应该对自己充满热爱，他们的目光应该与自己的情绪共同起伏。自己的理想，是与皮兰德娄一样，让观众与演员共同营造一个舞台天堂，在那儿人人都说着台词，而且句句意味深长。

眼前的一切都与想象不同，他感到特别的孤独。

他突然想给她写封信，不是发邮件，而是用一支钢笔，写在旧式的信纸上，然后，用一个牛皮纸的信封寄出去。

他开始在房间里找过去的钢笔，竟然在屋子角落最下边的抽屉里找着了。

然后，就是纸了，无论他怎么找，都找不着那种充满怀旧的信纸，只有那种很厚、很白的 A4 打印纸，只好用它了。

他把白纸平铺在电脑桌上，突然发现桌上的电脑很碍事，过去的书桌其实是简洁而实用的。他开始写信：

岳康康，你好。

其实，你肯定是在几天后才能收到我的信。可是，我现在就想见到你，与你聊天。似乎有很多话想对你说。

我竟然没有你的手机，也没有你的E-mail，我只知道你住在后海边的那栋楼里，也不知道是哪间屋子。可是，我想念你，希望能见到你。

他开始写了渴望，然后又划掉了，改成希望。他不愿意吓着她。

从那天听你的课之后，又过了一周多了，你还好吗？我不太好。主要是心情。不过，也有好的时候。那天，我去了刘元他们宿舍，结果，被他们放在门上的水桶砸了，淋了全身，成了落汤鸡。可是，那天我特别感动，知道吗？他们是因为看了《小偷》，被震撼，喝了二锅头，才第二天不来上课的。都说学生不看电影，可是，他们看了。

他写着，内心里洋溢着美好和感伤，他突然发现，用墨水、钢笔，把一串串黑色的字，写在纯净的白纸上，而且，是在给一个女人写信，而且，那不是在过去，而是在2011年5月18日星期三的现在，在自己空寂的、经过装修的家里，而且，他已经蕴含了那么多富有色彩的语言。还有，他一会儿要给她寄出去，真的不用E-mail，不用手机短信，而是要把这封信装进一个已经准备好的信封里，从家里走出去，骑上自行车，去附近的一个邮局，先问问他们信几天收到，本市的，然后，再找一个信箱或者邮筒，把这封信小心翼翼地放进去，然后呢？就是等待了。她一定会在几天后收到，她会有什么反应或者感觉呢？

我因为那天停课，受了处分。那种奇幻的感觉让我想到了菲利普·罗斯的《乳房》。套用菲利普·罗斯的话来说：是戏剧让我变成这样的吗？岳康康，只是感到好玩，处分这件事情，其实很古典，你不觉得吗？“处分”这样的词汇，让我感觉很怀旧。那些怀旧的事情总是一起朝你压过来，让你突然很渴望沿着南长街走向北长街。经过中山公园的大门时，你会朝里边看看，继续走，就到了那条路，你向东拐，就看见了护城河，沿河走，这边有高高的，明代遗留下来的，深灰色的城墙。那条路真的静寂，而且，人很少，车也很少。北京人现在总是喜欢走在闹哄哄、臭哄哄的东四环，他们早就忘记了还有护城河，还有府右街。在这些街上，他们用不着再受那些高耸入云的，全是玻璃的，早已经腐烂的全新建筑的侮辱。很多人不知道这条路竟然可以开车，而你，还可以骑上自行车，从西往东。有时，也能在河边站着，朝对面望过去，那儿有许多长椅，是绿色的、木头的。在椅子背后，是一百年、两百年、三百年的古树，有的是古松树、有的是古柏树。那儿也会有人，他们坐在椅子上，像是雕塑一样。你不会与他们说话，因为隔着两百米呢，只是看看他们，也不知道他们有没有看你。你这会儿可能会走得很慢了，因为河水，特别是这么古老的河水，在北京几乎没有了。这儿还有一片水域，如果在夜晚，就能映出灯光和月光，如果在白天，你能感觉到阳光特别明媚，似乎北京还没有被污染呢。你再走二十分钟，就会离东华门近了，那儿的小吃虽然人多，但是仍然非常怀旧，其实，站着吃饭的感觉有时很好。我最讨厌那些画画的人，挣了几个钱后开的“艺术”餐厅，装修得跟美国的公共厕所一样，让你以为那不是餐厅，而是MOMA的公共厕所，说好听一点，就是洗手间，哪是为了吃饭去的？我是不是太刻薄了？其实，你知道，在二环里有许多小餐厅，它们跟过去的一样小，在里边吃几个家常菜，非常随意、舒适。特别是一些老的国营餐厅，让你回想起二十年前，那时很饿，很激动，很傻，饭菜却很香。对了，告诉你，在景山东门的一条小胡同里，你朝东走几步，就会有一个成都办事处，里边的小餐厅没有特别装修，回锅肉和盐煎肉都做得特别好。走远了，写着写着，竟然饿了，也不知道你在哪儿，也不知道能不能跟你一起吃饭，只是想对你写。其实，如果，我们离开护城河，就到了东华门了，再往前边走，就到了王府井北口。可以看看书店，先去商务印书馆的涵芬楼，这儿不打折，却可以随便看看。然后，到人艺了，看看有什么话剧，知道吗？今年人艺有许多新的话剧。然后，再往北走，就到了美术馆，如果是看完了话剧的晚上，还可以坐坐102、109路电车，还有电车吧？不知道……

他不知道自己为什么会在白纸上，一气写下这么些话，有些像是古老北京的怀旧说明，也有些像是在想象中，与她散步溜弯儿，可是，他最想对她说的那些话，却一点也没有说。他最想说什么呢？却有些想不起来了。

他把信装进了一个还是当年在中戏当学生时留下来的信封里，然后，给她写地址，寄到什么地方去呢？又让他有些犹豫，寄到她家吗？他并不知道她家的确切地址，或者是门牌号码，那朝哪儿寄呢？他想来想去，还是应该寄到学校去，寄到系里。不会让别人发现是自己给她写信吧？他们能认出来自己的笔迹吗？现在可能已经很少有人会记住自己身边的人的笔迹了，即使他跟你很熟悉，即使，他跟你有过节，即使，他对你有些好奇，他想知道你的秘密，但也不会有人去关注另一个人的笔迹了，这是多么让人伤怀的事情。不会有人发现这封信是他写的，不会的，就用这个中戏的信封，同事们即使奇怪，现在竟然会有人写信，也还是不敢随便拆开的。而且，还会有一种可能，那就是开会那天，她收到了他的信，在好奇中开始阅读，而他，写出这么多话的人，竟然就坐在她的对面。那会是一种什么样的感觉呢？

他把信封写好后，就骑上了自行车，去买邮票。他知道从自己家街口出去，往东，在红绿灯十字路口的东南角处，还有一个邮局。

8

他骑着自行车出了门，走在阳光下，竟然一点也不热，有点秋天的感觉。他骑得很随意，感觉北京的二环里边真的很美丽，没有那么多高楼，真是太好了！

路两边有很多树，这几年似乎从来没有意识到有这么多树，而且，它们郁郁葱葱。他到了邮局，开始买邮票。回想起当年，每次都会买许多张邮票，放在抽屉里，会写很多信，然后，一张张贴上，再发出去。现在，家里没有任何一张邮票了。

他走到了柜台前，说：我买一张邮票。

坐在柜台里边的是一位四十多岁的大妈，听说只买一张，以为自己听错了。她以很惊奇的目光看着他，说：是买一套吗？这套现在卖得好，很多人都说会升值。

他重复说：我买一张邮票。

她坐在柜台后边更加吃惊了，抬起头来看看他，然后直接说：你不是集邮的？

他回答她说：我只是写了封信，想寄出去。

她看着他，说：写信？

他说：对，写信，本市的，多少钱一张邮票？

她开始摇头了，说：本市还写信？

他点点头。

她想了想，说：现在我们有几百个红色快件信筒，当天就能送到。不过，得多花些钱。

他有些狐疑，喃喃道：红色？信筒？

你不知道咱们北京市已经有了红色信筒了吗？北京邮政为了提升同城快递效率，在城区设立了红色信筒，这是北京邮政快递业的革命。一是最大限度地方便用户使用。比如开筒时间，用户可以在中午和晚上下班后投交，而在邮件送达时间的确立上，也是本着尽最大可能加快时限，确保城区在半天内送达，而且一定要赶在收件人下班之前收到快件。二是在北京这样一个交通十分拥堵的特大型城市里，快件信筒无疑是有效整合社会资源、减少交通出行、缓解路面拥堵的一项重要措施。信筒快件的运作方式是，上午 11：30 之前交寄的，下午 17：00 前必须送达；19：30 前交寄的，次日上午 11：30 前必须送达，远郊区（县）在城关半径五公里以内的均在第二天送达。而且在开筒后和快件送达后，将两次给寄件人发送手机短信。同时，北京市还有“限时未达，原银奉还”的承诺。 怎么样？您想试试红色信筒吗？

他默默地听着她像背书似的说了半天，到她问他时，他还沉浸在对于那种老式的绿色邮筒的回忆中。他的眼神有些呆滞，总是看着她的头顶上方，直到过了十多秒，才突然意识到她还等着自己的答复呢，就缓缓地，有些吞吐着说：跟过去，过去的信箱一样吗？我不要快件，我只要正常的平信。

她突然站起来，看着他，似乎他是那么的不正常，然后，她问他：挂号吗？

他说：不挂。

她再次瞪大了自己的眼睛，然后，坐下来，仔细地看了看信上的地址和姓名，就起身，把信拿到了旁边的一张桌上。那儿有个电子秤，她走到跟前，把信放在上边，称了一下重量，然后，回来对他说：差一点就超重了，正好是二十克。

他默默地等待着，并看着她。

然后，她打开了抽屉，翻了半天，找出了一张八毛钱的邮票，递给他，说：本市八毛，外省一块二。

他从她充满询问的目光中，似乎听到了下边的对话：

是情书吧？我说呢。差一点就超重了。二十克了。

超重了，多少钱？

您还没有超重。

如果超重，钱怎么算？

您不是还没有超吗？

我只是想知道，如果我超重了，多少钱？

您既然没有超重，问那么多，干吗？

没有什么意思，只是想知道，万一下次我超重了呢？

那女人看看他，觉得他是一个奇怪的动物，就说：那你等等。然后，她开始打电话，或许是打到分局吧？她接通了电话后，开始问：本市寄信，超过了二十一克，加多少钱？

那女人等了一会儿，竟然对方也不知道。

她放下电话，说：他们也不知道，现在还有谁写那么长的信？还超重？不可能，谁有那工夫？不是胡闹嘛！

他笑了。

四十多岁的大妈也笑了，说：情书吧？让她别留着，弄不好，以后就成了证据。

他笑得更开心了，然后，又问她：多久可以到？

她想了想，认真地说：说不好，可能是三天到七天之间吧。急呀？

他点头，说：是有些急。

那女人又笑了，说：看你这人，挺正常的，怎么又像是有神经病，急你不发邮件，不发短信，你也不用我们的红色信筒，您写什么信呢？

他只好又说：不急。

她说：不急？那搁这儿吧。

他说：外边有邮箱吗？

她说：搁邮箱，可是慢，到时候别怪我没有提醒您。

他说：我的意思是，现在的街上，还有邮筒吗？

她说：那更慢。

他拿上了自己的信和邮票，对她说：哪儿有邮筒？

她说：您出门朝西，东华门那儿还有一个。我可告诉您，那儿可是真的慢。

他点头，说：谢谢您，我就喜欢慢，我希望一切都慢下来，越慢越好。

9

他骑车朝东华门走去，沿着街，仔细寻找着邮筒。那时，他发现了自己的影子一直在后边跟着。

他感到在上午有些像是秋天的气息中，自己的心情真是好极了。北京现在骑自行车的人真的很少，这让他凭空产生了一种骄傲的感觉，似乎自己又变成了一个精力充沛的人，而且，朝气蓬勃，如同早上八九点钟的太阳。这个世界绝不可能没有自己，如果没有了一个叫闻迅的大学教授，那天空无论如何也不会这么蔚蓝。他先是看见了东华门，然后，在它的东面又看到了那个绿色的邮筒。

久违了的邮筒立在那儿，上面全是尘土，如果不是刚从邮局出来，知道这种邮筒还在使用，他真的会怀疑这种上个世纪的遗留物，它们那被彻底遗忘的面孔，那种像是旧式雕塑般的形体。他把自行车立在一边，并不急着把自己的信放进去，而是认真地看着这个邮筒。绿色已经变得很斑驳，像是遗落在箱底的旧式黄军装，很多地方脱线了，很多地方变灰了。他轻轻敲了敲它，发现生铁发出的声音与轻型的金属完全不同，一个像是花腔女高音，一个像是戏剧女高音。

那时，他突然有些犹豫了：她在收到我这封完全用手写出的旧式信札的刹那，会如何看我？她会高兴吗？还是会认为我是一个不正常的人，然后，她完全没有看完这封信，就把它放在一边呢？

你是一个浪漫的人，真的是一个很浪漫的人。我喜欢你这样。

他似乎听到了她的声音，就感到受了鼓舞，然后，却又犹豫着把信拿出来，再次看起来。发现刚才让自己深深自恋而且陶醉的语言竟然那么乏味，这几乎瞬间就摧毁了他的自信。他甚至都没有完全看完这封给她的，几乎可以说是过于啰唆的长信，就又把它放进了信封，然后，草草地封上了信封，再次犹豫了片刻。然后，像是失去知觉的人一样，把那封似乎极度缺少才情的信快速地放进了邮筒，转身再次骑上了自行车。

那时，他突然觉得天空暗淡下来。他茫然地骑车走在护城河边，看着身边的城墙，有些难过。

也许，在她收到这封信之前，我应该先见到她！

他突然被这种想法鼓舞了，如同打了强心针的运动员一样，立刻有了内在的冲动。他加快了骑车的速度，朝后海驶去。那时，他已经到了北长街，就一路向北，他完全不知道她是不是在家，就朝她家的方向走。他觉得自己骑得很卖力，速度越来越快，似乎他与她已经约好了，似乎她正在家里等待他的到来。

阳光又强烈地照耀在他的身上了，热浪滚滚向他袭来，如同进了烤箱一样，他觉得自己真的很像是一块整件的羊排。上边已经抹了盐，还抹好了胡椒，因为眼睛很辣，仿佛不断地看到白云在翻动。渐渐来了些凉风，后海到了，白天没有什么人，从水面上传来了阵阵鱼腥味，好像有人在里边游泳。他看着那些游泳的人，觉得他们很幸福。

但是，他知道，自己的目标不是后海，不是在这片水草中与他们一起像鱼一样的游来游去，而是去辅仁大学。只要到了那棵古老的国槐下，坐在那儿，认真回想，重新辨认，就可以重新找出她住的那栋楼、那个单元，那天晚上他是看着她缓缓走过去，在昏暗的灯光下，走进那个单元的。

他在胡同里走着，夏天的炎热让他感觉自己真的变成了一条在小巷里穿行的鱼。好像是海市蜃楼突然出现了一样，他的内心里有了大片凉爽的风，他在那天晚上跟她就是沿着这条小路从后海一直走过来的。他们真的有些幸福感。当走到那棵国槐下时，他们站了一会儿。我就住在那儿，她说着指了指一栋旧式的小楼。他当时没有要求上去，她也没有邀请他上去。

他此时借着记忆里的光似乎再次看到了她走路的姿势，还有她的头发。

那时，他以为自己的眼睛真的出问题了，在灿烂的阳光下，夜里那棵古老的树真的出现了，而且，在树下正有一个人在晃动，就像是水面上漂浮的船只一样，随着树影的晃动，人影也跟着飘来飘去。

10

这个人太让他吃惊了，不是岳康康，而是那个孩子，那个叫刘元的大学一年级学生。他站在树下，正在喝着一瓶可乐，边喝边看着那栋小楼。显然，这个孩子知道她住在里边。

他在胡同口停下了，很不情愿在这儿与刘元相遇。仿佛自己真的成了一个地下人物，极不光彩，而那个孩子（当然，他已经成年了），却堂堂正正地站在树下，就像他已经拥有了无限的权力。

他把自行车放在了一边，默默地看着刘元。

刘元并没有意识到自己已经被另一双眼睛定格了，他一边继续喝可乐，一边钟情地望着那栋小楼的窗户。

他看到离自己五六米远处，有一个小卖部，就走进去，买了一瓶冰水，边喝边望着树下的刘元，然后，问卖水的老太太：那树下的孩子看什么呢？

老太太说：哟，您说那孩子呀，他最近天天在那儿蹲着。老是跟踪一女的，高个儿，长头发。开始我以为是一个离弃的孩子跟踪他妈呢，可是，那女的很年轻，不像是他妈。那女的我也知道，将军的孙女，她爷爷当时可了不得，说是林彪的亲信，打仗特别厉害。她打小在这块儿长大，出国了，又回来了。有时候也会来这儿买点东西。

您跟她说了吗，有人跟踪她。

没有，最近她没有来我这儿。

那孩子似乎朝这边看了看，然后，又转过身去，继续看着小楼。

老太太又说：不知道他跟那女的什么关系。反正那孩子有时候晚上来，有时候早上来，有时候一天都在这儿，有时候，来一会儿就走了。

他对老太太笑了笑，然后，离开了小卖部，回到了自行车边上。他骑上车，到了辅仁大学围墙边的台阶上，找了一片空地坐下了，屋檐为他遮住了太阳。

显然，一个古老的故事，在一棵古老的槐树下发生了：

一个男孩子爱上了他的女老师，他在跟踪她。另一个男人也在喜欢那个女老师，他渴望在她的窗下等待她。两个男人相互排斥，相互观察，而且，彼此都注意到了对方。只是，那个女人还不知道，她每天仍然生活在自己的环境中，清晨或者傍晚，她的影子总是能让他们充满感伤。

11

他从这边的台阶上，稍稍侧一下身体，就透过那一排树丛，看到那个站在老树下的男孩子。不知道为什么，他突然有些为这个男孩子感动。他能体会到，一个像他这样，才十九岁的男孩子，当他无望地爱上了自己的女老师时，会是多么压抑，伤感，渴望。他甚至希望自己能走过去，与他交谈。两个男人说说彼此完全不同的心里感受。就像是皮兰德娄说的：尽管我们失去了归宿，但我们真的是非常有趣的剧中人。

突然，那个男孩子紧张起来，他有些慌乱地躲在树后，看着东边那栋小楼的方向。

他发现自己的预测很正确：岳康康从小楼的方向走过来。似乎那不是夏天里，而是秋天，似乎不是在北京炎热的胡同里，而是在旧金山凉爽的阳光下，她没有穿裙子，而是随意地穿着一条灰色的牛仔短裤，显得她那两条腿更加长了。她似乎完全不知道在那棵树后边有一个人的眼睛正盯着自己。她走得很快，很有弹性。

不知道为什么，她的出现，她的身影，她为他带来的凉爽感觉，让他突然产生了感动。他知道自己已经被她的美丽深深打动了。这没有任何理由，一个女人对你的视觉造成了冲击，这需要理由吗？一个三十岁的女人，那么美好，对于他这个已经四十三岁的男人来说，她是世界上最美好的女人，让他突然产生了伤心感、怀旧感，让他因为没有能够与她天天在一起而突然产生了失落、痛苦，这一切真的不需要任何理由。他只要是在看到她的瞬间，就完全被她击垮了。他那时从台阶上站起来，看着她朝南边的方向走出去，然后，她又突然掉头回来，朝小楼走，然后消失。

那个叫做刘元的男孩子这时终于坐下了，他坐在树后边，开始抽烟。然后，猛然间，男孩子又像弹簧一样跳起来，扔掉了烟头，躲在树后，朝东边看过去。

这时，岳康康又出现了，不过这次她推了一辆自行车，很旧了，样式却有些古典，他没有见过这样的自行车。然后，他看着她骑上自行车，当她跨上座椅时，她的长腿再次让他感动不已。

他知道自己喜欢这种感觉，他成功了。他与她保持着那种充满古典意味的距离，使他获得了从来没有的猜疑、想象，还有那种一次次像潮水般冲荡着心脏的疼痛。

她骑着车，朝南边走去，那时阳光强烈，可是，她似乎完全没有感觉。她没有像其他女人那样打着伞，难道她不怕被晒黑吗？难道她是一个完全晒不黑的女人吗？他开始回忆与她在一起聊天、散步时的情景，他希望能在记忆里找着对于她皮肤的印象。这时，他看见她从包里取了一个墨镜，看着她戴上，然后，渐渐消失在南方的胡同里。

第十章

1

阳光从北边的窗户射进来，这是办公室的奇观。其实，北京现在有许多朝北的房间里，一到下午就像气球一样被阳光充满。那是因为对面的窗户玻璃在反光，它们似乎营造了无数个小太阳。

他走进屋子的时候，她只是抬头微微对他笑笑，就继续低下了头。他们分别坐在系办公室那条长桌子的东边和西边，就像是处在谈判中的东方和西方。他感到不知道如何主动与她说话。里边没有别人，其他老师都去上课了。

只是，他能感觉到她有些异样，是不是她收到那封信了？她看了吗？会有什么感受？

她似乎正在聚精会神地读一本书。他凭着感觉，似乎能认出那是菲利普·罗斯的小说，而且，那白色的，有着粉红的雾的封面一定是《乳房》：一个美国的男性知识分子，突然变成了一只乳房，可是，他的思辨更加丰富，而且性欲极其强烈。她在看这本书了，书里那些在他看来很有意趣的话语，她作为一个女人也会感兴趣吗？还是她会觉得到男人们那些丰富的感受有些下作呢？

他说不清自己为什么会紧张，他一直感觉在她面前挺放松的，他不认为自己对她有特别的企图，只是想保持着对她美好的想象和感受，这不会让他变得猥琐。但是，自从那封信之后，他发现自己变了。突然有些像是一个犯人，等待着判决。又像是一个高考生，正在等待着录取通知书。

那封信发出去之后，这是他们第一次碰面。那是在辅仁大学之后的第三天。她在读这本书，她肯定收到了我的信，而且，她找来了这本菲利普·罗斯。想到这儿，他又有些自信起来。

她看着突然笑了，没有说话，只是继续看着。

他感到她有些故意，他不相信自己坐在这儿，她竟然能看下去。

你从来不用 QQ，或者 MSN 吗？

她突然说话了，仍然没有抬头。

过去用，天天用，现在不想用了。

为什么呢？

恶心了。

不都是为了方便吗？

还是写信方便。

他突然说出了这句话，竟然紧张起来，这话很赤裸，提示主题。

我看到你的信了。

她抬起了头，看着他。

他们的目光相对了。

闻迅老师，外边有个女生找你。

系主任进来了，他的腰更弯了，脸上充满疲倦。

哪个女生？

就是那个总喜欢写她爸爸是最完美男人的女生。

系主任说完竟然笑起来，而且，一直笑个不停。

你也看过她写的作文？

全系每个老师都看过。系主任再次笑起来。

突然，岳康康抬起了头，说：一个女孩子，她认为自己的父亲完美，这真的很可笑吗?

不可笑，不可笑，只是笑笑。

系主任摇着头，继续笑着说：一个女孩子，当然可以认为自己的父亲很完美，不过，在一个男人看来，世界上就没有完美的男人，我们有错吗？岳康康老师?

她平静而认真地说：你们没有错，我只是不愿意听见你这么笑那个女孩子，她并没有做什么，她只是热爱自己的父亲。我觉得这一点也不可笑。

不可笑，不可笑，只是笑笑。

他朝门边走去，听着，却没有参加他们的谈话。皮兰德娄和菲利普·罗斯看到了那个女孩子的作文，总是在说自己的父亲完美无比，也会笑吗?

他走进过道，转身轻轻地关上了门，没有再看她，心里却想：她看了我的信之后，会有什么感受?

2

过道里很黑，他有些不适应，看不清离他仅仅有三四米远的那个女生。

闻迅老师，对不起，那个女孩子走到了他跟前，轻声说：我想问问您，您究竟对刘元做了什么？让他那么狂躁?

他这时终于看清了那个女孩子的脸，是于婷婷，也是在武汉考场招进来的，似乎来自深圳。

闻迅老师，我觉得刘元的狂躁，与您有关。

他有些愣了，完全没有想到一个女孩子会如此直接。他朝这边走了几步，想离办公室的门远一些，然后，他看着这女孩子说：

我觉得你有些奇怪。

于婷婷说：闻老师，求您了，您和刘元之间究竟发生了什么？

他看着这个女生焦虑的脸，觉得自己应该面对她的问题，就说：这些天没有见过他，也不知道他在干什么。

女孩子急促地说：他说他在后海那边见过你了，说你一直在观察他。

他似乎明白了什么：一只鸟以为自己在观察另一只鸟，而另一只鸟也在观察着它，只是它不知道。

他突然有些沮丧，感到自己才来大学没多长时间，却弄得这么复杂。连一个学生的狂躁都与自己有关。那是不是有一天，大学腐败，大学基建里的黑幕，教授们对于课题资源的争夺，大学里人事上角斗的流血事件都会与自己沾边呢？他真的对这些事情不感兴趣，只是想充满激情地教书，希望，那些想当剧作家的孩子能成为自己的朋友。

刘元不是一个狂躁的学生，他很爱笑。

他说着自己故意先笑起来。

闻迅老师，您还笑，昨天我跟他一起在外边吃饭，他突然摔了一个啤酒瓶子，店老板差点让人打他。他说是三四天前在后海看见你的。

看见又怎么样？

闻迅老师，您为什么要观察他呢？

他看了看女孩子，心里很想对他说：因为刘元，也许是你的男朋友吧，他很有可能恋上了自己的女老师，他在悄悄跟踪这个女老师。

可是，他看了看这个单纯的女孩子，有些不好意思伤她。或许，她现在正与刘元谈朋友，他们是一对恋人。他那时能够更加清楚地看到这个女孩子的眼睛，他确定了，不是或许，而是肯定她是刘元的女朋友。

老师与学生在大学这座山上，在大学这片丛林里，完全成了两个不同的动物品种。他们应该彼此都不了解对方的生活。没有神秘化，只是他们天然地成为了两个阶级。当然不能说是敌人，却真的是陌生人。闻迅不知道过去是什么样，反正当他这次真的走进了大学之后，发现老师与学生在大学里不仅陌生，而且，他们的身体竟然散发出完全不同的气息。这种隔离状态甚至超过了穷人与富人、官员与职员，他们之间为什么彼此会那么冷漠？他已经很清晰地看到了在大学里的老师和学生之间，有一道墙，它的材质非常坚硬、柔软，是人间少有的绝缘性良好的材质。它把学生和老师阻隔在墙的两岸，让老师和学生之间的冷漠远远超过了冷战时期的东西柏林，彼此间没有正常的渴望，没有交谈，甚至连好奇都没有。这道大墙已经成了中国高等教育的迷雾中最大的难题，难道现在的大学真的是在最寒冷的冬天吗？

他看着这个直率的、凄凉的女孩子，突然为她的坦白而非常感动，就说：我很奇怪，你为什么会在我面前表现的如此真实？

因为，那女孩子看着他说：我要崩溃了，我想知道刘元究竟怎么了，原来他那么爱笑，可是，这些天，只要是他跟我在一起，就从来不笑。我想知道，你们之间发生了什么？如果你们之间没有事情，那也希望您能帮我分析，刘元为什么这样，他是不是病了？

过道里的亮光渐渐多了，来来回回经过的老师们都会看他和她一眼，其实没有什么，可是，他还是有些不自在。

那女孩子显然也是敏感的，她说：闻迅老师，我能不能请你到西门外的咖啡厅坐一会儿？

他看看她，想了想，点了点头。

两人一起朝外走去，那时他突然想起来岳康康刚才说的话，还有她手中那本菲利普·罗斯写的《乳房》。

走在路上的时候，他不想说什么话，只是觉得校园里的一切都在震荡，让他的头脑中一片空白。刚才跟岳康康说到哪儿了？他无论如何也想不起来。

3

你跟刘元是什么关系？你为什么要来这样问我？

闻迅老师，这还用说吗？我们是恋人。现在说恋人已经有些不合适了，因为，他对我已经没有恋情了。

什么时候开始的？

闻老师，为什么要问这些？是不是您的新剧作需要素材？我们其实是在武汉面试的那天认识的。那天您可能完全没有注意，刘元一直在那儿踢足球，他很青春，也很明亮，特别阳光。我一直在那儿看着他。我当时就迷上他了。

那个照相机的镜头又在他的眼前出现了，在略略有些晃动的图像里有一个男孩子正在一次次地向那棵老树上踢着球，摄像师正是闻迅自己，他当时正站在将要面试的教室窗户后边看着这个叫刘元的男孩子，并为他拍着录像。他当时完全没有意识到另外有一个女孩子也与自己一样兴奋地欣赏着他的青春，而且，他们竟然在那天成为恋人。

女孩子继续说：我面试完出来后，他没有走，他找我要了电话。那天晚上，我完全没有想到，刘元竟然给我打了电话。他当时就站在我住的酒店的大堂里。我下去时，他正看着我笑。

女孩子突然停止了诉说，开始哭泣。

他当时心里在想：肯定不能告诉她实情，她如此迷恋着刘元，不会接受现实的。所以，他又说：他对你冷漠有多长时间了？

她边哭边说：有三个月了。

你想过其中原因吗？

想过，想不出来。

他不再问了，一直看着她，看着她流泪，心里又想：

她为什么不能在自己的作文里写写这些感受，却非要写她爸爸如何完美？她为什么会如此漠视自己最真实的生活？他没有劝她，而是让她哭个痛快，因为他发现这个女孩子真的十分痛苦。

女孩子哭了一会儿就停下来了，然后，她用纸巾擦了半天，突然，她说：闻迅老师，刘元那天晚上去找你，让你别拿他爸爸送你的钱，我都知道。是我陪着他去你住的酒店。

他当时一愣，看着她，听着她，他发现这个女孩子的眼睛非常清澈，如同一条完全没有被污染的河流。那时他的内心突然疼痛起来，这样的河流在中国还有吗？当我们的经济似乎超过日本时，我们还有一条没有被污染的河流吗？

女孩子又说：闻迅老师，我跟刘元都特别感动，特别尊敬你。你真的没有要他父亲的钱，我们开始都不相信，我们不相信还会有一个不要学生家长钱的老师。

他内心也感动了，是被自己当时的拒绝行为感动的，这种骄傲感突然让他想开个玩笑，他说：如果我当时是因为钱太少而不想要呢？

她突然笑了，说：那我就不知道了。反正，我跟刘元悄悄跟踪着他爸爸，那天你明明在屋子里，却没有给他开门。我们都看见了。

他紧接着她的话，问道：刘元喜欢跟踪吗？

她犹豫了一下，说：是的。我经常说，他应该去当一个私人侦探。

他想了想，又说：你们真的知道，哪个老师不要钱，哪个老师要钱吗？

她想了想，说：要学生钱的那些老师，我们绝大部分都知道。

他问她：那看到他们时，你们是什么感觉？

她说：没有什么感觉，就是觉得恶心。

不对吧，他拿了你们家的钱，就成了你们家的朋友。

不，她仔细地想了想，沉吟了一会儿，轻轻地说：还是恶心。

他说：你为什么不写写这些呢？说不定可以完成一个剧本。

老师，我其实很讨厌写作。

为什么？

现实太肮脏了。

所以，你选择写自己父亲的完美？

闻迅老师，女孩子眼睛再次红了，她说：我爸爸早死了。

他突然愣了，内心深深地惭愧起来：我们这些老师有多么冷漠，我们甚至不知道一个女孩子的父亲已经死了，我们甚至会去嘲弄一个女孩子对于亡灵的怀念。

4

他在教室里找着刘元时，看见他正在摆弄一个很大的照相机。那时已经快吃晚饭了，没有另外的人。他走过去对刘元说：我们可以谈谈吗？

刘元笑了，说：我正想跟你说点事情。

他看着刘元，好奇地等着他说。

刘元突然显得有些神秘，像耳语那样把声音放小了，说：老师，能不能在课堂上少谈些社会问题？上回你讲戏剧结构时，举的例子就很敏感。知道吗？学生也会打小报告，你的每一句过激的话都会有人马上短信发到院长那儿，你信吗？

他摇头，平静地说：我不信。你为什么不多想想剧本创作的事情，想想戏剧和电影，却来对我说这些？

刘元笑了，说：看出来了，你已经害怕了。我不过是好心提醒你，有的时候感觉你挺幼稚的，不太成熟。

他感觉到吃惊了，看着对面这个孩子，这个大一的学生，他突然真的有些害怕了。

刘元坐在他的对面，没有再看他，只是在玩着自己的照相机。那个照相机的镜头好得让他吃惊，大孔径，显得华贵而又高级，优良的材质、精细的加工，肯定极其昂贵。是专业人士用的，而且，在严酷的环境下能可靠工作，这个孩子用这样的照相机干什么？他感到很纳闷：徕卡的？他看着刘元。

不，尼康长焦距，AF-S Nikkor。刘元的口气有些骄傲。

你爸爸给你买这么贵的镜头？他忍不住又问。

他提到了自己的父亲，刘元显得有些不高兴，就没有说话。

在我的印象里，你爸爸可能很难给你买这么昂贵的镜头，你用这么好的摄像器材干什么呢？

刘元看着他眼睛一亮，立刻又暗淡下去了，说：反正有用。另外，请你不要在我面前随便提起我爸爸。

他点点头，停顿了一会儿，又说：你们那天在宿舍里看了俄罗斯电影《小偷》，而且，你还流泪了，我很感激。

刘元眼睛里突然充满了诧异，过了片刻，才笑了笑，说：我们看电影跟你有什么关系？需要你来感谢我？

他有些尴尬，但仍然坚持着说：因为，在我给你们开的单子里，有这部俄罗斯电影。

刘元说：我哭是因为我家里的事情。

他本来想对刘元说说岳康康以及于婷婷，但是，他本能地意识到这些话题对于这个敏感的孩子来说，是根本不能碰的，就说：内心触动，这是对于戏剧最好的反应。

他说：我对你们的戏剧文学毫无兴趣。

他说：我不知道你对什么有兴趣，我其实，只是想调动你的兴趣。

他说：我对任何事情，都没有兴趣。

他说：你跟其他老师说话，也是这么直率吗？

刘元摇头，说：只跟你这样。

他说：为什么？

刘元：我不喜欢你。

他说：你喜欢谁？

刘元笑了：不告诉你。

他想了想，又说：我一直想问你们，既然完全不喜欢写作，为什么要到戏文系来？

他说：这不能怪我，也不怪你。

他说：那怪谁？

刘元突然笑了，露出了嘲讽的表情，说：怪体制。

笑声一直在继续，与微风一起在无人的教室里荡漾，让他开始有些后悔与这个孩子谈话了。

刘元的话语在继续：说实话，我上不了北京其他一流的学校，所以，我们家人就让我来这儿。我能考600分，背诵一点戏剧常识，太容易了，我们那儿还开了专门应对戏文专业的学习班，猪都应该能考上。

他说：体制有什么好笑的？帕斯捷尔纳克和索尔仁尼琴他们说到体制，都会毛骨悚然。

刘元一直在笑，说：这个词，就是好笑。

5

离开刘元，他开始在校园里漫游起来，像是一个孤独的思想者那样看着世界。当一个老师渴望了解自己的学生时，才发现那是一件非常难的事情。老师也许是猫，却真的不知道生活在老鼠洞穴里的学生们每天在怎样过日子。老师也许是老鼠，永远不知道学生的精神世界。

那时，天渐渐暗下来了，他从学校的北门出去，这儿人很少，正在修路。他想去买几张碟，突然回头时，看见了他在这一生中都难以忘记的奇特景观：一个高个儿男生，正在往学校门口的标牌上撒尿，“大学”两个字在这个牌子的下方，学生有些夸张，本来很高的个儿，为了把尿真正地滋向“大学”两个字，竟然踮起脚，让自己的东西正对着那个“大学”。他尿了很长时间。

他也看了很长时间，他认出来了，那是导演系的一个男生。他跟他在几个月前，曾经一起踢过球。没有人，只有风，天空黑了，视线模糊了。

6

从前在中国，曾经有一个被污染的时代，一切都被污染了。与此同时，有一种叫做微博的东西，如同细密的雨水一样弥漫在人们的周围，把最干净和最肮脏的空气都沁入了那个时代中国人的心脏和肺部，让那对叫闻迅和岳康康的男女老师无所适从，他们其实与很多先行者一样，痛心疾首。只是这些痛心疾首的人是少数，他们可以完全被忽略。城市被污染了，然后，城市吐出了许多渣子，这些渣子改变重组了乡村。没有人管，没有人管，那个时代贪污腐败盛行，没有人管。他们天天都听到了这些消息，以至于他们再次听到就跟没有听到一样，他们以后就什么都没有听到了。他们无能为力，他们其实只是想躲起来，躲避所有的污染，不去看那些被改变了的城市和乡村的面貌。现在是老天爷帮他们，让他们都住得离故宫不远，他们天天骑车，散步走在那儿。他们不再上网，躲开了两千万北京人，也与那些贪污腐败不再见面。他们都知道校园里盖了那么多房子，也有腐败，可是，他们觉得与他们无关。他们讨厌别人对他们说，校园腐败。他们只是想在大学校园里见到那些热爱电影、小说、戏剧的孩子，即使在许多腐败而黑暗的年代，这个要求也从来没有显得过分。

7

从他家骑车到后海，不到二十分钟，而且，那是一个凉爽的晚上，他觉得自己应该有着那种极为放松的心情。可是，当他走到这条路上时，却有些紧张。

他骑得很慢，从东四经过美术馆时，他又绕了回来。三联书店那边的灯光吸引了他，让他朝那个书店走去。他把自行车放在树下，进了书店。站在那么多书前，他的眼睛有些无所适从。

她在吗？如果她在家，那他能见到她吗？如果见到她，会说些什么呢？能够把今天白天里的话题再接上吗？他感到有许多话想对她说。

他在书店里，眼睛看着那些书，心里想着她。任何书也没有买，他在书店里楼上楼下走了一圈，就出门，再次骑车朝后海去。

他感觉自己似乎并不急着想到她家，而是有些散漫的心情。他先是朝北走，不知不觉中就到了鼓楼东大街，然后，他又往西走，进了烟袋斜街。有很多人，他不得不推着自行车。到了银锭桥，他站住了，朝西边望去，看着湖水，感觉有些风，夜幕里许多灯影在水里晃动。他再次上了自行车，顺着前海朝后海走。

他看着湖水，骑了一会儿，突然又改变了主意。他不愿意经过那些酒吧,不知道为什么,他现在对于酒吧那么反感。他沿着湖边朝回走，再次经过了银锭桥，顺着前海的北沿朝西走。这边人少一些，他心里舒服多了。上大学时，这儿的晚上人不多，他经常会带女生上这儿来，那是不同学校的女生，他都带她们来过。他们总是会买点喝的、吃的，坐在长长的绿色椅子上，谈论艺术、戏剧、爱情，有时，他们都不想离开这儿了，就会待上一夜。开始的时候感觉后海边的夜晚特别美好，他与那些不同的她抱在一起，也充满激动。可是，后半夜总是那么难熬，而且，每个夏天里的后半夜都非常寒冷。那个时候，他总是喜欢对她们说:我总算是知道了，人类的早期，为什么图腾太阳。为什么?她们总是会问。他说：黑夜太漫长了。这种对话似乎蕴含着深意，里边有着对于哲学的思考。每个女孩子都会问为什么。他也总是回答黑夜太漫长了。人类为什么图腾太阳?

人类为什么总是要在后海边上调情？总是穿着很少的衣服？记不住那寒冷的后半夜。

我像一面旗被包围在辽阔的空间
我觉得风从四方吹来，我必须忍耐
下面一切还没有动静
门依然轻轻关闭，烟囱里还没有声音
窗子都还没颤动，尘土还很重

我认出了风暴而激动如大海
我舒展开又跌回我自己
又把自己抛出去，并且独自
置身在伟大的风暴里
……

竟然今天还能够完全背诵这首诗，是陈敬容译的，那浅色的，有着长条红字的封面。不知道为什么，这首诗他在大学时，只看了一遍就能背诵了。现在想想，那么平静的大学生活，没有任何出奇的事件，最多也就是一次次美好的、破碎的男女关系，可是，他的内心里却总是回响着风暴。他渴望风暴，希望风从四面八方吹过来，那时，他非常非常迷恋里尔克，感觉到他的语言简直无与伦比：

我认出了风暴而激动如大海——

现在他骑车走在那条沿后海的路上，这是一条那么重复的老路，北京人走得越来越少了，他们已经没有时间再到这儿走走。他们如果有空，也是去那些臭气熏天的酒吧。湖水，灯光，在他周围闪烁，他内心里渐渐涌动着激情。水面不停地晃动，似乎真的出现了浪花，让他的眼睛里充满了里尔克的情感：我认出了风暴而激动如大海……

8

辅仁大学到了，他穿过胡同，眼前就出现了那棵老槐树，他仔细地看着树下是不是有人。有人，不过，不是那个叫刘元的大学生，而是坐着一个老头。他像是一块石头那样的发着愣，他似乎也是在等待，他在想着什么呢？他肯定经历了无数次的风暴，现在呢？窗子没有颤动，尘土很重。

他也坐在了那棵树下，与老头大约有一米多的距离。树下用水泥砌了一圈，像是一个花坛。他们几乎是并排坐着。

一切都很安静，他们没有说话，只是坐着。他看着前方那栋小楼的亮光，知道她住在里边。具体是哪个窗户他不知道，可是，每一扇亮灯的窗户他都感到亲切。他仍然没有她的手机号，如果有，他会忍不住给她发个短信。可是没有，只好默默地坐着，感受着，忍耐着，内心里真的从四方吹来了风暴。

你在等谁？老头突然问他。

他吓了一跳，转脸看看老头，突然觉得很愿意告诉他自己的心情，就说：一个女人，她就住在那个楼里。

老头朝那个楼里看了看，说：我也在等人，只是我等的那个人已经死了。

他像被雷声震动了一样，尽管老头说话很轻。

是一个女人吗？他问老头。

老头说：当然，男人怎么会等男人呢？在这个世界上。老头说完就笑了。

他也跟着笑了，就好像自己从老头的话里突然意识到了真理。

老头又沉默了，似乎不再想说什么。

他又转头，开始看着二楼上的一个亮灯的窗户，在他的想象中，她应该就住在里边，她真的在里边吗？如果在里边，她会不会因为感觉到热，出来散步呢？她在干什么？她会重复地看自己写给她的信吗？

老头这时咳嗽了一下，吓了他一跳。他朝老头看看，发现老头更加像是一个雕塑了，人只有变老了才像雕塑的。

他对老头说：你在这儿等她，心里好受吗？

老头像是没有听见一样，望着天上的月亮。

他不想过于打搅老头，就又开始看着二楼的那个窗户，不知道为什么，他就是感觉那个窗户里有她。似乎是一种直觉，更是一种想当然。

老头这时突然说话了，把他再次吓了一跳，老头说：孩子，我现在想唱唱歌，你不会介意吧？

他点头。

老头开始唱了：

小燕子，穿花衣
年年春天来这里
我问燕子你为啥来
燕子说："这里的春天最美丽"
小燕子，告诉你
今年这里更美丽
我们盖起了大工厂
装上了新机器
欢迎你
长期住在这里
……

老头唱歌的状态有点像是梅兰芳唱京戏，嗓子吊着，声音有些高，有些细，显然他在模仿女人。不知道为什么，老头的歌声那么打动他，让他的眼睛不知不觉地变得湿润了。他没有看老头，只是看着那个亮着灯的窗户，静夜中，歌声古老，悠长。

老头再次重复：小燕子，穿花衣……

然后，老头起身，没有看他，也没有对他说什么，只是自己朝西走去，还边走边唱。渐渐的老头消失了，把他独自留在大树下的黑夜里。那时，后海的风阵阵地吹过来，似乎没有了歌声，周围更黑了。他感到寂寞和伤心，它们也一阵阵地向他吹过来，就在这时，二楼那扇窗户的灯也熄灭了。

第十一章

1

那是一件充满悬念的往事。说它们是往事的主要原因，是已经过去了两年。我们有的时候很习惯地、有意识地把发生在当前的事情在时间上作一个处理，让它显得有历史感，做旧它，使这件事情的表面有点青苔，颜色变得微微发黄。

我今天说这件往事充满悬念，是因为它真的有些扑朔迷离，就连我独自待在房间时，想到它都会觉得恐惧，有寒冷的感觉。

你们当中有人或许也听说过，在北四环，就在这个城市的一角，你从学校出去，朝北走，不用太多的时间，就会抵达那个现场。那是一个杀人现场，是一个让侦探和警察们看了都紧张和呕吐的现场。

北四环，那儿高楼林立，如果谁要怀疑北京是个超级大城市的话，那他就去北四环看看。在那些白领们上班的区域，特别是那些女白领，她们风度光鲜，衣着高雅，全世界的时装都在她们身上展现。但是，连环杀人案就在那儿发生了。

第一次走进那栋高层公寓的十九楼808房间时，看到了那种刺激无比的场面时，为什么侦探和警察们会呕吐，因为它太血腥了，太恐怖了，场面惨不忍睹。

有一个连环杀手，他在夜晚连续作案，他专门对加夜班的女白领下手。他把她们带回房间，先是喝些法国红葡萄酒。你不得不承认这个杀人犯是一个有品位的男人，他选择的红葡萄酒几乎无懈可击，都是很著名的产区，是很好的酒庄，在那些充满木桶香气的红酒身后，也都是法国很受人尊重的家族。总之，他总是与她们先喝些红酒，喝多少得看这个女孩子的酒量。少的只要几口，她就会晕眩，多的可能要喝一瓶。然后，当他观察到她们有了感觉，就开始下手了。先上床，然后，在床上杀死她们，最后，他会把她们的皮剥下来，贴在墙上。让她们像是拼贴的画一样，装饰着这个高档公寓里的房间。那个房间有个吉利的号码：808！当第一个侦探和第一个警察进去的时候，他们都惊呆了：墙上贴满了人皮，他们当时只是急促地数了数，发现仅仅在客厅里，就有九张。由于他总是开着空调，房间温控很好，所以，非常像是艺术作品，皮肤的质感如同处理完美的画布。这一切都有些像是《沉默的羔羊》，霍普金斯演的那个，只是更加惨不忍睹……

2

他曾经深深地犹豫过，是不是真的要讲这些。在他面前有两种选择，首先他可以讲讲那个女孩子与她父亲之间的情感，讲一讲由于像自己这样的老师过于冷漠，以至于无法理解，一个女孩子，在她的父亲死后，对他无限怀念时所写下的语言。他还没有忘记那天与她在过道里谈话的冲击，他还有着强烈的羞愧感，因为自己与系主任一样，对那个女孩子怀念父亲的文章充满嘲弄。他在那天之后，充分地反省过自己，反省过大学教育制度，反省过大学老师与学生的关系。另一种选择，就是讲一讲能吸引这些孩子们的事情。让他们愿意听，吸引着他们在课堂上，不要犯困，不要离开，不要缺课。思考的结果是，他决定讲连环杀人案。戏文系里的学生大多数都讨厌剧本，他对此已经完全不吃惊了。但是，他不甘心自己作为一个讲课的人，一个主角，一个中心人物竟然不能吸引大家的视线、听觉、注意力。他不甘心当一个平庸的人，用平庸的声音，说着那些在大学生认为是平庸的故事。他要吸引人，就如同那些被突然推进了市场的导演和编剧一样，他们虽然听不见，但是却能感觉到满世界充满了声音，虽然看不见，却感觉到光线眩目，面前一片火红。

他站在讲台上，轻松地，有些故弄悬虚地说着。可是，他发现那些坐在下边的孩子们，那些生于上世纪九十年代之后的大学生们，那些男男女女睁着大眼睛，许多人还略略张着嘴，他们已经忘了要把嘴闭上。他讲课的速度不快，似乎完全不需要太快的节奏，就已经能吸引人了。

不知道为什么，这让他有些委屈，而且，特别委屈。他似乎能感觉到，内心里一次次地涌动出那种酸楚的情感。他知道自己是一个软弱的人，是一个容易感伤的人，与那些民国时代的脊梁相比，他完全是一个懦夫，胸无大志，从来没有想过要背负起民族和国家的兴亡。他只是热爱戏剧，当无法在舞台上给人们更新的东西时，他羞愧无比。于是，在四十岁刚过没有多久，就来到想象中非常安静的校园，他不想做什么，只是想把自己对于戏剧的感情，还有经验，告诉那些与他一样的人。可是他渐斩地意识到，与他一样的人，在中国的校园里，已经没有了，完全没有了。

在那一刻，他突然想到了辞职，才来了这么短时间，就一败涂地，一个人的热情就那样消失了。他知道，自己如果辞职，别人会有很多议论，他会对他们解释的：我不是因为待遇，我从来没有想过当一个教授需要更多的待遇。你们的基建，你们的权力，你们的资源与我完全无关，我只是想在校园里遇见那些学生，他们与我是一样的人，他们热爱戏剧，喜欢舞台上的表演和灯光。我辞职，也不是因为人们所说的“校园政治”（那些复杂的人事关系，与周围老师相处的困扰），其实没有困扰，那些老师在我看来都很简单，他们大多数人与我其实一样，幻灭而又躁动。他之所以在今天的课堂上想到了辞职，实在是对于学生不满意，他发现自己内心深处的情感，与他们是那么对立，他一点也不愿意与他们共同呼吸这个世界上仅存的那些空气，他对他们失望之极。如果让他想得更多些，让他愤怒的是“现行人文艺术教育体制”。就是这个该死的体制，让他无法遇见与自己一样的，热爱戏剧、小说、电影、诗歌的孩子们，让他那么无助，让他这么一个渴望表演、善于表达的人尴尬、绝望，让他在课堂上无法去讲《日瓦戈医生》、《美国往事》，让他那么孤单，让他富有激情的声音像水一样消失在无边的沙漠里。不知道为什么，他特别厌烦去探讨体制背后的国情，他不喜欢复杂，渴望简单。他觉得现今中国，维持大学校园里的自由，应该没有问题，不会触动任何根本性的东西。我仅仅是想面对那些真的热爱艺术的人，热爱戏剧、电影、小说的孩子，我现在完全无法实现这点，这真的与国情有关吗？

他突然渴望回到舞台了，他感到自己似乎又有了激动。仅仅是作为一个老师，厌恶自己的学生，就可以让他在舞台上继续活下去。他感到自己又找到了发泄点，小剧场是自由的，在灯光下，让演员重复自己的台词是一件多么美好的事情——教学处处被动而勉强，而光阴无情，业务荒废，独自工作，继续做个体艺术家。

3

那个警察是一个四十岁左右的人，在我现在的想象中，他跟我是一个差不多的人。他最少有十六七年的破案经历，见惯了各种血腥场面，可是，当他看见了那一张张少女的人皮时，他真的呕吐了。

老师，她们究竟是少女，还是成熟的女人？

他愣了一下，看着提出问题的刘元，说：这有什么差别吗？

当然不同，我是想说，十六七岁的女孩子，与二三十岁成熟的女人，她们皮肤的质感是完全不同的。

刘元本来是坐着说话，现在他站起来了。他兴奋得眼睛发光，就如同他成了一个侦探，或者成了一个杀人犯。其他的学生，也兴奋了，甚至包括这些女生们，她们似乎没有意识到他有意识强调的血腥感，没有意识到他其实是想用血腥刺激她们，让她们受不了，让她们感到恶心。不过，让他失望了，她们一点也没有不适应，过于残暴的网络游戏早就让她们看惯了流血，对于红色的液体，她们连画面、视频都早已经不害怕，更不要说现在的语言了。

老师，你今晚能来跟我们一起玩玩杀人游戏吗？

一个女生笑盈盈地站起来，看着他说。

他知道了，对于她们来说，自己的语言残暴，不过是刚刚及格，仅仅是能吸引她们不离开这个课堂而已。

再看看那些男生，他们似乎已经过了兴奋点，刚开始的那些新鲜感觉，现在已经离去了。他们想要知道，自己的老师是不是能讲出更新一点的东西，让他们能看见更残暴的，红色血液，让他们能够闻到那些女孩子们被杀之后的气息。显然，闻迅老师没有让他们满意，残暴终止了，没有深入，仅仅在平面上行走。

他还必须要靠故事、悬念，靠一种主人公行为逻辑的推动力去继续那个杀人游戏。于是他问大家：

故事还将继续，你们是想听听警察如何破案，还是想知道那个连环杀手是怎样杀人的？

刘元大声说：闻迅老师，我们对于警察不感兴趣，我们只想知道，他是怎么杀人的，我们不想知道他内心的动机，我只想看到他杀人的过程。

他看着刘元，好奇地问：为什么呢？

刘元说：因为人人都想杀人，理由其实都差不多。

他突然感觉像是被袭击了一样，似乎有人用铁棍在自己的头上猛烈地一击，头开始晕了。那时，教室的门开了，系主任走了进来，说：闻迅老师，对不起，课先停下，我想跟你谈谈。

他跟着系主任来到过道里。在黑暗中，他听到系主任说：你不能在课堂上说这些，如果这样下去，你会再来一个处分的。

他笑了，看着焦虑的主任说：不过，我想知道，你是怎么知道的？谁这么快打了我的小报告？

系主任说：高科技、信息时代、云计算呀，下边的一个学生给我发了短信。

他长舒了一口气，说：我总算看到了希望，还有学生对血腥反感。

系主任说：不，闻迅老师，他们不是反感血腥，他们是反感您老人家。

系主任又说：我知道，闻迅老师，你对体制不适应，也不愿适应。但你必须适应。作为一个大学老师，你既然来到了体制里，就必须适应体制！

他看着系主任说：我这就是适应体制所做的努力。知道吗？主任，残暴和凶杀就是我们的体制。

系主任突然严肃起来：残杀，血腥，暴力，不能充斥在课堂里。我可以这样说，闻迅老师，您的讲课内容真是一点技术含量也没有。

系主任说完走了。

他一直望着系主任背影，发现他才刚过四十岁，就已经弯腰驼背了，而且，在系主任撅起的脊梁上充满了技术含量。

4

他回到了系办公室，在自己的信箱里竟然发现了一封信，淡蓝的信封让他想起了上个世纪八十年代的信件。他拿着信仔细地看着，当看到下边的落款是由本市寄出时，心竟然怦怦地跳起来。是她写的，真的会是她写来的吗？从自己写给她信之后，已经过了十多天了，才收到信，真是回到了上个世纪。他不熟悉她的字体，到了今天这个时代，任何人都不熟悉任何人的字体。闻迅先生收，戏文系，大学，东城区，北京，所有这些字都很陌生。自从打印机泛滥之后，就再也看不见这种用浅蓝色的信封和浅蓝色的墨水书写的信札了，似乎还缺少一种蓝色的东西。他突然意识到那应该是北京蓝色的天空了，蓝色的天空会让他有蓝色的心情。他朝窗外看看，发现天空很灰，又是一个充满迷雾的日子。开始拆信了，显得有些慌乱地撕开邮票上边的信封边，感觉到自己的手有些颤抖，呼吸竟然也不太正常了。他那时又本能地看着坐在长长桌子周围的其他老师，觉得这个办公室似乎不应该是读信的地方，就拿着信，甚至舍不得扔掉那已经撕开的边角，转身走到门口，轻轻拉开门。这时，她竟然正好要进门，他的目光正好与她相对，两人站在门口都有些吃惊。然后，他很得体地让开，等她先进了办公室，自己才走进了黑暗的过道。

他不知道她有没有看见自己手拿着信，也许就是她写的呢，肯定是她写的，如果不是她，那还会是谁呢？如果是她，那还真的有些奇妙，与她在同一个办公室，与她在同一条路径上相遇，与她在同一个网络的覆盖下，却为一封淡蓝色的信而心跳不止。

他来到了那排法国梧桐下，发现长椅上没有人，正是上课的时间，大家都在教室里。大学一片宁静，天空很灰，有些压抑，他让自己坐得很平稳后，才拿出了信，开始读：

闻迅老师，你好。收到你的信那天，我特别高兴，看见信封和信纸，有些亲切，也有些伤心。久违了，这么美好的感觉。看了你的信后，我真的骑车从北池子，走向南池子，然后，沿着公园外的护城河，朝东，沿着河边慢慢地看着，看着对面的树，忍不住地在椅子上坐了很久。我知道，那块儿是我们剩下的最后的北京了。我知道，我刚出生时的北京已经没有了，童年时爷爷领着我，静悄悄散步的北京已经没有了。但是，不知道为什么，那天读你信时（我坐在护城河边上又一次读了你写的信），看着墨迹浸在信纸上，我觉得那种古老的北京的感觉似乎又回来了。真的能看见中山公园的树，还有那些穿着裙子的女孩子，对了，就是你说的，白色的连衣裙。可是你忘了对我说那些大柳树，也许你在写信时忽略了。现在我就坐在这些古老的柳树下，它们太茂密了，坐在这儿，让我几乎都忘了北京今天的样子，在我的眼睛里总是出现小时候的北京……

你对我说，不知道我的手机号码，其实，我也不知道你的。不光是不知道你的，也不知道系里其他老师的电话。就是知道系主任的，他总是给我们发飞信。也许是受到了你的影响，我已经好久没有给朋友发短信了，开始以为没有短信的日子没有办法活，结果安静多了。告诉你，我现在甚至不带手机，这样的日子也有一个多月了。我发现没有手机更美好，连北京的空气污染也没有那么厉害了……

他看着最后一页信，那是一张裁减成一半的信纸，上边写着：

对不起，本来想尽快地给你把信寄出去，可是，我找不着信筒。我那天骑着车，来回地走在邮局和景山东街之间，一个老太太告诉我说，那儿有一个旧式的信筒，我用了好几天的时间，费了很大的力气才找着。我没有不高兴，内心还是很充实。没有什么不好的，你既然选择了这种方式，那就选择了这样的节奏。我真的很喜欢你选择的方式和节奏，慢方式，慢节奏，慢慢的人生……

他手里拿着信，听见了头顶上大片的树叶在喧响。校园里没有人，运气真好，在他反复读信时，周围几乎没有其他的声音。仿佛她就坐在自己的身边，她的声音很轻，他听着她在说话，内心感激而又喜悦，那是一种只有在童年时才体会过的充实，很幸福，没有理由的幸福回荡在他的内心世界里。他渴望去找她，应该回到办公室，当面约她，可是，那儿都是同事。如果，他看着她，不说话，仅仅是使个眼色呢，就像是最近电视剧里老出现的地下党一样。他笑了，觉得肯定不行。不发短信，不打手机真的很不方便，但是，方式一旦选择，就必须坚持，更何况她或许真的没有带手机。

那时，他的手机响了。他吓了一跳，看看手机，接听了，可是，里边竟然没有声音。似乎有一个人在里面等着，正在看着自己的表情。他听了一会儿，电话断了。是谁呢，是她吗？他开始查看来电，不是北京的，肯定不是她，因为她说过，已经很长时间不带手机了。电话号码似乎是国外的电话，是妻子打来的吗？她已经很久没有任何消息了，前段时间就是在 MSN 上遇见，她也不再与自己说话。然后，他再也没有上 MSN，那是她打的吗？出什么事情了？女儿出事情了？

他等着电话再响，可是，过了半个小时，那电话也没有再响。他看看自己的手机，感到那真的不是什么好东西，它会把自己平静的内心搅得乱七八糟。于是，他把手机关了。就在那时，他看见她正从院里的楼门出来，朝西走去。她走得很快，他想喊她，因为他渴望与她约会，骑车带着她四处游荡。他突然想起来了，他们可以到天坛公园去。他已经打算喊了，却又喊不出来，校园把他的嗓子堵塞了，就像是北京东四环的交通一样。

他眼看着她渐渐走远，然后消失在校园那边的林荫道上。

5

晚上，他又来到了那棵树下，怀着一种想见她的渴望，他站在树下等她。自从今天看了她的来信之后，他更加坚定这种站在树下等她的方式是对的。他回想起上个世纪九十年代初的北京，应该有许多固定的公用电话。无论是卖报刊的小亭子，还是卖酸奶汽水的小房子里，都会有电话的。人们会去叫你，甚至会跑到很远去叫你。那样好，那样既安静，又能写信，那是一个既能听到声音，又能看到墨迹的时代。

他看着那个房子的灯光，突然想起来在上个世纪的九十年代，应该有呼机了。你只要有了那个东西，任何人都可以呼到你。真是有些想不通，渴望自由的人类，渴望有隐私并且害怕人打搅自己的人类，为什么愿意去买“呼”机呢？有了那种东西，你就没有理由躲起来了。任何人只要想找你，就会“呼”你，如果你不回电话，你就会心虚，你就会产生忧虑。对了，人们在这个时代的焦虑，其实是从有了“呼”机开始的。

他突然又想起了刘元，这个男孩子今天并没有跟踪他的女老师，他的注意力说不定已经转移了，他们这代人的注意力转移得更快。

周围很黑，很闷，很热，很湿，很可能要下雨了。当他刚想抬起头，看看天空的时候，开始有水滴落到了他的身上。突然，伴随着一片震耳欲聋的雷声，暴雨猛烈朝他淋下来。闪电疯狂地照亮了他还有他身边的老树。他知道站在树下很危险，就离开了树，朝她居住的那个小楼走去。他看着那个亮灯的窗户，走向了那个单元。这是一座独立的小楼，还有一个院子，从小门进去，可以看到上个世纪六七十年代残留的水泥花坛。他经过了一堆毫不讲究的灌木丛，走进了靠东边的那个单元，在他想象中她应该住在这个单元。

在一楼的门口停留了片刻，他朝二楼走去。他凭着自己的感觉，找着了与那个亮灯的窗户对应的房门。似乎是他与她约好了一样，他到她家去，而且，在那个狂风暴雨的晚上。

外边的雨声似乎小一点了，他站在二楼的门口，仿佛在等待着。然后，他听到了她的声音，那是他熟悉的充满女性感觉的声音，她的声音在大学的课堂里，在她讲述着皮兰德娄和莎士比亚时，竟然能让那些冷漠的学生变平静。他们也许并不关心她讲课的内容，可是他们一点也不会与她发生对抗。这应该是今天的老师与学生在大学教室里的最高境界了。突然，她的声音消失了，可是透过房门，他能听到屋内的电话铃声响起来，有些空旷，像在山谷里一样。没有人接，他想，也许她出门了，也许一切都是幻觉。当楼道里静下来后，他感到这样站在她的门口有些让自己的心跳速度过快。他转身下了楼，雨还在下着，他站在单元门口，每一分种都很慢。

过了三十分钟以后，他又再次上了二楼，走到那个房间门口，想敲门，想听听里边的声音。

6

他就像是一个做着梦的人，在那个雷雨的夜晚，独自倾听着雨声，他发现自己呼吸声音和外面的雨声混合在一起。以后，每当他想起她的时候，似乎总是听到那种湿润的雨声。空气的灼热消失了，院里的树枝树叶左右摇动。刚才还是热烘烘的空气现在变得凉爽，似乎不断有某种激情在怂恿着他，心跳得越来越快，那么快。他站在单元门口，身后的过道通往她的家门，他感觉到脸上好像有雨水慢慢滑落。当他用手轻轻擦拭时，才意识到那是汗水，他知道自己显得失态兴奋，像是一个十七岁的少年，那种维特的生命力让他羞愧。偶尔有人从外边进来，看见一个陌生的男人站在过道里，都会紧张地看着他。他们对他的注意，让他感觉所有的人都看透了他的秘密。

他就那样站了一会儿，突然，他冲进了雨里，像淋浴一样，让雨水冲击在自己的身上。

然后，他看到自己真的像是一个少年一样，再次迈进了楼门，当时有一种力量在推动着他，让他往楼梯上走。他能看见自己的身影，仿佛那个少年是惊慌失措的，充满着犯罪感觉的人，许多年了，他没有再次体验过这种情绪。突然，那种他在记忆中非常熟悉的恐惧感从血液里渐渐涌出来，彻底控制了他，让他浑身在瞬间就感到了寒冷。他觉得自己的举动似乎没有任何逻辑可言，是一个无知少年的莽撞，他对自己说：没有任何迹象表明她对你有感觉，她会想着你，你在自己的想象中夸大了她对你的好感，其实，她不过是对你客气而已。你的激情、才能、敏感、思考对于她来说，完全是一些没有意义的事情，与她的距离很远。因为她对你没有任何暗示，在她平静的目光里，她平和的表达中，你没有发现令人心碎，充满酸楚，感伤，乡愁，渴望哭泣，在蓝天下头晕目眩……所有这些东西。也许，她现在正和别的男孩子约会，她才三十岁，正是约会的季节。而你却像是一个完全不靠谱的，不懂事的，一相情愿的男孩子，在这样的夜晚，没有任何约定，就像是失明的瞎子一样，猛然间就撞到了别人家的门口。

他看着那面像古城墙一样陈旧的门，抬起了僵硬的胳膊，看着自己的右手缓缓上升，敲门，然后听到了一片沉寂。他心里越来越慌乱，突然想离开这儿，那就是逃跑，离开这栋楼，离开那棵老槐树和辅仁大学，离开后海湿润的空气。他开始朝后退了，没有转身，而是看着她的门，朝后退，下楼梯时他还保持了这种姿势，眼睛向上，身体向下。他终于退到了一楼，退到了单元门口，正要转过身来时，突然听到了有人急匆匆地从外边的雨中冲进过道。那时，他正要转过身体，朝外走，正好与这个冲进来的人撞在一起，那是一个女人的身体，她被吓得尖叫起来。

他那时似乎什么也看不清，只是本能地感到自己的异样惊吓了对方，就连声说：对不起，对不起，我没有看到，对不起。

那时，他渐渐感觉到那女人没有说话，而是静静地看着他。那时，他觉得似乎突然夜晚明亮起来，他的眼睛能看清楚了：是她，就是她，她站在自己面前。

她的脸上全是雨水，身上穿的白衬衫完全湿了。她的头发紧紧地贴在肩膀上，因为刚才走得过于急促，她的气息很快，显得特别有活力，似乎狂风暴雨给了她很大的喜悦。

她站着，看着他，脸上有微笑，一点也没有显出看到他时的惊讶，就好像她知道他要来，而且要在这样一个有雨的日子。

他也镇定下来，也看着她。外边再次响起了雷声，夹着明亮的闪电，那种有些耀眼的光辉没有让他害怕。他甚至都没有感觉到这些让人恐惧的东西，仿佛一切都很平静，他只是在一个和煦的日子里看到了一个女孩子，很普通的邂逅而已。

他们互相看了一会儿，目光的温暖就像是在互相抚摸对方，从对方身上获得热量，那时雷声再次响起。

她伴随着雷声开始朝楼梯上走，没有看他，也没有说什么。他跟随着她，也朝楼梯上走，也没有说什么，似乎一切都是约定好的。两个人默默地走着，二楼到了，她并没有停下来，只是朝三楼继续走去。三楼到了，她也没有停下来，只是朝四楼走去。到了四楼，她没有按照他的想象，去开东边的门，而是走到西边的单元门口，从包里拿出钥匙，打开了门。她仍然没有回过头来，只是自己走进去，并且把门开得很大，他跟着她，一直走进了这个敞开的大门。

门口有个长长的、古典造型的镜子。她站在镜子前面换拖鞋，他站在她的旁边有些不知所措。她把鞋脱了之后，还没有穿上拖鞋，就朝他这边走了一步，把门关上了。屋子里很凉快，一直开着空调，窗户紧闭着，把外边的雷雨声彻底阻隔了。

一切都安静了，她那时开始再次把目光定格在他的身上。他也看着她，想说什么，却感觉不应该说，似乎说什么话，都没有意义。他注意到她还没有穿上拖鞋，就想上前搂着她，把她拉到拖鞋跟前。可是，他完全想不到，当他把右手伸向她的脖子去搂她时，却控制不住，被一种完全没有想到的力量驱使，先是把她搂在了怀里，然后，又伸出了左手，他用双手紧紧地把她拥在了自己的怀里。

房间再次变得温暖了，只是更加安静，似乎那不是一个狂风暴雨的夜晚，而是走进了灯光典雅的私人会所，仅仅是女人们用的香水还有她们特有的气息就让他的头脑开始晕眩，并且让黑暗照耀着华美的亮光。他紧紧抱着她，就好像只要一松开手，她就会消失了。他感觉到她在自己的胸前，因自己过于用力而压抑了呼吸，而且，她像是一个吸盘一样，与自己贴得很紧，越来越紧。他那时突然开始怀疑自己正在梦里，因为这么美好的事情已经不可能在他身上发生了。屋子里很暗，没有开灯，只是在他的头脑中有灯火辉煌，如同进入了大卫·林奇用摄影机制造的空间里，不需要台词，只要两个人的脸挨得很近，彼此能够享受对方的呼吸、气息和身体的颤动。他开始用自己的嘴去寻找她的嘴唇，当那个念头一出现时，他感觉到她的嘴唇已经与自己贴在了一起，然后，他感觉到了她的温暖湿润。窗外似乎还有雷声，他通过闪电看见了她的眼睛，里边似乎有泪光。他与她长时间地吻着对方，然后，他把她抱起来，朝里边走，撞开了客厅的门。他仍然抱着她，借着外边阵阵的闪亮，他看见了一个长沙发，就把她放在了沙发上，自己紧紧地贴着她，先是撑着自己身体继续吻她，最后，他抑制不住地把全部重量都压在了她的身上。

他们都没有说话，似乎紧张和慌乱是不可抗拒的。他把她的湿淋淋的衬衫褪去，然后，又为她脱去下边的长裙。他开始用自己的嘴唇抚摸她的全部身体，开始很急促，但渐渐他被一种感动侵袭，内心充满着对她的赞扬和尊敬。当他最后缓缓地进入了她的身体之后，竟然抑制不住地流出了眼泪，仿佛因为对她的感激，让他想起了所有人生中的委屈和心酸，想起了那些让他无比绝望的压抑。他伏在她的身体上，沙发有些窄，但是他紧紧地抱着她，使劲用自己的全部身体在她身上来回晃动。他的眼泪缓缓地落在她的脸上、头发上，她没有呻吟，只是望着他，先是平静安宁，渐渐充满温情，感受着他的眼泪和身体。他有节奏的晃动让她忍不住地抚摸他的头发、后背、大腿，直到他突然开始呼唤着她，痉挛把他和她更紧密地压迫在一起。那一刻，他感觉到她出汗了，而且，她的双手搂在腰上，已经把他捏得很疼了，从她身体里涌现出来的强烈的热量像江水一样把他彻底淹没了。

过了很久，他们也没有变换位置，一直就那样紧紧地抱在一起。直到他们都平静下来，窗外闪电的亮光时时洒落在他们的脸上，让她的目光显得很明亮，她突然说：

你知道，我在享受孤独，每天都是。

对不起，我破坏了你的孤独。

第十二章

1

那年六月很快就到了，那是 2011 年北京的六月。北京的六月是什么？是一个个连续不断的有蓝天的日子，还是有着灰色天空的日子？在天空下，有一首歌他们两个人本来不可能知道，也不会知道，可是，他们一起到老太太的小店里喝汽水，还有吃那种老罐子里装的酸奶时听到了：多情的阳光洒落在我的脸庞看看周围的小伙个个都挺娘女人的渴望就是要有车和房嫁对人是最大的愿望问你有没有车问你有没有房我妈妈她也问你存折有几张假如你没有车假如你也没有房赶紧靠边别把路来挡我也有车我也有房还有人民币在银行你们要是还不如我别吃软饭我不是你的娘……

当然，那是一些充满回忆的日子。他总是骑着自行车，到了她的楼下。他在那儿等她时，就会时时地从老太太的小店里听到这首歌，他就时时地会想，那个叫刘元的大学生为什么再也没有出现？他不再对自己的女老师感兴趣了？他们这些生于二十世纪九十年代的孩子们真的如人们所说的——情绪、兴趣、性、愿望转移都那么快吗？他在等她的时候，会坐在那棵老槐树下，内心里装着的，全都是这几天内心里新攒下的，对她想说的话。他感到自己语言中注满了戏剧，因为在自己心跳时，那些话就像珍珠一样缓缓地弥漫过来，就像皮兰德娄一样，他无比相信“戏剧的力量”，他更加渴望“意义非凡的演出”，如今他再次把演出从皮兰德娄的思想里和舞台上，搬到了北京的夏天，搬到了辅仁大学旁的那栋小楼里。他相信自己在自编，自导，自演，如今，他又从导演、编剧、演员变成了观众，这一切都跟《六个寻找剧作家的角色》一样，舞台变成了现实。在他的想象中，自己走进了“山谷剧院”，它不在意大利的罗马，而是在北京内城里的那一小块，是像战争中或者大屠杀里的幸存者一样，侥幸活下来的旧城和街道，没有酒吧的后海北沿，只有自行车的胡同，护城河，连片的大柳树，残存的旧城墙，像是影子一样的旧北京老公园，北海公园、景山公园、中山公园、陶然亭、天坛，那些地方都多么美好，而且人是那么少。太好了，北京市里的两千多万人都把这几个地方忘却了，这真是太好了！他每天都会像是一个孩子那样感叹。因为他知道，对于他跟她来说，不要太多的地方，他们有这几个地方，就足够了。什么叫足够了？就是他们知足了。什么叫知足了？那就是说他们有幸福感了。什么样的幸福感？莫名其妙的幸福感。说不清的，也不需要说清的幸福。

那是在现实中发生的，却仿佛变成了旧日约会。他等她时，她会从楼上下来，然后，跑过来，一直跑到他的跟前。他看着她，像是演员看着观众，带着感激和欣赏，

他从舞台上离开，走进了校园，现在却又有了一个精致的舞台，是在他与她两个人的小世界里。那些北京残存的胡同、公园，那些北京劫后余生的旧城街道真的成了他们的戏剧角落，这两个人因为热爱戏剧而落寞，他们渐渐被充满活力的中国经济扔在了后边。他们还没有老，特别是她，才三十岁多一点，就对时尚变得迟钝。你要是跟在他们身边，与他们一起走在劫后余生的北京，就会发现他们说的每一句话，都是台词，这些台词散落在已经完全被边缘化的小说里、戏剧里，以及那些充满个性的电影里。

于是，他骑上了自行车，慢慢地让车平稳住。她从后面跨到了自行车的后座上，双手紧紧抱住他的腰，脸紧紧地贴在他的背上。她总是兴奋地说，幸福总是一点儿一点儿，缓慢地来到。

2

在那个日子里，渐渐欢快起来的她突然改变了想法，她说：你觉得今天天空蓝吗？

他抬头看看天，说：蓝，很蓝。

她说：跟加州的天空一样蓝吗？

他有些迟疑地说：你是在说美国吗？

她说：我第一次就告诉你了，我曾经在美国的生活。

他说：跟纳帕山谷一样蓝。

她突然拍拍他，说：停车，我有更好的主意了。

她让他把自行车放进过道里，然后，她掏出钥匙打开了一辆小小的三轮车，高兴地对他说：这是我爷爷留下来的。他那些年，天天都用这个车带着我，在胡同里钻来钻去。

那是一辆很旧的小三轮，他想推，却有点不太会推。她笑着，接过来，自己熟练地把它推出了单元门。看着她骑上去，他走过去把她拉下来。然后，他骑上去，意识到她在笑。他想拉着她走，可是那小三轮车很不听话，晃荡着，来回转着圈，有几次差点翻倒，让他的汗猛地出来了。她在一旁拼命笑，说：不会吧，我那可是童子功。

她说着，让他下来，自己再次骑上去，让他坐到后边。她轻松地朝前骑着，说：今天去后海吧。

他坐在她的身后，看着天空，说：你说，北京这两年，又有了湛蓝的天空，为什么？

为什么?

不是因为政府在环保上有所作为。

那因为什么?

而是因为经济危机。经济不好，才让那些北京郊区和河北的小工厂都停工了，污染少了。

她笑起来，说:你这种解释，我还是第一次听到。

他说:你看吧，只要经济好了，有活力了，北京的天空就永远都是灰的了。

她说:那趁今天的经济还不好，还没有恢复活力，就让咱们好好地幸福一下吧。

她说着，骑得更快了。

他坐在她的后面，看着她骑着那样的，只有北京老头、老太太才骑的小三轮，感受到了她刚才说的幸福，一点儿一点儿来到的幸福。

他说:能再说说你爷爷吗?

她骑着车，没有回头，只是说:想听哪方面?

他说:最后，是谁帮你爷爷说了话?

她说:林彪死了以后，他们先是把我爷爷关起来，审查后，发现他没有参与其他的事情，就放他出来了。上回我说了，有人帮着爷爷说话，这个人还是别跟你说了，好吗?爷爷当时告诉我，他不让我告诉任何人。

她看着他。

他点点头。

她继续说下去:他待遇不变，一直被关在我现在住的这个小楼里。那时，有一个警卫排看着他，他们都住在那个小楼里，小院也是那时盖起来的。他们怕他跑了，或者自杀了。但是，他有自由，可以在外边溜弯儿，警卫排的人也对他很好。以后，爷爷没事了，他们想让爷爷住到西山去，爷爷不去，他对他们说：鸡有鸡窝，狗有狗窝，我革命几十年，至今没有窝。他们就把这栋小楼给了我爷爷。爷爷死了以后，我爸爸去活动了一下，他们就一直没有把房子收回。

他问她：现在里边住的都是你们家亲戚吗？

她笑了，说：我们家要是有那么多亲戚就好了。那些人都是租客。我把一切都委托给一家房屋租赁公司，他们帮我打理，我就住在这儿，与所有人相安无事。那些租房客也不知道我是谁，他们以为我跟他们一样，是租房客。反正大家都是邻居。

她说完笑了，又说：

我爷爷说，以后等我生了许多孩子，每一个人给一个房间，让他们都住在这栋楼里。

你爷爷是怎么评价林彪的？

她想了想，说：他不相信林彪会背叛。

他坐在她骑的三轮车后面，看着她像一个很卖力的车夫一样，边骑边说。她时时抬头看着蓝天、白云，又说：你看，只要天空晴朗，我的心情就跟过节一样。塞缪尔·贝克特“等待戈多”，我总是在北京等待着好天气。

3

她跟着他来到他的家里，她一眼就看见了他妻子和女儿的照片。但是，她仍然从他占了三面墙的书架上，抽出那本《皮兰德娄戏剧集》，很快地翻到了《六个寻找剧作家的角色》，问他：你为什么说要去听我的课？那天你才是第一次参加系里会议，你大胆而放肆。

他从她背后轻轻抱住她，说：因为，我是一个寻找角色的剧作家。他说着把书从她手中拿过来，然后，用另一只手捧起她的脸轻轻呼吸，接着他放开她，开始为她轻声朗读皮兰德娄的句子。

她静静地听着，他让她跟自己一起念时，她摇摇头，仍然默默地听着他的声音。最后，当他把那本书放下时，她说：我觉得你妻子和女儿正在看着我们呢。

他说：我已经同意了，跟她离婚。

她说：我可没有要求你一定要跟她离婚。

他说：那是我自己的生活，与其他人无关。

她突然抱着他，像是感到了强烈的眩晕。她开始吻他，他也开始吻她，他们频繁地接吻。她在他怀里说：我的身体突然有很特别的冲动。

4

有一天，她穿上了一条花色的长裙子，突然要求他开车带她出去，他不想开车。她仍然坚持着要坐他的车出去，说是要去北京外边的田野里，去看看绿色。他那天仍然有些迟钝，告诉她说，不要开车，那会影响心情。他想不到她会不高兴，她对他说：你走吧，那你走吧，让我安静一会儿。

他只好去开车，当拉着她出了城市，到了顺义那边的乡村时，她兴奋起来，说我就是想到这样的地方来。当他们沿着河边，驶进了一片空旷的原野，那儿有成排的白杨树时，她让他停下来，并对他说：我想在这儿，在车里跟你做爱。然后，她伏在他的耳边说：告诉你一个秘密。我今天故意没有穿内裤。

他说：我也告诉你一个秘密。然后，他故意把声音放得很小，又说：我不知道你没有穿内裤。

她笑了，看着窗外的天空说：那么迟钝，非得让我生气了，才肯开一次车，带我出来。

他把车窗全打开了，在树下，听着鸟叫，他们紧紧地抱在一起，他那时故意问她：我们是不是太淫荡了？她笑了，摇头，又点头。他说：如果咱们是在舞台上，你觉得淫荡吗？她想了想，点点头。他又说：如果把咱们现在的动作写到剧本里呢？她那时轻声说：快点。他故意显得在思考并且有些犹豫不决，然后，他缓缓地掀开了她的裙子，就如同在舞台上缓缓拉开幕布，然后，整个后台的纵深感都呈现出来。

5

窗户上挂着厚厚的窗帘，却总是忘了拉上。即使是白天，他与她也会不停地做爱。房间里有充分的自由，她和他却没有时间把窗帘拉紧，许多时候他们甚至完全没有理会窗帘，就像是一个人类的裤腰，有时很紧，有时很松。透过玻璃的天空下，在自由的房间内站着一对成熟的男女，他们有美好的感觉，他们以为自己生活在一部欧洲的电影里边。还是巴赫的长笛曲，只是，他把那张 CD 从车里取出来，放进了她家的 CD 机里。她有很好的音响，是从美国带回来的，虽然喇叭不太大，却极其平衡，音质清晰，分析力很强。他们总是喜欢变化姿势，有时甚至会站在窗台跟前，朝着朦胧的阳光，看着不远处的正在施工的楼房。那是她与他的自由，是成熟男女间的成熟选择，而且，房间里只有当事者两个人，作为情人的两个人，所以，他们感到怀旧而又温暖，有种美丽的感受自天而降。他与她做爱时，非常仔细，似乎只有对她有着精致的照顾，才配得上她的身体，还有她在做爱时看着他的眼睛。她与他总是紧紧地抱着，仿佛每一秒钟都要在一起，如果不这样，北京的那个季节就会在瞬间里消失。

6

在那个夏日里，他们每个星期都要见几次，隐密的欢乐与自由可以让他们充分呼吸。有时是她在等他，有时是他在等她。景山公园，天坛公园，北海公园，护城河，他们一次次地去，幸福在生长着。每次约会，他在等待时都会有些紧张，不知道是什么让内心慌乱。他与她都知道，他们是成人，他们是自由的，他们没有生活在一个恐怖时代，没有人监视他们。但是，他仍然感觉有些紧张，他知道是自己怕她离开自己。他也能感觉到妻子的目光从美国漂洋过海，此刻说不定正注视着自己。他在等待时，总是会被某种担忧困扰，直到她骑着那辆旧式的凤凰自行车出现在前方的路口时，他才会感到那是真实的，他拥有她，她是属于他的。她对他说：在九岁时，她的个儿就有这么高了，母亲怕她早恋，就总是让她穿特别难看的衣服，你说，这样的母亲是不是有些浑蛋？他对她说自己在九岁时，曾经坚持过真实而正义的表达，结果被整得差一点跳楼，你说这样的环境是不是有些浑蛋？

他们有一段时间甚至每天都能看到对方。就是在学校里，在戏文系的办公室里，他们也能互相看见。站在同事之间，他们内心充满着隐密的愿望，互相飞快地看上彼此一眼时，他们体会的是真正的快乐。似乎全世界的聪明人都被他们的隐密关系欺骗了，每一个瞬间都是兴奋的。她在上课时，他总是会经过她的门外，并朝里边看一下。那时她知道是他，她迎接着他的目光时总是非常亲切，似乎关怀的目光就是灿烂的阳光。

他们渐渐意识到，他们已经互相走进了对方的生活。他接电话，她打电话，他们都能互相听到；他与别人交谈，她与别人交谈，他们都能观察着对方，静静地听，感受着，发现着对方的全部生活。

这种复杂的关系，有时会让他们疲倦。一对情人生活在同一个单位，他们真的成了地下的革命党人，他们之间的秘密充满理想、美好，却不能让任何人知道。她有时会觉得恐惧，他也会产生很多不自在。他们时时会相约，在系里要像陌路人一样，因为同事之间发生了恋情是可怕的。其实，也没有什么可怕，但是，总之还是不太好。人们的眼光会变得异样，你跟周围人的关系会变得有些怪异，人们跟你说话的口气会变，你看着那些其他老师的眼神会有变化。当然，你不会被判刑，更不会被流放，不会被置于死地，你完全没有犯法，不过还是不好。尤其是对她来说，她那么平和，与同事们相安无事，不争不抢，口碑很好。她非常喜欢自己的学生，热爱讲课，热爱戏剧，并愿意把自己的所有那些对于艺术的爱，站在课堂的讲台上，站在学生面前，轻声地告诉他们，全部都告诉他们，就算是他们没有兴趣。可是，她用美好、美丽，用一个女人的善良和宁静的风格去影响他们。她需要一个好的教学环境，她不与别人对抗，一个没有任何杂音的戏剧文学系对她而言非常重要，就跟阳光、纯水、透明的空气一样重要……所以，他们如果在系里相遇，最好少说话，不说话。

但是，他们做不到。他有时会在没有人的时候，在安静的过道里，趁机走过去亲她。她也会在楼梯上，突然冲过来，抱着他的双肩，吻他的嘴。他们陶醉于这种状态，像是偷情的人那样。一对中年男女竟然如此迷恋对方，悄悄地拥抱和接吻无限地丰富了他们的生命。在校园里，只要是他在，或者她在，他们都能很快地感觉到对方的气息，能够占领对方的每一个瞬间，都能让他和她感到成功的喜悦。他们内心的孤独和空旷渐渐隐去，只是两人的秘密，如同深渊里的薄雾，不断生长，在校园里、教室里、过道里、系办公室里、食堂里，在同事们焦虑的目光中，在学生们急促的步履声中……无尽地漫延，如同涨潮的海水缓慢地淹没了他们的身体。

第十三章

1

2011 年夏天时发生了“大学教授艳照门”，让闻迅和岳康康成了一次真正的佐餐笑料，使这一对男女从恋爱天空的秘密里，突然掉入了被人嘲笑、辱骂的现实之中。他们本来还有些矫情地、有意识地拒绝网络，他们也知道自己矫情，而且非常矫情。他们约会不用手机，不发短信，不发 E-mail，不用 MSN，不用 QQ，不用 3G。他们从不在视频里做爱，如果需要，他们会见面，在床上紧紧地抱上很久，直到两人真的平静下来。他们之间用旧式的书信表达情感，他们喜欢墨水在纸上留下的印迹，他们会有意识地拉开空间，几天不见面，在同一座城市里，却用信纸表达彼此的想念。每当读到对方写在旧白色纸上的文字，看到那些有淡淡颜色的信封时，无论是过去时，还是现在时，或者是将来时，都会让这两个有意识地制造出舞台效果的人，体会到无比的快乐和感伤。他们谁也没有想到已经被他们排斥的网络竟然在那年的夏天里，在他们最喜欢的，有蓝天的日子里对他们进行了残酷无情的、彻底的打击。

2

那是一个晴天，阳光灿烂，空气凉爽，他仍然没有开车，而是骑着自行车进了校园。当他把自行车停在学院楼外的门口时，看见她远远地骑着自行车朝学院过来。他有意识地装着与她很有距离的样子，就好像完全没有看见她一样，锁好了车，就朝楼里走去。一进过道，发现有人在注视着自己，甚至站在过道里的几十个人，他们人人都在注视着自己。他知道这是错觉，最近老是发生错觉，比如总是愿意把顾城写的“黑夜给了我黑色的眼睛，我却用它寻找光明”当成是北岛写的。而且，非要把《推销员之死》的台词“你们真是一对畜生”想象成是另一个母亲在《六个寻找剧作家的角色》里对人类的审判。

走在过道里，他感觉不对劲，那些目光真的有些让他奇怪了，他平时没有跟他们说过话，可是，那些目光真的像是舞台上的追光一样紧紧地贴着他。在走上楼梯的时候，他回头看了一眼，发现她正好也走进了学院的楼门，进入一层的过道。让他无比惊讶的是，所有人的目光又像是看见了舞台上真正的女主角一样，非常整齐地朝着她，朝着那个叫岳康康的女人，那个与自己现在是情人关系的女人照射过去，似乎在那一瞬间，她身上穿着的暗绿色长裙被人类的眼光照耀得明亮而刺目。

3

他走进教室的时候，感觉到下面的学生们都像受到了刺激。在那瞬间里，他感觉到，或者说听到了“轰”的一声，似乎骚动的喧嚣被压抑着，却仍然顽强地发出了让他从来没有在教室里听到过的声音。那时，他的眼睛似乎渐渐适应了教室里的光线：每个人的面前竟然都有一台笔记本电脑，这些已经年满十九岁的孩子们无论男生还是女生都在不时看看电脑屏幕，又抬起头来看看他。

他对于这些孩子散淡的眼神已经习惯了，可是，今天他们的目光却是充满激情的，这让他完全不能适应。他们在看什么？与自己有关吗？最近没有接受任何记者的采访，而且，他已经好几年没有任何剧作了。舞台上没有，甚至连文本都没有。他没有任何新的创作，他感到自己有些对不起在外边的名声，就像人们常说的，那个才子已经江郎才尽了。这些下边的大学生们，从来都没有激情，他们对于戏剧、电影、小说没有兴趣。他们走进课堂时，无论他对这些人说些什么，他们的目光都是呆滞的，今天怎么了？太阳没有从西边出来，自己的脸上出现了极其可怕的创伤吗？

他走下台去，想看看他们的电脑里都是些什么东西？他们为什么都带电脑到课堂上来？他朝这些男女学生走去，他的脸上甚至带着绅士般的微笑。当他接近了这些孩子，已经可以从学生们的角度模糊地看到电脑里的图片时，这些孩子们猛然间把电脑全部都盖上了。就连刘元，那个最固执的，不怕老师的孩子也把电脑合上了。

他看着他们，笑着说：你们的电脑上有什么，是黄段子吗？

“轰”，如同火柴房被点燃了一样，大家都笑起来。

他看着他们，莫名其妙地也跟着笑起来，又说：看起来真的与色情有关呀？我们能分享吗？

学生们再次笑了，只是这次男生们在笑，女生们显得有些被约束着，教室里的氛围非常奇怪。

一个男生说：有的东西，是不能分享的。

大家再次笑了。

他走到了那个女生，刘元的女朋友跟前，看着她，说：真的不愿意让我分享你们的欢乐？

那个女生本能地把面前的苹果电脑按得更紧了。他看到那个女生竟然那么紧张，就摇摇头，说：看起来，学生和老师真的如同两种动物，生活在不同的世界里，永远无法交流。

然后，他回到了台上，开始讲述大卫·里恩的《日瓦戈医生》，为了能够唤起下面的人对于这部电影最富有美感的想象，他先从这部电影的音乐说起：

忍不住地想告诉你们，拉拉是一个非常美丽的，平静的，有着吸引力的女人，作曲家根据对她的想象，创作出了主题曲《拉拉之歌》。他开始哼唱起来，只是头一句，就说，可惜，你们没有听过这首曲子，我用自己的声音无法让你们去想象，但是，真的美极了，请相信我，也许你不用去看这电影，但是，你们最少应该去听听这音乐，去看看这音乐映衬下的俄罗斯的白桦林，看着圣彼得堡旁边的，那些产生出列夫·托尔斯泰和鲍罗丁的广阔的土地，还有那些原野上无尽的、白色的雪……

让他无论如何没有想到的是那些电脑再次被打开了，下边男女同学们又开始看着电脑，而且，他们的笑容相当诡秘。他这时才开始敏感起来，突然意识到也许电脑里的一切真的与自己有关。

4

闻迅老师，你难道真的不知道？出事了，你出事了，你们出事了。

他看着老同学系主任，听到他用了“你们”这个词，就紧张起来。难道说，别人知道了他与她的关系？那又怎么样呢？会出什么事呢？他们最多是婚外恋，是通奸，是一个办公室里同事之间发生了让人们没有想到的恋情，这没有犯法，为什么系主任的语气如此恐怖？

他看着系主任说：我不明白你的意思。

系主任的脸色渐渐变得和缓了，说：我看这样吧，你先去看看岳康康老师，她刚才已经回家了，我不希望她出什么事情，还有……

系主任想了想，才有些吞吞吐吐地说：还有，你回去以后，上上网。

他突然有些矫情地说：你知道，我是拒绝网络的，其实，你每个星期二、三给我发的那些飞信，我一条也没有看，因为我的手机已经关机了。我是按照过去最古典的方式，不管周三院里是不是开会，我都来，我家里的录音电话……

系主任听他这么说，突然忍不住嘿嘿笑起来，脸上刹那间充满了灿烂的阳光，几年了，没有看到这个老同学的眉头这么舒展过。他打断了他，然后说：闻迅老师，你拒绝网络，可是，网络不拒绝你。你离不开网络，你真的有些搞笑呀，闻迅老师，你真的把舞台全部都搬来了。你是真有毛病，还是故意的?

他的内心焦急起来，说：校园网上究竟有些什么？你，所有人，为什么都用这种眼光看我?

系主任沉默了一下，缓缓地说：你进到校园网，看看关于你们的消息，很不堪，可以说是不堪入目呀，唉，你们，你们也太不小心，太放肆了。老同学非常关切地看着他，目光如同一个北京户口的大妈那样，让他很受不了。

他走在过道里，从系办公室的四楼沿着楼梯朝下走，感到所有的人都在看着自己。每当走到楼层之间的玻璃窗前时，他为了避开那些像光一样追随着自己的眼睛，都会站住，然后朝外看过去：天空很透明，跟纽约的天空一样。跟旧金山的天空一样，跟好莱坞的天空一样，跟百老汇的天空一样。他仰望着无边的蓝色，内心隐约有了某种答案，尽管他还没有看到网上关于自己的东西，但是他从每个人眼睛里那种特有的、“会心的”笑容，从他们目光里那种难以言说的“舒适感”，就能意识到一切都会与性有关。

虽然他在不断地下楼，可是两边的人流让他有种坐着梯子上升的感觉。直到他走出了楼门，来到了门前的空地，去骑自行车时，周围的目光仍然像是钉子一样，朝着他不断地钻过来，让他今年头一次感觉到了寒冷。

5

这时，他突然看见了从前方走过来的柳先生，这让他非常紧张，所有那些目光都已经让他痛苦不堪了，这个老教授正好可以幸灾乐祸，甚至可以当面羞辱他。因为他对这个老教授曾经说过，自己来自体制外，不懂得害怕，也不知道害怕谁。现在总该知道体制里的厉害了。他都能看到柳先生的脸了，竟然显得有些憔悴，没有平时的光彩。那条两边是灌木的小路很窄，让冤家的路显得更窄，他紧张得没有骑车，而是推着车朝柳先生走过去。让他觉得奇怪的是，柳先生并没有看他，而是在躲避他的目光，完全没有胜利者的样子，反而显得有些羞愧。突然，柳先生拐到了另一条岔路里，没有看他，而是独自尽快朝西走了。那时，他感觉天似乎更暗了，周围的人群都在比刚才更多地看着自己，而且，路上的每一个人都在把目光无情地扎向自己的身体。好像那些目光把他的衣服已经看破了，让他的上半身和下半身都出现了不少破洞，冷空气流进来。他渐渐地产生了一种被裸体的感觉，当抬起腿，跨上自行车时，他明显地意识到自己所有那些私处的东西，都在向周围的人群展示了。

6

校园的东门外有一个网吧，当他走进去时，似乎阴暗的空间里来了大明星。当年他在剧场看完自己的剧作首演与演员们一起谢幕时，从来没有感受到这样的关注。先是个别人意识到他进来了，然后，迅速地传导到每个看着电脑屏幕的人，他们抬起头来，看看他，又看屏幕，反复几次之后，几乎所有人都能意识到了：

啊，真正的角色来了，剧作家这次不仅成了角色，而且还是主角！

他走到了一个最近的电脑跟前，那些台式的电脑是无法被盖住的，终于看到了让他内心充满悬念的东西——全是照片，是他与她的照片。它们充斥在每一个屏幕上。尽管他的心里有准备，还是非常吃惊：在他面前的，整整一个屏幕上的照片，竟然是自己与她都裸体站在那间屋子里做爱的照片。那种姿势非常野性，但是他知道，那是他喜欢的姿势。

他当时完全丧失了自制力，从那个身边的女生手里夺过鼠标，完全没有听到她在轻声地，像犯了错误一样地说：老师，对不起，它们不是我拍的……这些照片都是一个网名为“笑笑”的人发布的……

他听到女孩子说“笑笑”，完全是恍惚状态，也没有意识到那个女孩子是主动为他让出座位的。他只是本能地坐在了她的椅子上，然后开始点击着那些照片，一张张地看着，像是在看别人的色情故事。全是做爱镜头，两个在现实中温文尔雅的人，竟然如此像牲畜或者野兽。他不断地点击，放大着这些科技时代的数码作品，看着照片上他与她最敏感的器官，感觉照片上这一对男女有些像是被屠宰的鸡鸭牛羊。他头脑瘫痪了，眼睛渐渐看不见了，天渐渐黑了，他没有任何感觉了。

7

外边天真的黑了，他突然能够感觉到愤怒了，起身朝外冲，他想找着这个叫“笑笑”的人，他是谁呢？他这么长的时间都在跟踪着他和她，并且一直在拍摄着他们。从他们走在公园的路上接吻，直到他们在床上。

刘元在那一瞬间出现在他的眼前，这个爱笑的男孩子，为自己起了一个名字叫“笑笑”，这完全有可能。而且，他从春天开始就在跟踪自己的女老师，我的情人，那个叫岳康康的美好的女人。他早就发现了这点，可是，他没有认真去对待这件事情。对了，他在辅仁大学墙外的老槐树下，曾经看到过刘元的跟踪。这个孩子对于她的跟踪无孔不入，他完全进入了一种痴迷的状态。肯定是他，不需要去那些网站，不需要通过任何法律程序去查刘元在校园网注册时的记录，有这些判断就足够了。满腔的愤怒让他内心产生了无限的力量，但是，即使在这个时候，他的内心也首先是生发出一个问题：你会杀了这个孩子吗？他想了想，觉得自己不会，因为他从小到大，直到今年四十三岁，连一只鸡都没有杀过，甚至从童年开始到现在都没有跟别人打过架。他相信智慧，渴望雄辩，他沉醉于在激情的演说中，让所有身边的人佩服自己，并朝着真理的方向前行。他不会与这个大学一年级的孩子打架的，如果见着他，也许他只会最简单地面对着他问：

孩子，你为什么要对我们这样？你知道这些让人看到的照片对我们的一生意味着什么吗？

他的内心突然特别委屈，伤心，似乎这个伤害自己和她的孩子就站在眼前，他甚至都忍不住地想在孩子面前哭泣。他知道这是非常软弱的办法，反过来再次证明了他是一个软弱的人，一个非常没有用的男人，一个进入了残杀年代就会束手无策的人。他从网吧的椅子上站起来，那时周围上网的人对他已经没有那么好奇了，他们的兴奋点已经过去，一个裸体男人的召唤力毕竟有限，更何况这个男人此刻已经穿上了衣服。他走出去，在校园西门外的街道上蹒跚而行，似乎一瞬间就变成了一个患了重病的人。那时，他突然想起了她，感到如同有人猛地把他的心捏了一下，他首先应该去看她呀，她现在会怎么样呢？他忘记了自己是骑着自行车来的，出门后，他打了一辆出租车，朝她家驶去。

到了辅仁大学前的老槐树时，他的内心充满了对她的担忧和愧疚，他坐在树下看着她屋内的灯光。突然发现在她的窗户对面，正在盖两座才矗立起了一半的高楼，看起来是双子座，那工地上早已停工，只是还有零星灯光。这时他才清醒地意识到，从那个楼上还没有安装玻璃的窗户拍摄她的窗户一定有最好的角度。他想象着自己与她有时做爱没有拉窗帘的情景，就感到有些不敢面对她。从来没有去注意对面的工地，以为它停工了，烂尾了，还没有更有钱的开发商来收购，就真的没有眼睛在看着你。那个孩子拿着一个照相机，而且，是一个有着长焦镜头的照相机。他迷恋着她，从春天到夏天，那是这个男孩子的最大兴趣。他可能对莎士比亚和皮兰德娄没有兴趣，可是，他对自己女老师的裸体充满兴趣。

无论如何是你把她拉进来的。她独自生活在校园里，很平和，她没有敌人，她从不攻击谁，她只是喜欢大学老师这个职业。是你到了这儿，在校园里树了敌，你的攻击性让很多人都恨你，然后，你还让她成为了你的情人。丑闻？当然是，你是一个有妻子女儿的人，你与她在一个教研室，你们在一个系里，在一个学院，你们有共同的一群学生、同事。你们没有犯法，但是，你们的婚外恋当然会让人群厌恶。你们其实还是偷情，在一个更加严厉的国家，你们有可能会被众人的石头砸死。关键是你们又成了笑柄，你们如同牲畜一样地裸身面对大家做爱，不要指望身边所有熟悉你的人，边看你们做爱，边去思考法律、人权、人性、隐私、良心、正义……不要指望了，他们只是会兴奋地、刺激地看着你们，然后，会心地笑了。性丑闻总是能让人高兴起来。哟，又一个被发现了。然后，他们还是会恨你，因为你已经触犯他们内心深处的规则。

8

他站在她的门外敲门，里边完全没有动静。从窗户外能看见灯光，她一定在里边，可是，她不为他开门。他一直坚持着，在门外等她。她在里边没有任何反应。他站了两个小时之后，终于感到累了，就坐在她的门外。她是知道自己坐在这儿的，他想，只要我坐在这儿，她的门外，就与她的距离很近，她就会感觉到我的存在，她的内心就不那么空，说不定她就能睡着了，只要能睡着觉了，就不至于被击垮。

按理说，作为一个男人，他现在最应该做的事情是开始反击，先找出这个“笑笑”，然后把他撕成碎片。但是，有用吗？你们的裸体已经展示在大庭广众之下，你们的性器官已经让别人反复看了多次（也许一次就够了），你们有悖道德，你们的嘴不用说任何话，作任何解释，你们的生殖器就说明了一切。

他突然听到了屋内的动静，就站起来，走到门前，开始敲门，叫着她的名字。

里边仍然是沉默，他说：我知道你站在门口，我现在就在你身边。我知道你需要我，我不会离开的。

里边很安静，渐渐地他似乎听到了她在里边的抽泣声。

他们就那样站在这道门的里边和外边，尽管相隔才不到一米，可是，黑夜和陈旧的木头门，让他感到他们其实已经天各一方了。

里边的哭泣似乎停止了，再次陷入了无边的沉寂。他站得累了，就又回到了楼梯口坐下，那时，他感觉有些困倦了，累极了，就闭上了眼睛。

他在蒙眬中，似乎看见了舞台，正在上演《大象》，那些台词正闪闪发光。

9

没有阳光从窗外照射进来，仅仅是灰暗的颜色让他在睡梦中感觉到白天已经降临了。他不知道自己睡在什么地方，眼睛很沉重，即使他费了很大的劲也还是睁不开。他沉静着休息了一会儿，再次抬起自己的眼皮，就如同森林里的伐木工抬起一棵轰然倒地的千年大树一样，他隐约地、含糊地看见了眼前的景色。他似乎有些不相信眼前的场景，那是在他自己的家里：妻子与女儿的照片挂在墙上，这两个曾经是他最亲近的女人都笑着，很晴朗的感觉。不对，在他的记忆里自己应该是在她家门前的过道里，他那时正坐在楼梯的台阶上，等待着她为自己开门，她需要安慰。在漫长的、苦苦的等待中，他睡着了。

现在为什么他是在自己家里？而且，竟然睡得如此沉？那说不定所有的一切都仅仅是一个无比糟糕的梦？喜悦突然占据了他的内心，猛然间，他被兴奋驱动着翻身坐起来，却首先看见了还开着的电脑，尽管屏幕已经休眠，阴影已经再次袭来。那时，他从对面的镜子里看到了自己的脸，这才意识到：梦境是从来也不会骗人的。他走到了电脑跟前，敲了一下键盘，那些让他痛苦不堪的照片再次出现了。他又看了看电脑上的时间：2011/6/22。这么说，已经过了三天了，而且，这三天他完全是在梦中睡过来的。他怎么回到家？怎么睡了三天？竟然完全不知道。对了，她最终也没有给自己开门，那他可能就失望地回来了。他把电脑关了，决定立即去见她。就在这时，他听见了有人敲门：是送快递的。他接过邮件，打开一看，是她写的信：你去哪儿了？为什么三天一点动静都没有？真让我担心，告诉你，我前天突然病了，扁桃腺发炎，发高烧至四十度，近乎昏迷。一直迷迷糊糊的，我渴望见你。我很矛盾，本来不想再见到你，可是，我病了，我最想见的人还是你……

他没有看完信，就出门，开上自己的车，一路朝她狂奔。他在蒙眬中感到自己可能闯红灯了，但是，他开得很快，完全忘了自己曾经对于速度的厌恶。到了辅仁大学南墙外，他从胡同里钻进她家的小院，他还是第一次开着车来到这儿，发现没有想象中那么可怕。他匆匆地停下车，没有锁车门，就朝她家冲了上去。她似乎知道他要来，因为她的门是开着的。他推开门，看着她靠在沙发上，一看见他就激动得哭了。他冲到她的跟前，抱着她，看着她含泪对他说：我怕我会死，我很怕再也见不到你了。他伤心感动得浑身颤抖起来，只能紧紧地抱着她，当意识到自己完全保护不了她时，他的眼泪竟然完全失控地流了出来。她对他的依恋让他感觉到，这个女人是自己生命中最重要的人。突然，他听见了岳康康像风一样的声音：

我想变回到童年。

10

我想找个律师，起诉刘元，进入司法程序，展开调查。

你调查的目的是什么？是让这个孩子受到惩罚吗？

他点头，看着她：即使刘元仅仅是一个本科生，他也应该受到惩罚。他看她不说话，又说：你说，中国在这方面有专门的法律吗？

她看看他，说：为什么要问我？你为什么要问我？

他看她这样，就低下了头。那时，他听见她说：

我不同意，完全没有意义，无论他受到什么样的惩罚，我们已经是这样了。

他想了想，说：其实，我也知道，我们的敌人不是刘元。

然后，他开始把她朝自己怀里搂，他能感觉到她开始躲避自己，但是，他仍然坚持着把她搂到了自己的怀中，继续说：尽管是他把我们的照片拍出来，发在网上，可是，当我们的裸体……他说到这儿，能感觉到她的全身猛地震颤了一下，就把她抱得更紧些，想了想，又说：我们的裸体被昭然天下时，全世界的人都成了我们的敌人。尽管，我们一点也不想成为他们的敌人。

她沉默着，一直不说话。

他突然把她头轻轻扶过来，看着她的眼睛，停顿了半天，才对着她的耳边说：我尽快跟妻子离婚，我要跟你结婚。

她的身体再次颤动了一下，但是仍然沉默着。

他继续说：如果我们是夫妻，那他们还能说什么？

她说：你以为夫妻的裸体暴露于光天化日之下，就不羞耻了吗？

他说：我们没有犯罪，我们甚至都没有再让他们的道德感不舒服。

她睁大眼睛望着他，说：我从来也没有想过要跟你结婚。

那你现在的痛苦，你内心的疼，你的恐惧……

她的眼泪噙在眼睛里：我只是不愿意让那么多人看到我的身体，我的，我的器官，我恨他们，不，我有些恨我自己。也恨我们俩之间的关系。我喜欢校园，我愿意讲课，对那些孩子们讲戏剧课，我真的很喜欢讲台……

她哽咽了，眼泪涌出来，哭泣让她显得很瘦弱，很苍白，又说：我再也没有办法站在讲台上了，我不明白，他们为什么要盯着我，我在学校没有敌人，真的，我没有跟任何人争，我对任何事情都无所谓，我只是对讲课本身感兴趣。我的生活从来都很宁静……

他看着她，感到强烈的羞愧，他知道是自己把她拖进了这个深渊的。他强势，总是爱挑衅，他有敌人，他的语言里总是充斥着攻击性，他很情绪化，只要说话，就总是会让一些人不舒服。可是，他无法帮助她，如果连结婚都不重要的话，他还有什么别的办法？那些照片已经散发出去，它们在全国、全世界流动，就像北京那些没有户口的人，他们无法安静下来，只能流动，在黑夜里，在阳光下，在暴风雨中，在漫天的沙尘暴把太阳都遮蔽的时候。

他突然问她：你觉得婚姻与讲台，哪个重要？

她抬起头，看着他，没有一点点犹豫，语气平淡地说：我已经结过一次婚了，我了解男人。你知道，我是多么迷恋课堂，当然，是讲台。

第十四章

1

他在讲台上丧失了激情，原来他看着那些毫无表情的戏剧文学专业的孩子，就渴望感染他们，现在，他在这些孩子们的脸上总是能看见那种意味深长的笑容，会心笑，闪烁笑，快速笑，偷偷笑。都过去了，郭美美红十字会中国，默多克新闻集团窃听邓文迪，姚明退役明王朝结束……有许多新闻充斥了人们的眼睛和耳朵，只是他像一个盲人和耳聋者那样看不见也听不见。人类好奇地残忍着，一次次地扑向新的倒在血泊中的人，喜悦地看着他们的尸体，他渴望自己也能跟郭美美一样成为过去，成为尸体，却还是觉得所有人都穿着衣服躲在暗处,只有他一个人光着站在明处。他想立即离开他们，离开讲台。他是一个那么情绪化的人，他那么渴望共鸣，他希望这些大学生的最初人生是被自己点亮的……现在，他就像一个被德国人剥夺自由的犹太人，没有了任何尊严。有些奇怪的是，他竟然还犹豫着来不来课堂，还是来了，然后，他就像是一只被捞上岸来的大虾，又被放在一口平锅里煎烤。

他时时地站在讲台上迷惘，感觉到自己说的每一句话都多余。时间变得比任何东西都可怕，课堂成了漫漫长夜，他总是在无奈、寒冷、灰心丧气中等待着下课时间的到来，那才是他的黎明。

2

校园里汽车从学院的门口开始排长队，一直堵到大街上。·女明星冰冰来了。他没有挤到门口，而是远远地望着他们的欣喜若狂，发现学生们像是过节一样喜悦，兴奋。他看着，内心有些酸楚：如果今天是莎士比亚来了呢？他突然觉得自己体会到了如同莎士比亚那样的悲哀。如果今天是迪伦马特或者皮兰德娄来了呢？他不但体会到了与他们一样的悲哀，而且，他意识到自己竟然非常恨这帮学生。他知道，这一切太应该，太自然了。可是，内心仍然酸楚。望着那些年轻、单纯、充满好奇的脸，感觉着他们急促的呼吸，他渐渐觉得自己无法忍受这帮孩子。也许真的应该鼓励政府去与越南打仗了，为了我们南海的资源，就让他们去上前线吧，打出最好的民族主义的幌子，让中国的孩子们在战争中死去。

这种恶毒的想法刚刚出来，他就意识到自己的脸红了。现在没有任何人看着那个叫闻迅的老师，即使看见了，他们也不知道为什么此时此刻他的脸是红的，而且，红得不得了。

3

走到了那片法国梧桐树下时，听到有人叫他。那时凉风阵阵，冬天的意味很浓了，他知道自己的感觉出了问题，顽强地想起了春天的暖意，心里更加感伤。

看着自己的这个老同学，副院长兼系主任从校门口朝自己走过来，并且，在很远的地方就朝自己摆手，他停下来，等着。

系主任走过来，说：你应该危机攻关。

他没有说话，只是看着老朋友的脸。

这段时间来，他与她的视频已经传遍了全国，有许多电视台的扯淡话题节目，都拿他们当做话题扯淡。他在那里，已经感觉不到那些喧喧嚣嚣的声音，仿佛北京的蓝天一样，离他越来越远。他隐约感觉到空气里有了一丝清淡，有了一点点甜的味道。

其实，在这段时间里，人们的情绪也发生了变化，有许多人开始有些同情他与她了。系主任此时脸上的同情是真切的，他拍拍他的肩膀，突然对他说：你可以报案，大家都觉得你必须报案，争取讨回一个公道。

他看着系主任，突然笑起来。

系主任说：你笑什么？

他说：如果全校师生都看到了你的鸡巴，你还有什么公道可言？

系主任也笑了，说：那么著名的剧作家，怎么不会使用人称呢？说到这儿，系主任把声音放得小了，又说：是你的鸡巴，闻迅老师。

4

窗户上挂着厚厚的窗帘，场景完全变了。即使是白天，她也把窗帘拉得很紧，就像是一个女人紧紧的裤腰。屋子里很暗，他们两个人的眼睛都早已经适应了黑暗。这个时候，对话总是在没有灯光的舞台上进行。没有亮光，让他们都有安全感，人们的目光会在每一个夜晚都像追光那样盯着他们。

他对她说：我想告诉你我的一个感受，不，应该是我内心深处的一个隐秘的想法。其实，怎么说呢，说起来也有些羞愧，你知道吗？我挺恨这些学生的，我真的有些恨他们。

她看着他，半天才说：那你能不能想象出，学生是怎么看待你，看待老师的？

他说：我已经完全不关心学生是如何看待我的了。

她对他说：你痛恨学生，学生也痛恨你，就算你们真的是因为拥护真理而痛恨对方，那我们真的就面对一个充满仇恨的世界了。

他想了想，又说：你说，一个教授因为自己的学生不喜欢他们正在学的专业，他们挤进戏剧学院，而又对戏剧毫无兴趣，就恨这些学生，有道理吗？他直视着她，当看到了她的否定时，他内心开始慌乱了，又说：那，也许，我应该痛恨体制了，它是万恶之源。

她笑了，说：过去我一直都这么想，特别是刚到美国的时候，现在，我想得复杂了。

他点头，说：体制是大家决定的，就是说，中国的，不是说所有的人，也是绝大多数人，共同选择了这个体制。

她说：你恨它已经来不及了。你说呢？

他说：是呀，恨体制的结果，将会血流成河，对吗？你是这个意思吗？

她点头，说：流血牺牲是你们男人愿意说的话，但是，我发现，你们男人其实相当怕死。有的时候比女人更敏感，更怕死。

5

你怕体制吗？

不知道。为什么问这个？

她苦笑了，说：还记得你参加第一次会时，说的话——我从体制外来，不懂得害怕。也不知道该怕谁，说心里话，我也不怕。你现在还会这样说吗？

他摇摇头，说：我想辞职了。

她说：为什么？

他说：留下一个人，你会好过些。别人会把你渐渐忘记，你说不定还能回到过去。

她摇摇头：告诉你，我怕体制，而且，很怕体制。

为什么？

她说：我从爷爷身上看到的，他说他是一个连死都不怕的人，他怕组织。组织就是体制。

你怕体制的感觉是什么？

我从来也没有想过要对抗它，我只是想适应它，与体制无争，然后，平静地讲课。我发现真的有一种自得其乐。

我不怕，又不是“文革”。

你知道会有什么结果吗？

他摇摇头。

她说：知道吗？我爷爷死得很惨，他是自杀的。

他说：可是，你说过他很坚强。

只有坚强的人才会自杀。她说。

6

他们只有在深夜时，才会到外边散步，那时没有人，或许也没有镜头在对着他们。他们有时会带着受虐的心情走在校园，那天他们来到了校园的东北角，那儿正在盖一座近三十层高的楼房。他站住了，看着这片楼，说：有人对我说，每一座校园里的高楼里，都深藏着腐败，都有贪污、钱权交易和数也数不清的罪恶，你怎么看？

她拉拉他的胳膊，让他走得快点，然后，她说：我不关心这些事情，我一点也不关心。他们可能愤怒，但是我，我一点也不愤怒。这一切跟我无关。

他看着她，在那刻，他的内心里涌起了对她的无比尊重，还有一种巨大的亲近感，他说：我也是最近这一年，突然变得不愿意再关心这些事情了。

她说：为什么？

他说：很简单，如果让我来盖这栋楼，我也会跟他们一样。

她说：一样什么？

他说：一样罪恶。

7

他们只有在黎明来临时，才开始有睡意，那时她在他的怀里会再次问他：

这个噩梦会过去吗？

他也总会骗她：当然，会过去的，事实上已经过去了。现在是一个“快”的时代，人们没有那么多时间把目光停留在我们的身上。

她笑了，说：你还总是喜欢说，我们应该在这个快的时代慢下来，我们是“慢”的先知。

他说：先平静下来，然后，真的就会慢下来。

她说：我想去美国了，回到美国去。

他叹了口气，说：我们应该学会平静下来。

你真的很平静？可是，我发现你一点也不平静。我觉得你还是有愤怒。

愤怒？没有，只是我的内心总是堵着。就像是北京的堵车，一定不是堵车本身那一件事情，有很多事情堵在一块儿。我现在知道为什么心脏病多了，不是吃得多，而是堵得多，堵得太厉害了。北京人的心脏病是跟北京的堵车一起暴发的。

第十五章

1

他和她都觉得世界正在遗忘他们两个人，因为从那一年的六月份直到九月份开学，似乎每天都在发生新的事情。特别是在 7 月 23 日高铁死了人之后，整个微博世界都像发了疯一样的专注，所有的人都在怒吼。他和她早就被微博世界抛弃了，在 2011 年，似乎所有的人都被淹没了，只有几个天天在微博上狂欢的人才是真正舞台上的演员。他不敢上网，偶尔在网上偷看一下，却发现在首页上，甚至在打开的其他链接上都看不见他和她的裸体了，如果你想看，必须搜索。看起来，一对大学老师的伤风败俗早已算不得什么了……

这让他和她的内心渐渐平静下来。临近开学，他又要讲课了，又要站在讲台上了，面对着那些随时都能看见自己身体和性交姿势的学生，你还能说些什么?

他与她在这个假期里也一直没有见面，她对他当面说的最后的话是：我觉得让大家都看见之后，我的身体突然变得很脏了，我不想再跟你见面了，更不想跟你做爱。他理解她的委屈，也知道没有力量安慰她。

从那天之后，如果需要，他们仍然会用钢笔在纸上写信。

她的信写在一张很有年代的棕色的纸上，她对他说：

我不去上课了，已经请好了假，我要回到洛杉矶去，做一年访问学者。其实，我每天都想见你，你在那棵老槐树下时，我也看见过，我很感动，可是，我不想再进行这种游戏了，而且，我对你总是说起的舞台，有些厌倦，你可能不高兴，不过我还是想告诉你真实感受……

他的信是用圆珠笔写的，字迹潦草：

我尊重你的感受，只是心疼你，我不愿意你再受伤害，这话都对你说了有一百遍了。其实，我去你家门前的老槐树坐着，不光是进入了戏剧角色，不过，只要是我闭上眼睛，那儿始终是一个舞台。约你几次去人艺看话剧，你都拒绝了，不过还是想对你说：辅仁大学前边的那棵老树，真的像是舞台上的背影，特别是夜晚，我坐在那儿，想象着跟你在树下聊天的夜晚……

至于我自己，我还是要讲课，不知道为什么，我突然发现，一个老师，能裸体站在面对学生的讲台上，对他们讲出内心世界，赤裸裸的内心世界，那是一件充满戏剧高潮的事情。

2

时间：2011年12月28日上午11点整

地点：北京市西城区西绒线胡同1028号花旗银行（美爵酒店东侧），该地区虽然地处市中心，但不是商业旺地，道路畅通方便逃跑。

主要人物：枪手A、B（周旗，申涛），开锁员C（于婷婷），司机D、E（向博文，郑小辉），首领H（刘元）

舞台道具：

1．枪手A、B军火（飞鹰手枪四把，AK47冲锋枪三支，炸药四颗）；

2．开锁员C先盗取出租车两台，分别放在西城区复兴门中央音乐学院西门外与燕京饭店停车场；

3．司机D先去银行附近摸清楚路线……

下边坐着的学生惊呆了，他们看着这个有些任性的闻迅老师站在讲台上，非常认真地用粉笔在黑板上写着，他们不知道这个已经威风扫地的教授正在做着什么事情。他们被吸引了，许多人都睁大眼睛，看着他渐渐写出的那些字：

这个剧本的中心事件，是抢劫银行。每一个人，都要写出一个剧本，描写出那些人在六分钟五十秒内完成抢劫任务之后又用二十二分钟逃跑的完整故事。细节流程，装备转移，人物命运，场景转换，悬念设计，意义延伸……

有人说，我的讲课一点技术含量都没有，但是，我相信，抢劫银行一定是最有技术含量的故事。即使在现实的中国，那些抢的、偷的、掠夺的、贪污的都没有什么技术含量，但是，一定要有人情含量，而且，我们凭着自己的想象，应该更有技术创意。当然，如果你们觉得抢劫银行还不够刺激，那你们也可以写劫飞机、劫国家保密局、劫军火库，也可以写一些暗杀贪官的故事。

3

闻迅在那个秋天里把作业布置了以后，才突然发现树叶已经黄了，秋风吹进没有关上窗户的教室，让大家都感觉到凉爽。在那些天的戏剧文学系里，如何打劫银行成了学生们日夜惦记的事。几乎每一个学生在那周里都深深地陷入对银行抢劫以及一夜暴富的创作中。这些从来都对剧本没有兴趣的孩子们在睡觉、吃饭的时候都在研究。刘元的QQ签名上写着：“伟大的党啊，教我怎样才能成功打劫银行吧！我已经准备了AK47、催泪弹、假车牌、炸药炸弹。”

那些法国梧桐树叶已经变得有些红了，这说明今年的秋天已经开始走下坡路了，昨天深夜里下了一场大雨，让那些树下的绿色木头椅子湿了，他看着上边的水印，仍然坐在了椅子上。他走在校园里时，已经变得有些放松了。因为再次受到关注，不仅仅是因为裸体，还有别的原因，而且，与教学有关，这让他走路的速度甚至变得快了。只要有空闲，他总是愿意在校园里多待一会儿，感受一下那些活泼跳跃的气息。

闻迅老师，自个儿躲在这儿？手机也不开，真的又拒绝网络了？

他没有想到有人会突然冒出来与自己说话，竟被吓了一跳。

闻迅老师，就你这样，还要抢银行？自己先被吓死了。

他看清了，是系主任，他站在侧面，看着他，语气里有明显的不满：

亏您还是一位剧作家，闻迅老师，中国有句老话，叫不怕贼偷，就怕贼惦记。你这是在培养一批惦记的贼呢。你这样做我很难办。

他知道，是这个老朋友极力推荐自己，是这个副院长兼系主任把他当做一个真正的人才引进到学校来的。他对自己的老同学说：

不是真的要学生抢劫，主要是希望学生能写出一个剧本。能有原创的动力和兴趣。

奇思妙想，那当然是创意十足、噱头十足。

知道吗？学生都渴望当老大，他们在编剧过程中，能在纸张上过一把“老大”的瘾。能让他们在刺激中去想象一个舞台，一个场景，一个故事，一个有意思的结构。

问题是，当学生沉浸于打劫银行的思考时，他们是否真的有足够的判断力去分清是非呢?

大学生都是成年人，有行为能力。他们还不会傻到真的抢劫银行的程度。当然，如果他们这代学生真的敢去抢银行了，我还真的有些佩服他们了，说明我过去把他们还真的看扁了，我不对。

我有些担心，在编剧过程中，这些90后的学生内心的“恶”将被放大，他们挖空心思在纸上演练如何打劫银行时，即使不会真的去银行打劫，也会失去应有的纯洁与诚信。

你真的相信这些孩子们还纯洁，还诚信?

唉，闻迅老师，不要再培养他们身上的“狼性思维”了，现在的中国狼已经太多了。我真的很担心，大学生心理疏导教育缺失，加上大学高学费现象、毕业就失业的怪况、荒诞颓废，这些东西完全可能让学生将“抢银行”的虚拟教案幻化成现实中的悲剧；完全可能将课堂上虚拟的暴力计划付诸现实。

不过这次很奇怪，柳先生竟然没有站出来，没有人来找我谈，只有你。

对呀，柳先生为什么不督导你?他肯定能收拾你。可是，他没有出来，住院了?说实在的，我还真的希望他能出来制止你。

他那天与系主任争吵过后，就再次走进了学生们中间，在与孩子们交流的过程中，他发现每个人其实都有一个抢劫银行的梦想：催泪弹、假车牌、炸药炸弹、枪支弹药各种轻重武器全部派上了用场。闻迅没有想到不光是男孩子，就连女生们也对残忍和暴力有如此之大的兴趣。他于是分别走进了他们的策划，并影响他们：不要太过暴力，我们是知识分子，要设计出高智商犯罪。还要有乐趣，要有意义引申……

4

他永远忘不了在第二周的课堂。同样是那群孩子，他们在他的印象中几乎跟死人一样，对任何事情都没有兴趣，他们的注意力完全无法集中，他们对于专业的冷漠几乎就像富人对于穷人的冷漠……

可是，今天奇迹发生了，这群大学生们对于抢劫银行表现出了无穷的兴趣与激动。对于故事大纲的交流在课堂上开始了：

北京有一群劫匪选错了银行。匪首的印象中在他家附近有家深发展，那儿的条件便于打劫，可是，当他们真的去打劫时，却发现想抢的银行竟然变成了宠物医院。然后，他们又选了发廊街上的工商银行。可是，他们从来都没有干过这类事情。那个匪首走进银行之后，习惯性地拿了一张取款条，写字时，他的脑子开始灵活起来，他写了“打劫，请将钱装进这个袋子，我一般不杀人，不想看见流血，我是一个人道主义者”一行字后交进柜台。由于当时取款人很多，他只好排队等待将这个条子递进窗口。排着排着，他看见门外突然开来了一辆警车，原来这儿是发廊一条街，警察因为没有钱了，抓几个嫖客，收点钱。可是，匪首不知道呀，以为警察是来抓他们的，就担心起来，刚才写条子如果有人看到的话肯定会报警，这样一来，他还没排到柜台窗口就会被警察抓住。

想到这儿，他用目光示意同伙们匆忙离开了发廊街的中国工商银行，走进了充斥着假冒伪劣的小商品一条街，那里有农业银行。这里取款的人很少，匪首将那张已写好的取款条递进了柜台。工作人员看了条子之后平静地对他说：你的取款条是中国工商银行的。请你用本银行的取款条填写，要不然请到对面的发廊街上的工商银行取款。匪首笑了，他觉得自己真傻，这个农业银行的出纳这么镇定，就说明了他们肯定有准备，必须谨慎。于是，他又示意同伙离开了农业银行。他们手持取款条从假冒违劣街再次来到了发廊街，发现那些警察不是来抓嫖的，而是自己来嫖的。远远看过去，那些发廊都跟过节一样，张灯结彩，小姐们一个个欢天喜地。他们再次走进了工商银行，然后，按规范排着队。等到了他们时，那匪首与同伙们拿出了枪，银行小姐吓坏了，说：整个柜台没有他们需要的那么多现金。这个匪首是一个男孩儿，他心理素质太差，几次煎熬让他已经紧张到崩溃了，他听到出纳员说没钱时，当场昏倒了。在他身边的女劫匪心理素质好，她看着那个昏迷不醒的匪首说：我现在总算知道了，为什么我们女人总是比男人活得长。她接过银行出纳员递来的取款条，用笔去掉了两个零，把两万改成了两百（注，此处有意让数额少是为了剧本能够审查通过）。出纳员按照她填的数额把钱给了他们。他们出来上了第一辆出租车，到了中央音乐学院。他们下了出租车，又上了第二辆出租车，到了燕京饭店门口，他们下了第二辆出租车。然后，他们进入大堂，从后门出来，又上了第三辆出租车，警察已经被彻底甩掉了。

大家很高兴，一起唱红歌，然后，开始分钱，打算中午去吃红烧肉。可是，没有想到的是，那个勇敢的女劫匪，因为平时爱美，总是把她的妆画得太浓了。早上第一次进中国工商银行时，她带着一脸的化妆品，撞上了工商银行的一道玻璃门。一个月后，警察根据她的嘴唇印，用 DNA 技术找着了他们。然后，他们开始逃跑，从后花园里跑出来，那个女劫匪跳进了一辆小汽车里大叫：“警察在前门，咱们走——”

匪首也跳上了车，可是他们犯了严重的错误，跳进的是一辆警车后座。那个被吓坏了的女劫匪，慌乱地把手塞进衬衫口袋拿枪，却碰上了枪的扳机，那枪响了，正好对着女孩子的心脏，她当场被打死。那个男匪首，也不过就是一个大学生，他当时号啕大哭，因为他们是一对感情很深的恋人。这个时候男孩子的奶奶买菜回来了，老奶奶看见那个女孩子死了，自己的孙子在哭，就高兴地笑起来，对警察说：快把他们抓走吧，让他们好好改造，我最受不了的，就是他们这些90后！

5

无论故事多么不合逻辑，可是，闻迅那天与所有人一样，在课堂上笑个不停。他已经完全忘记了自己的疼痛，似乎他重新穿上了衣服，彻底地保护了自己私处不再受到侵犯。仿佛真的没有一个学生愿意再次偷窥他，他与他们融成一条小河，抢劫银行的故事把大家的心都温暖了。那天下课之后，刘元没有走，他看着闻迅，似乎有话要对他说。这让他内心产生了疑问：刘元是来向自己道歉的？尽管自己从来没有调查并且起诉他，没有当面质问他，现在这个90后孩子果真良心发现了？

刘元没有看他，从“校园裸体事件”之后，他总是避开那个老师的目光。

他看着这个把自己拉进了地狱和深渊的孩子，平静地说：刘元，你还有事吗？

刘元拿出了一沓白纸，说：我完成了一个剧本，电影剧本。

他内心的激情突然沉落了，是呀，在你还想象出一个孩子会对你道歉或者忏悔的场景时，人家的注意力早就转移了。人们在今天对于一件事情的关心不会超过三天，没有人去问紫荆矿业最后对那天被污染的江水做什么了，没有人去问哈药集团后来为松花江做什么了，没有人去问郭美美身后的红十字会后来做什么改变了，没有人去问死人之后的高铁做什么了，没有人去问闻迅老师和岳康康老师被裸体之后会怎么继续生活，他们还会有将来吗？他于是问刘元：是原创的吗？

刘元犹豫了一下，说：是，是原创的。

你想让我看看?

刘元点头。

6

刘元剧本（习作）

我的大学生活中有一个十分聪明的女孩儿，她的名字叫“绝望”。有哪一位剧作家能想象出绝望在我内心中是怎么茁壮成长的?

闻迅才看了几句，就感觉到喜悦，刘元的开头几句话明显是在模仿皮兰德娄，《六个寻找剧作家的角色》，他与岳康康都特别喜爱。在这部意大利戏剧的序言里，皮兰德娄用了这样的比喻，只是刘元略加变化，他把“女佣”变成了绝望，而且用了“茁壮成长”这样的词汇，略有些调侃意味。

然后，他带着欣赏与兴奋的情绪开始看刘元写的剧本：

1

2011年8月28号　　日　内

某大学附近小区公寓

刘元与于婷婷正在急促地对话：

快快，要不银行要下班了。

催，催，早晨，天还没亮，银行下什么班?不知道人家爱美要化妆吗?

你是去抢银行，又不是跟别的男生调情。

正因为是去抢银行，所以更要爱美，不仅形象美，还要心灵美。

（旁白：有一对恋人是大学生，他们没有前途，就蒙面冒充歹徒去抢银行。早晨，他们起得很早。）

于婷婷化妆涂口红时看着镜子，对匪首刘元，她的男朋友说：老公啊，听说你要去抢银行啊？我好崇拜你哦。是男人就要抢银行啊！

刘元：老婆哟，求你快点化妆哟，银行真的要下班哟。

（旁白：然后，他们蒙上面，就出发了。）

5

银行　　日　内

两人蒙面走在银行过道里。

于婷婷看看摄像头，说：老公，我们这次终于可以上电视风光一回了，晚上《新闻联播》肯定有咱们的脸。

刘元学着香港男匪首的口气说：你想得美，我们蒙着面，谁知道是我们啊。

于婷婷：老公，那我们还是把面具摘下来吧，我抢银行不光是为了钱，我渴望当明星。

刘元：虚荣的女人，你不要命了？

8

银行大厅内柜台前　　日　内

刘元和于婷婷正对坐在休息的沙发上，他们中间有一张小桌子，上边放着银行提供的水。

于婷婷喝了口水，说：过去你怎么没有告诉我，你妈有了情人？

刘元：不想说，我他妈的不想说我妈。

于婷婷：可是，她毕竟是你妈呀？

刘元：我爸爸真可怜，但是，我看见他那个可怜样儿，就够了。

只有你姥爷对你好？

他不理解我。

刘元，你真可怜，你没有母爱呀！

母爱？母爱是什么？多少钱一斤？

啊，可怜的孩子，如果没有母爱，你会死的……

那时，刘元看着一个人拿着一二十万元钱，递给了里边的银行小姐。

于婷婷也看见了。

刘元对于婷婷使了个眼色，两人心领神会，都从包里往外拿枪。

银行一片宁静，像学校夜晚的走廊。

刘元和于婷婷突然端着枪冲了上去，他们两人整齐地大声喊道：通通不许动，钱是国家的，命是自己的！

大家都一声不吭躺倒。

其中有一个女孩子是银行的出纳小姐，她躺在地下，叉开双腿，有些不雅。

刘元望了一眼躺在地上四肢叉开的出纳小姐，说：请你躺文明些！这是抢劫，又不是强奸！

出纳女孩子说：你糟蹋我吧，钱是国家的，不能给你；身体是我的，你随便。

刘元看看这个出纳员，她太丑了，就说：想得美，想让人糟蹋，也要有色相。

于婷婷冲过来，推了刘元一下，生气地说：你是来银行跟女孩子调情的，还是来抢钱的？

刘元说：你看你看出纳的脸——

15

大学附近公寓　　夜　内

于婷婷对刘元说：老大，老公，真是幸福死我了，我们赶快数一下抢了多少钱。

刘元说：啊，你们这些贪钱的少女们，你傻啊？这么多，你要数到什么时候啊？今天晚上看新闻不就知道了吗？

于婷婷伤心地说：可惜，只能看见出纳的脸。

19

银行行长办公室　　日　内

高个子女副行长对小个子男行长说：老大，老公，那两个抢劫犯一共抢了咱们五十多万哟。

男行长说：老婆呀，具体数额你我知道就行了，向外透露在实数上增加五百万，弥补下我们上次活动经费透支的部分！如果以后还有这样的事情发生你知道该怎么做了？老婆！

23

某大学公寓　　夜　内

刘元与于婷婷一起看电视，他们仔细地听着播音员报的被抢金额，一边看着他们抢来的那一大包钱。当听到五百五十万时，两人欢呼，然后，亲吻。

24

公寓卧室　　夜　内

刘元和于婷婷把那包钱撒在大床上，开始分钱，　结果两人数着，发现钱的总数没有电视上报的多。

刘元开始怀疑于婷婷，于婷婷开始怀疑刘元。

刘元：婷婷，你爱我吗？

于婷婷：当然爱，到死都爱。你爱我吗？

刘元：傻女孩儿，不爱你，我能叫你一起去抢银行？可是，你为什么要骗我？

于婷婷：刘元，是你骗了我吧？刚才我洗澡的时候，你为什么要出去？

刘元：我出去，是为了买香槟，可是，你呢？你在我买香槟的时候，是不是也出去了？

于婷婷：我当时出去是为了，为了买喝香槟的高脚杯，我渴望情调。

瞬间，突然，刘元和于婷婷都掏出了枪，他们用枪指着对方，相互对峙着。

刘元：你这个骗子。

于婷婷：你这个小偷。

镜头对着屋顶的灯光，突然，枪响了。

26

公寓门外　　夜　内

血液从门缝缓缓流出来。

27

公寓楼外　　夜　外

警车开来，灯光闪亮。

警察排成队列朝这栋楼缓缓压来……

36

北京某豪华酒店　　夜　内

男女行长在看着新闻，他们穿着宾馆的睡衣。

（旁白：任何故事都有结局，我的故事是这样的：《新闻联播》播出了特大银行抢劫案件告破，两个冒充劫匪的大学生因为反抗，双双在追捕中当场被击毙，另有五百万已被他们挥霍，无法追回。可见，要对90后大学生进行思想教育。）

行长和副行长笑而不语　。

49

豪华酒店卧室　　夜　内

行长正与副行长在床上做爱。

男行长突然叹口气，对女副行长说：老婆，你说，他们大学生，不好好学习，为什么一定要抢银行呢？

女副行长说：轻点，让我先想想。对了，知道了，他们是因为看不到希望，哎哟——

7

他看完刘元写的剧本，有些惊喜，甚至有些过瘾。他有些自责，也许自己错了，刘元说不定在将来能写出好的剧本。他很有想象力，细节，小情节，对话，特别是政治上的反讽很有意思。自己过去太有偏见了，也许没有对于戏剧、电影、小说的爱，也能成为剧作家。也许，那些考了 600 多分的，对于戏文专业本无兴趣的孩子们，也能成为剧作家。

他完全忘了刘元给自己和她造成的伤害，突然渴望对岳康康说说刘元，这个剧本，是由刘元创作的，它真的给了他特别大的兴奋感。

他想直接找她，穿上衣服走到了门口，才感到太晚了，就用固定电话直接拨了她家的号码。

岳康康显然已经睡了，他在电话里听着她的声音，感觉到她仍然陷在那种伤痛中。

他在电话里对她说：好像听着不像你的声音。

她说：你也有些奇怪，你过去从来不这么晚给我打电话。即使，我们睡在同一张床上，你看我睡着了，你就是兴奋着，也不会吵醒我。

他说：今天真的不一样，我看了刘元的剧本，我特别感动，尽管，他写的不是一个感伤的戏，我……

她在电话里轻声笑了，说：你真的很傻，你又一次被网络骗了。

他说：我不明白你的意思，我以为你会跟我一起高兴。

她缓缓地说：刘元也发到我的信箱里了，前天发的。我看了，然后，我在网上查了，基本上是在网上抄的。除了一些关于母爱的对话。

可是，那些对话很重要。

那又能改变什么？情节和细节全是刘元抄的。

岳康康说完放下了电话。

8

泪水顺着闻迅的脸流淌着，不知道什么时候他开始哭泣。所有学生的剧本早都读完了，他原来以为是他们原创的，现在却发现几乎没有一个人是原创的，都是从网上摘的段子。而刘元，则完全是在网络上抄来的，只是他闻迅先生由于这一年来过于拒绝上网，才显得那么无知。无知者的兴奋，惊喜，感动和热爱。

他拒绝网络，可是，网络再次来找他的麻烦，并戏耍了他。他看着那些打印的，摆在自己面前的剧本，感觉到窗外的树叶正一片片地落地。他拿出了那些学生的剧本，决定给全班所有的人都打零分。曾经有在学校待了多年的教授告诉他，他不能给全部学生都打零分，那样你自己会失去机会。可是，他现在正无比痛快地给每一个戏文系的学生打着零分，在做这件事情时，他完全没有顾虑。只有在做这件事情时，他才突然意识到，自己其实也是一个有权力的人，可以给这门课的学生打分。那么，他也可以用这点权力去进行权钱交易吗？这让他的思维变得兴奋起来。那时他的窗帘拉开着，月光照了进来，月亮照耀着闻迅的思维，让他显得像是一个从树木里突然钻出来的鬼魂。

第十六章

1

于婷婷来找他时，眼睛里布满血丝，这让一个女孩子的形象大打折扣。联系到刘元剧本里对那个劫匪于婷婷的描写，更让她显得有些怪异。她说：闻迅老师，我找你有急事。

他看着她，像看着远方的云彩一样，有些难以集中自己的目光和思绪。

他们那时站在学院楼前的空地，正有许多学生与老师经过他们身边，从楼外走向楼里，又从楼里走向楼外。许多人经过他们身边时，都会习惯性地朝闻迅看一眼：瞧，就是这个多事的闻迅老师……

刘婷婷看着他说：刘元要出事了，他渴望抢银行，已经走火入魔了。最近，他天天在五环外的一家工商银行踩点，他真的要行动了。还让我帮他，说，这样的爱情，才有真正的故事性。

他沉默着，在内心分析那个叫刘元的主人公的行为。

于婷婷看他不说话，就又说：闻迅老师，您真的不该让我们去写抢劫银行的剧本。我们真的不是哈佛的学生。

他说：你为什么不去学校保卫处，去院里汇报，却来找我？

她想了想，说：我不愿意出卖刘元，我爱他。我知道，你也不会出卖他。

为什么？他看着她的脸，认真地问：为什么？你真的以为我能阻止他？你真的以为我就不会出卖他？再说，什么叫出卖？

刘婷婷想了想，说：因为，你是一个正直的人。

他看着她，又说：那请你告诉我，什么叫出卖？什么叫一个正直的人？

刘婷婷突然哭了，大声说：闻迅老师，刘元要完了，你还在这儿像个呆子一样，做概念游戏。

他没有理会从四面朝他们射过来的目光，她的大声哭泣引起了很多人的注意，他仍然看着她说：我就是想知道，想让你解释一下，什么叫一个正直的人？

她愣了，说：难怪刘元说，你这个人其实是一个神经病，太幼稚了，开始我还不信，现在我信了。说完，她转身很快跑了，他没有叫她，而是看着她跑，一直看着她跑了很远。然后，他看着四面那些人的目光，知道他们又开始猜测怀疑自己。他摇摇头，朝男生宿舍楼走去。

2

他直接朝刘元的宿舍走去，到了门口，他没有敢推门，怕在门上还有水桶。那时，门被风轻轻地吹开了，他朝里边看着，没有人，犹豫了一下，他还是走进了宿舍，环顾一下，就坐在了刘元的床上。看到床头放着半根烟，他突然很馋，就拿起来，在另一个床上拿起打火机，点着，抽起来。烟雾升腾着，让他产生了一种空荡荡的感觉。他想等一会儿刘元。这时，他听见了门外有歌声，是蒙古曲调，唱得很悠长：鸿雁，向南飞，飞过了芦苇荡。这让他突然感到很累，就躺在了刘元的床上，很舒服，很亲切，很青春，很遥远。他躺在这个与自己为敌的学生床上，抽着他的二手烟，把拿烟的手渐渐垂下去，然后睡着了。

直到有人把他推醒，他还沉重地感觉到自己在往地下延伸，像死了一样，一切向下的力量都在拉着他。隐约听到身边有笑声，他没有认真思考，也跟着笑起来。这时，感觉到又有人在推自己，他睁开了眼睛，看见了刘元正站在面前，头发有些湿，身上的衣服也湿了。

他问刘元：外边下雨了？

刘元说：你为什么要睡在我的床上？

他起身说：在等你，睡着了。

他说：是不是于婷婷都告诉你了？

他点头，说：不过，她不会告诉学校。

刘元说：这个多嘴的，我非杀了她不可。

他说：你真的想抢银行？

刘元说：跟你没有关系。

他说：怎么会没有关系？是我让你们写抢银行剧本的，是我帮着你们分析，怎么才能抢银行获得成功的。学校本来就有意见，或许还会处分我，你这么一来，会有什么结果？

刘元摇头，说：不想跟你说这些，没有用。

他看着刘元，说：那你想说什么？

刘元突然睁大了眼睛，说：我想告诉你，“笑笑”就是我，你们那些裸体照片是我拍的，是我发上网的。

他看看刘元，平静地说：我早就知道了。

刘元吃惊了，说：那你为什么没有来找我？

他说：不想跟你说这些，没有用。

刘元说：那你想说什么？

他说：不要去抢银行，那儿不是真正的舞台，不好玩，一点也不好玩。

刘元：你想不想知道我为什么要那么干？

他说：一点也不想知道。

刘元说：我一直都想告诉你，我不相信你这样一个大剧作家会不关心动机。

他转身朝外走了，刘元却抢先一步挡在了门口，继续说：闻迅老师，我爱岳康康老师，我恨你。我觉得是你弄脏了她的身体。有几次我都想杀了你。

他漠然地看着这个爱笑的孩子，这个叫笑笑的大学生，说：那你为什么没有杀？

刘元说：我有先天性心脏病，有一次你在操场跑步，我一直跟着你跑，你那天跑了十几圈，我知道自己的体力不如你。

他说：岳康康爱我。她不可能喜欢你，这是事实。是一个女人的选择。

刘元激动起来，说：她是一个那么干净、纯美的女人，却被你给玷污了。大家都这么认为，你信吗？

他点点头，说：其实，我也是这么认为的。她本来好好的，在学校教书，与世无争，被我给毁了。

那时，他看见宿舍里的其他几个学生几乎同时走了进来。他们看着他和刘元，都有些惊讶，似乎他们有一种预期，在一个大学老师与学生之间，会有一场恶斗。

他没有与这些学生打招呼，说完那句话，他就推开刘元，独自朝外走去。在过道里，他听见刘元在后边追了几步，喊：我最讨厌你们这些大人说这一点也不好玩，“不好玩”这个词，你们就不该用。你们那么老了，还装什么年轻，还“一点也不好玩”。

他听到这句话，就停下来，转身朝刘元走回去，直走到了他的跟前，才说：听着，笑笑，不要去抢银行，那儿不是真正的舞台，不好玩，一点也不好玩。

3

刘元失踪了，当他听到这个消息时，是刘元旷了他的第二节课那天。这个网名叫笑笑的学生已经有五天没有露面了。他问了不少同学，可是，他们以一种奇特的眼光看着他。似乎，在他与这个学生之间有着某种世仇，刘元之所以消失，是他们两个之间的秘密，里边很可能有阴谋，威胁，暴力，血腥。

他去找了于婷婷，那个女孩子有些害怕地看着他，似乎他真的变成了一个有可能吃人的人。

他说：为什么你们都这样看着我？

她说：闻迅老师，有人传说，是你对刘元下手了。

他觉着“下手”这个词从一个 90 后的女孩子嘴里出来，还真有些怪异，就笑起来，这更让那个女孩子感觉到了恐怖。

于婷婷说：闻迅老师，您忙，我先走了。

他说：我就想问你，刘元究竟去哪儿了？

于婷婷怀疑地看着他，说：刘元如果遇难了，真的与你无关？

他说：他会遇难？遇什么难？

于婷婷：都传说，刘元被雇来的黑社会杀了。

他更加奇怪了，说：谁会这么恨他？

于婷婷说：大家都说，只有你才那么恨他。

他说：报警了吗？

她摇头说：没有。

他离开了刘婷婷，到了系里，找着系主任，问他：为什么刘元失踪了，却不报警？

他说：院里不让报，怕把事情闹得太大，影响学院的评比。

他看着系主任说：你们好像一点也不着急？

系主任说：闻迅老师，你要表现得太着急，那别人对你的怀疑就真显得有道理了。

他说：你不肯告诉我真相？

系主任笑了，说：哪里有什么真相？你以为又是写剧本呢？

你们知道刘元在哪儿？

你这个你们是指谁？反正，我不知道。也不想知道。

你不慌吗？不着急吗？

我不急，一点也不急，劝你也别着急。

他说：好吧，那我就知道了。

4

她把门打开时，他有些激动，想紧紧地抱着她，把她搂在怀里，却被她轻轻推开了。

在那栋旧楼狭窄的过道里，他的目光能感觉到玻璃窗外那棵老槐树在远处摇晃着。

他有些犹豫地随着她进了屋，看着岳康康，感觉她似乎从一场大病里彻底痊愈了，一直没有去学校，让她真的忘掉了那些伤心。她的脸上开始有了红色，她把家里的窗户打开了，让阳光和空气随着他一起走进来。

那时，他听见了在她家的音响里正放着那张 CD，是他送给她的，就是一直放在他车里听的那张巴赫，是用长笛吹的，而且，现在正好是第四首。他回忆起在国际会议中心见到她的情景，他与她在酒店大堂相遇后，他就漫无边际地开着车，朝郊野驶去，很快就看到了大片的田地。巴赫的音乐和她的气息立即充满了周围的空间。那是长笛吹奏的巴赫，那是她走路很快的身影，那是他最喜欢的帕胡迪演奏的，那是她对他说话里的平静与美好，古钢琴与长笛透亮的声音让冬天变成了春天的感觉。他不知道该怎么描述自己当时的心情，因为要说出那个四十多岁的戏剧家，那个中年男人突然拥有的阳光明媚的感觉，似乎任何夸张都是不够的。他先是要表达对于巴赫的爱，然后表达对于长笛的爱，表达对于帕胡迪的爱，对于北京越来越少的蓝天的爱，当然还有对自己的爱……那么，她呢？他对她是一种什么样的情感呢？他知道自己当时就已经爱上她了，只是懦弱，没有表达。只是想着她，让自己内心一次次地涌起了激动。他忘了那是哪一部欧洲电影，不过自己当时觉得那两天就是生活在一部欧洲电影里。特别是他期待了一个晚上之后，意外地在大堂里偶遇她，里边的节奏、色彩、心情都与欧洲电影里的音乐一样。也是巴赫，也是一个恬静的女人，尽管没有闻到熟悉的香水味，但是，她的眼睛、她的皮肤、她的头发，还有她两条长长的腿都让他感动。那时，他的内心里充满了一个男人对于一个陌生而又动人女性的无边的想象。

他再次把她拉到自己的身边，这次她没有反对。他们共同默默地听了一会儿第四首曲子，他对她说：岳康康，我开始时觉得我们之间很像是一部欧洲电影，而且应该发生在几十年之前，而且有巴赫的音乐伴奏。可是，现在我知道咱们两人已经深深地陷入一场闹剧里，而且——

她摇摇头，接过他的话，说：知道这次最大的收获是什么吗？

他摇头。

她说：就是你给我写在纸上的那四十多封信。

他不说话了，只是听着音乐。

她陪着他听，有时会轻轻抚摸他的头，然后，她问他：你明天愿意送我去机场吗？

他点点头，看着眼泪从她的眼睛里流出来。她又说：你愿意去美国吗？我们一起在美国活下去。

他想了想，摇摇头：我在美国活不下去。

那时，她突然抱着他，而且，抱得很紧。

巴赫的第四首开始重复，他知道是她在反复听这第四首，她在表达对于自己的爱，她在巴赫的长笛声中与他说话。

5

他把她送走以后，很快就过了一个月。北京有些寒冷，他开始孤独地过着一个单身男人的日子了。他再次感到奇怪，当有一个像岳康康那样聪明的女人在身边时，整个世界仿佛完全不一样。你会觉得有音乐，有色彩，有戏剧，她看着你的表演，支持着你的智慧，让你感到一个男人有时竟然会那么像是一个男人。现在她走了，去美国了。他那天先是去邮局里给她发了一封信，然后独自骑车在护城河边那排高大的柳树下晃悠。看着对面公园里的长椅，仍然有人坐在上边接吻；看着这边高高的灰色城墙，上边被秋雨不断洗刷的痕迹逐渐清晰了；看着北京的天空更加灰了，他似乎听到了自行车的螺丝脱落了，像是老人掉到地上的头发，在他的想象中发出了松懈的声音。

他仍然在讲课，不过他感到那是一个死去的人在说话，肯定不是一个活人。在中国，有许多死人在给学生讲课，不过没有什么，反正下边听课的人，也有许多都死了。在中国，许多课堂里，有死人在跟死人对话。只是死人还有些阴气，这些在课堂里的人，没有任何气息。

其实，在中国的讲台上当一个死人有什么不好的呢？挺好的了。

他真的变得平静了，他尽可能学着其他人的样子，在言语中少了感情，多了概念，他甚至也开始让那些学生背诵概念。是一些经典的概念，过去他视概念为垃圾，现在他发现向学生不断地要求对于概念的解释和记忆，是自己能在课堂上休息的最好的方式。过去，为什么自己完全没有发现这些呢？人有两种生活方式：一种是激情的、有活力的方式，一种是没有激情的、没有活力的方式。原来他崇尚前者，现在他崇尚后者。

他坐在讲台上，现在他已经完全没有渴望在教室里走来走去的冲动。他看着这些学生，他原来恨他们，现在他像没有看见他们一样，他的眼睛看着远方，似乎那儿非常空旷……

6

刘元走了进来，他夹着电脑，背有些弯，面色苍白。他推开门，走向自己的座位时，几乎没有看任何人。他只是盯着自己的位置，走向那儿。

于婷婷看着他，期待着目光的相遇，可是，她失望了。显然，她并不知道刘元回来了。

他同宿舍的几个男生似乎也跟于婷婷一样的惊奇。他们看着他，想对他微笑。可是，刘元也没有看他们，他只是坐下来，低着头，打开了电脑。

他站在讲台上，也有些惊讶，刘元的突然出现让他停止了自己的讲述。似乎有一颗无声的炸弹突然引爆了。刘元失踪已经一个多月了吧？也许不能叫失踪，只是他们这些人不知道这个学生的动向而已。院里的高层可能还是了解情况的。但是，刘元像空降的突袭者一样出现在教室里，还是让他有些猝不及防。看着那个孩子黑色的眼睛，他感到刘元背后似乎有着无限巨大的、深重的黑色故事。

整个教室里一片寂静，所有坐在下边的大学生们又把目光从刘元身上移开，投射到了闻迅身上。他们看看刘元，又看看闻迅，似乎眼神里有着丰富的含意：怨愤，仇恨，令人绝望的、伤心的往事都像台词一样被推到了这个戏剧学院戏文系的教室里。让他再一次意识到这个叫刘元的学生为那对叫闻迅和岳康康的老师带来的终生悲剧。

他一直没有说话，脑子里一时间完全丧失了戏剧语言。刘元就那样走了，又这样回来了，没有对他这个讲课的老师和那些好奇的学生作任何解释。他坐在下边开始玩电脑。除了他以外没有任何学生带电脑上自己的课。因为，每当有学生在下边看电脑，他总是觉得他或者她在看自己与岳康康的裸体，看他们如同野兽一样的正在交配进行时。在他的要求下，学生们上他的课时，都不再带电脑。一个月来，大家都已经习惯了。

现在刘元玩着电脑，而且，坐在他的面前。他需要提醒这个孩子吗？经过思考之后，他决定先上完课，不去制止这个失踪了一个多月的学生。

7

我们都有可能跟那个阿莫多瓦的《不良教育》中的恩里克一样，无可奈何地进入了创作的干涸期，所谓江郎才尽，你对自己写出的任何东西都厌烦，你却毫无办法。导演阿莫多瓦深深地知道这点，他让恩里克陷入绝境，然后，那个十六年没有再见面的初恋情人——注意，他们是一对同性恋——伊格纳西奥送来了根据他们童年真实经历改写的剧本《旅程》，一部虚虚实实的，却又显得极其真实的故事。恩里克被剧情里的回忆拉回到十六年前，恩里克和伊格纳西奥是教会学校的同学，因为在电影院的一次亲近，彼此产生了莫名的好感。一次深夜在厕所的交谈，被一直觊觎伊格纳西奥的马诺罗神父发现，他以开除恩里克为要挟，在神器室夺走了伊格纳西奥的童贞。可无耻的马诺罗神父后来依然开除了恩里克。伊格纳西奥从此失去了信仰，开始走上了毁灭的道路……

他突然感到烦躁不安，因为刘元在下边看电脑时的表情，不断让他想起了自己与岳康康的裸体，还有他们如同动物一样在不同场景里做爱的姿势。而且，在自己的讲述过程中，刘元经常会大声地看着屏幕笑起来，“笑笑”这个网名像疼痛一样折磨着他，让他的思维一次次被打断。尽管讲课是不需要激情的，他早已明白了这里边深刻的含意，激情是中国大学教授最大的敌人，你如果在讲课时有激情，你尽早会死掉，而且，会死得很怪异。激情是什么？就声音大一点。所有的人都会这么嘲弄激情。艺术不需要激情，或者说我们不是弄艺术的人，我们只需要讲课。而且，我们是有条理的讲课。现在，他知道自己只需要有条理的讲课，可是，他做不到。刘元的笑声，还有他翻动网页时的动作，都让他感觉这个学生是在挑衅。他突然感到头晕，在脑袋的顶部，就是头皮那儿充满了血液，似乎自己的心脏与脑子都停止了生命。他缓缓走到刘元跟前，看着这个孩子，终于爆发了：收起你的电脑。

本来他想用“请”字，但是，瞬间里他决定不用那个字，而是直接说：收起你的电脑。

刘元完全不解地看着他，说：凭什么？我在作笔记。

他说：我不想再说第二遍了。

刘元笑起来，他不再理会这个老师，又开始看着电脑，翻着网页。

他朝前走了一步，那时他突然有了一种腾云驾雾的感觉，仿佛看到了刘元电脑里的图片，里边全是岳康康的照片。他有些怀疑自己的眼睛，但是，分明有穿裙子的，穿牛仔裤的，还有裸体的。那些颜色突然像画面一样在他眼前晃动，让他突然疯狂了。他冲上前去，猛地夺过了刘元的电脑，像复仇者一样高高地举起来。那时，全班的男男女女都愣了，有人叫起来。

刘元也猛地站起来，伸手去抢夺那台属于自己的电脑。

他没有看刘元，也没有看任何人，只是在把电脑举过头顶的刹那，大声喊着：肏他妈的大学——他狠狠地把那个代表着一切数字化的东西朝地上砸下去，那里边包含着他对于中国大学教育的所有不满。奇怪的是电脑落地时，几乎没有发出太大的声音，有些像是电影中的慢镜头。它在他的眼里缓缓地落地，然后，他看见了白色浪花更慢地，像是凝固的液体那样飞溅起来。

这时，他看到了刘元的脸在扭曲，眼泪从这个大学生的眸子里渗出来，涌出来。这个爱笑的孩子看着自己散落在地上的电脑，先是蹲了下去，突然大声哭起来。然后，他冲上前，抓着闻迅的胳膊，对他说：你会为，你今天的行为，后悔的——

说完，他冲出门去，在过道里号啕大哭，飞快地跑了。

他追出了门，看着刘元的影子像光一样移动。那哭声不断传来，撕扯着他的心脏，那时，他感觉到无比的恐惧。

第十七章

1

2011 年 11 月 16 日星期三那天，这个校园里的人完全不知道那个叫谢达的人是谁，他走进校园的时候，是七点二十五分。甚至连闻迅都快忘了他与这个谢达的约定，他是来给他送照片的，他要赶在九点开始上课之前把那张有特别纪念意义的照片交给那个叫闻迅的大学教授。他穿着西装，扎着领带，略略有些秃顶，戴着金丝边的眼镜，走路很有些洋派。他缓缓地在校园里散着步。每当看到校园里的古树时，他都会站住，从下往上看，直到看见了树的顶尖，那儿的叶子已经快没有了，稀疏地摇摆着。谢达似乎一点也不慌，只是在悠闲地等待着。他朝戏剧学院走着，当经过学生九号公寓时，又是一棵挂牌的古树，从下边往上看时，他听到了很清楚的争吵声从高楼上的倒数第三层传下来。那应该是一栋二十多层的楼，所有吵闹和惊叫声显得有些遥远，并且被古树的枝繁叶茂阻挡，感觉上很像天空中被云雾遮掩的阳光。

谢达那天显然没有更多的事情，他为了与闻迅又一次见面有些兴奋。那些发自于楼上的惊叫声没有让他特别注意，这个世界上几乎天天都有大声尖叫。他站着的位置也看不太清楚楼上的窗户那儿究竟发生了什么，他还在欣赏着这些北京已经少有的古树。已经是初冬时节，它的树叶为什么还没有掉太多？就像是有的老人，头发仍黑，而且茂密。他感觉阳光有些刺眼，就眯着眼看着树顶。那时，突然有一只大鸟自天而降，很像他跟闻迅小时候经常在山里看到的猛禽，它以自由落体的加速度朝他的面部砸下来，让他没有任何躲闪的余地。

那时，一位表演系的徐同学恰巧跑步经过了这儿，在离谢达不到三米的地方撞上了眼前悲惨的一幕。那时是七点三十分左右，他刚从林荫道上跑过来，似乎听到身边传来“嘭”的一声，回头一看，一名身穿白色衣服的男人砸在了另一个穿着西装的男人头上，他们都趴在地上，血很快染红了衣服。那人还没有死，趴在地上不停地抽搐，嘴里还发出轻微的呻吟声。徐同学是一个男生，虽然害怕，但是还没有失去理智。他当时没有带手机，就朝楼里跑去，告诉一楼的门卫，有人跳楼了，而且，还砸上了行人。

当时，他拿起了门房的手机，给110打了电话。等到他再出楼门时，已经有不少同学从四面渐渐围了过去但又被吓得退了回来。

2

闻迅是在八点五十五分走进了教室，他发现少了许多同学，而且，又没有看到刘元来上课。他心情沉重，再一次为自己的过激行为而后悔。他决定要为这个爱笑的大学生赔一个最好的苹果电脑，并当着班里的全体同学向他道歉。他站在讲台上，问坐在第一排的女生：其他同学呢？他们为什么不来上课?

她回答说：听说刚才有男生跳楼了。他们都去看了。

他又想起自己的话剧《大象》，一个孩子就那样死去了。大象死在荒野中，孩子死在校园里。也许这些孩子们身体因为年轻而没有死，他们的心灵却因为不热爱自己的专业早就已经死了。想到这儿，他又有些愧疚：这算是一种对于学生们的诅咒吗?

这时，他听见门外的过道里有人在喊：刘元死了，刘元跳楼了。

他的头部像是受到了冲击，开始还站在讲台上，似乎没有完全明白发生什么。突然，他不顾一切地朝外冲出去，边跑边问在哪儿？

过道里的学生共同喊着：九号公寓，古树下——

他跑得更加急了，冲出了学院的大门。

阳光已经变得刺眼，那真是一个北京冬日里最蔚蓝的天空。他感觉到耳边有风声、雨声和读书声。

3

九号公寓楼北侧的林荫道已被警戒线封锁，两侧均有多名保安把守，多辆警车停在现场，警察正在进行勘查。警戒线内，刘元趴在地上，身上蒙着一块塑料布，在他身边，有一个穿着西装的四十多岁的男人，仰面躺着，身上没有蒙塑料布，有一个金丝边的眼镜像被认真摆过一样，正好放在他的脸旁。

周围挤满了学生，他们恐惧地议论着。他听见他们说：那个戏文系的学生跳下来时，这个人正好走在下边，楼太高，把他砸死了。

他看着，听着，渐渐明白了发生的一切，那时他觉得自己眼前开始模糊：他没有想到刘元会自杀，他更没有想到谢达竟然会在为自己送照片时，与刘元死在一起。

他看到在拉起的警戒线内，有多名校方工作人员在配合警方工作，就朝前挤过去。

那时，两个死者的遗体被装车运离现场。闻迅看到，刘元上穿白色衣服，下穿黑色裤子，脚穿帆布板鞋。当看到校方的清洁人员已经开始用水管清洗现场血迹时，他突然大叫起来，与此同时，他越过警戒线朝里边跑去，一直跑到了警察身边，大声说：我叫闻迅，是戏文系的老师，刘元是我的学生。这个人叫谢达，他是来找我的，是为我送照片来的。你们看看，他身上肯定装着我跟他在童年时的照片。

警察有些吃惊地看着他，说：我没有听清楚，你的意思是说，这两个人都与你有关系?

他说：对!

警察从包里拿出一个信封，然后，抽出了一张照片，说：是这张照片吗?

他接过照片，看到了童年时的自己和谢达，他们共同站在一个舞台上，背景上写着“批判大会”。他的眼泪忍不住地出来了，想说什么话，却哽咽住了。警察从他手里接过照片，说：这个先不能给你，等我们调查之后，再说。您先在这儿作个登记。我们会请您作笔录。对了，为什么这么巧？两个死者都跟你有关系。

4

警车开走之后，他走在渐渐散去的围观学生中，听到有人说：

刘元这哥们儿不错，挺他妈仗义的。

刚来时，天天冲着你笑，不知道有他妈什么可笑的。

走到学院门口时，他看见了于婷婷，就走到她的身边。于婷婷再次哭起来，说：他昨天对我说他要自杀，我还以为他又是说说呢。他说过好多次了，我以为他光说呢——

导演系的一个男生突然说了：于婷婷，你别摆脱责任了，刘元就是为你死的。昨天晚上，我看到你跟刘元吵架，你当时说他跟他爸爸一样没出息，你说他不懂得人情世故，是个白痴，对吗?

于婷婷吓得再次哭起来，说：我没有责任，闻迅老师摔了他的电脑，他想不通，一会儿说要杀人，一会儿说要自杀。

男生说：得了吧，是你说了，跟刘元在一起，未来前途黑暗，跟他彻底断绝关系，刘元亲口告诉我的。

于婷婷眼中充满恐惧，哭得更加厉害了，说：我没有责任，我没有责任。

他有些忍不住了，对男生说：好了，先让于婷婷安静下来，她一个女孩子不可能承担责任，再说，爱情也是自由的。

男生说：老师，那您能承担责任吗？刘元死了，这责任您承担得了吗？

男生说完转身走了。他知道是导演系的，但是，他记不住这个学生的名字。突然，他看见于婷婷开始拼命地奔跑着，她的头发和她的风衣都在晃动。几个月之后，他还回想起那种动荡的感受，因为在他的记忆中，那是一个没有风的日子。

5

第二天，他没有课，却仍然走进了校园。刚进学院大门，就看见了一个面熟的老者站在院长办公室门外。他很快就想起来了，那是刘元的父亲。那个请他吃过饭，非要送给他蘑菇的父亲。让他诧异的是，那次见他时，离现在不到一年，那时他的头发还是黑的，现在完全白了。

他看着这个泪流满面的父亲，突然有些不好意思走到他跟前去。不仅仅是不知道该说什么，主要是他想起来自己作为一个老师，曾经那么痛恨过他的儿子，那个活着时爱笑的，非常聪明的，现在已经变成一具尸体的大学生，那个在读本科的，戏剧文学系的却又非常讨厌文学与戏剧、电影、小说的学生。

不知道为什么，父亲的眼泪，让他觉得自己又成了一个被剥光衣服的人，似乎突然开始接受审判。似乎自己赤裸得比校园照片事件时还要彻底，有种无所归依的感受，孤伶伶的单薄，让他发现自己此时此刻有些头重脚轻。头顶的阳光灿烂让他更加意识到那个秋天的失落，哭声更加响亮地传了过来，是那个父亲的哀号声，他的心脏就要瘫痪了。刘元的父亲，那个失去了儿子的男人，除了哭泣以外，没有任何办法。人类征服了很多东西，征服了自然，赶走了许多动物，却把哭泣留给了自己。

你说，一个男人最终会不断地哭泣，这是普世价值吗?

他缓缓地走上楼梯，在一楼与二楼之间时，忍不住回头看了父亲一眼，那时父亲也正在看着他。显然，这个父亲还认识自己，他的目光说明了一切。但是，当他已经打算走下楼梯，走向父亲时，父亲却背过了脸去，而且，不再看他。

他迟疑在楼梯上，无比凝重，如同遇到了历史的重大时刻。那时，院长办公室对面的房门突然开了，强烈的阳光像暴力一样朝着父亲冲击。那个脆弱的老人似乎承受不了这种冲击，渐渐开始摇晃，然后，像是一个经受不住大风的枯树那样朝侧面倒了下去。

第十八章

1

岳康康过去总是坐在靠近东边的窗户前，从那儿照耀进来的阳光（有些天还真的是有阳光的）散落在她的头发上。在那些北京还有阳光的日子里，他喜欢坐在她对面的桌子旁，那是他们戏文系的办公室，那条长长的桌子像是一条小溪把他们分开，又让他们彼此欣赏。他们的目光时时相遇，像风和雨的融洽。他们的秘密谁也不知道，系里其他的同事完全没有注意，爱情让他们的内心比别人都善良，也让他们的世界比别人都完美。现在没有岳康康了，她在美国一直没有给他写信，没有电话，他孤独地坐在那张桌子旁边，看见阳光透过灰色的云层直接落到地上。而且，他的内心不安，还略略有些恐惧。刘元最后的话语都在他的内心回响，就像是他自己为角色写的台词：你会为，你今天的行为，后悔的——

而且，这个爱笑的孩子两天以后，就死了，他真的死在了校园里，这次不是一个剧作家的想象，一点夸张都没有，刘元就是死在校园里了。想到这儿，他几乎坐不住了，突然间感觉到自己开始冒汗，体验到严重的心律不齐，心脏开始不规则颤动，发出了混乱的噪声，让他忏悔的语言变得含糊不清。他知道，恐惧还来自于即将要受到的惩罚，他真的是刘元自杀的直接推动者吗?

连续几天，他都坐在系办公室里，似乎在等待着什么。他不太清楚自己等待什么，但是，他又隐约能感觉将要发生的事情。

2

那天他真的产生了幻觉，似乎岳康康就坐在对面。她的面前摊开的是一本戏剧集，她再次饶有兴致地看着皮兰德娄，她似乎看到了最兴奋的地方。突然她抬起了头，没有顾及其同事是否在场，就说：我突然明白了，你是一个寻找角色的剧作家。

他想到皮氏的话剧《六个寻找剧作家的角色》，就笑起来。但是，他知道这是幻觉，否则，她怎么会在这儿呢？她分明是去美国了，她或许永远永远留在美国了。他开始尽力排斥幻觉，因为这是在系办公室里，他担心自己的脸上会出现过分的表情。就在那时，警察到系里来找他了，他早就有预感，而且一直在等待。他们在系主任——自己的老朋友周大同的带领下，终于来到了他的身边，说：你是闻迅先生吗？他点头。警察又问系主任：是闻迅吗？系主任点头。警察对他说：我们例行法律程序，要带你回去。他看看警察，点点头，说：我需要带很多衣服吗？警察说：我无法回答你，现在咱们就走吧。

他突然感到有些恐惧，也有些愤怒，他们这样就把我带走了？为什么？这一切真的符合法律程序吗？没有任何人通知他，一切都在背后进行。是谁举报（难道还需要举报）的他？是谁给警方提供了更有价值的材料？是在哪一个层面研究的问题？这里边是不是有权钱交易？最恨他的人是谁？保卫处为什么从来都没有找过自己？学院领导学校领导都出面了吗？在这背后究竟有一个多大的网？……所有这些他都一概不知，还没有来得及认真去想，就不得不跟着眼前的警察走了。

那时，在系办公室的老师都惊呆了，他们稍稍缓了一下，就走过来，围在了他跟警察身边。渐渐的，这些男男女女的老师们都开始说话了：

你们不能抓他，闻迅老师其实是一个很正直的人，他没有杀刘元。刘元是自杀的。

闻迅老师没有犯任何罪，他只是过于自恋，他在课堂上纠正刘元时，行动过激，如果我，也会那样的。

他听到有人说自己“自恋”，就有些生气，说：其实，你错了，南鹏老师，我一点也不自恋，我的真正问题应该是把这个世界错误地当成了舞台，我本人过于沉浸在灯光之下，以为……

警察笑了，说：好了，人家这个老师有胆量帮着你说话，你还不给人面子。

你们无权抓一个无辜的人。那个坐在角落沙发里的女老师突然说：我叫沙鸥，我敢保证闻迅老师没有杀刘元，他甚至连动机都没有。他其实是一个好老师。

又一个女老师走到了警察跟前，陪着笑脸对警察说：警官先生，电脑摔坏了，肯定对孩子有刺激，但是，非要说自杀是因为闻迅老师的粗暴引起的，我们完全不能答应。

这些自己的同事竟然并排站在警察的前方，他们似乎组成了道人墙，他们，特别是那些女老师们更加激烈地与警察们高声说话，为这个在大学里一年多来，已经丢尽了人的，新调来的老师讨论着公道。

这让他感到完全不可思议，让他感到岳康康在场似乎不是幻觉，或者眼前的一切也是幻觉。他一直有着固定的想法：那个叫闻迅的教授，虽然与她们是同事，可是，他与她们完全没有关系，没有任何关系。他只是与她们的一个叫岳康康的女同事有关系，而她却因为丑闻离开了学校，她已经完全不会再走进这个戏文系的办公室了。他看着这些大学里的女人们、男人们，内心因为感动，而产生了强烈的拥堵，比国贸还堵，比建国门还堵，比天安门还堵。那时，他的眼泪出来了。

他一边擦泪，一边与那两个警察一起走下了楼，感觉到周边又是学院里的人流，他们几乎都站在过道里，看着他，这让他再次感觉自己没有穿裤子。他走出了学院的楼门，像被强烈的阳光猛然击打了一样，头晕目眩。电影胶片因为曝光过度，而显得非常惨白，他完全走进了大卫·林奇的电影里，不，他此时此刻走进了伯格曼的《野草莓》之中，因为看见了那个与自己非常相像的老人，童年的忧伤像车流一样涌进了他的心灵深处，把他的胸腔扩大了，几乎要撑破了，已经撑破了，他感觉到了阵阵疼痛。他虽然睁不开眼，却能看见系主任追着他们跑过来，然后，大声地对那些警察说：放了他吧，这是我们全系的老师，还有大部分同学的请愿书，上边有所有人的名字！

系里的老师也都跟着跑了过来，他们围绕着警察，理性地说：这里边一定是某个环节出了错误。

因为车停得过多，警车开不过来，他跟随着那些警察朝三四百米外的花园走去。他突然有些想挺起胸膛，像个知识分子那样有些骨气。系里老师的请愿名单给了他力量，让他不那么害怕了，他说：你们是不是还会给我带上手铐？你们敢吗？他最后这个问句显然让警察不高兴了，说：我有权力给你戴，请把手伸出来。他兴奋起来，伸出了自己的两条胳膊。警察速度非常快，他还没有反应过来，发现自己的手腕上已经被戴上了手铐，这让他走路时有些不平衡，显得有些踉跄。身边的那个警察不得不紧跟在身边扶着他，这使他的罪犯形象加强了。

3

校园里如同爆炸一样，学生们从四面八方潮涌过来，想亲眼目睹一个教授，一个据说曾经在舞台上很有影响力的剧作家被警察从校园里带走的情景。那天，校园再一次成为舞台，不过这次不是因为爱情，而是因为谋杀。他当时脑子很空，还没有想清楚自己究竟是不是有罪，就被抓起来了。他看看一副银色的手铐，发现它们的做工有些粗糙，劣质的金属有些掉色，才几分钟就把他的手腕染黑了。

这时，他看见一个老者穿过人群，朝他们这边匆匆走来。他白色的头发有些零乱，他的步子显得不稳，他戴着的眼镜在闪光。老者在离警察和他十几米时，就喊起来：不能带走他。

那时，他才看清了，是柳先生。他没有戴自己的贝雷帽，额头上全是汗水，最后几米他几乎是跑过来，大声说：

与闻迅老师无关。与他无关。

他有些惊讶地看着柳先生，不知道他究竟想干什么。警察也很错愕，他们看着这个老人，说：你是谁？

柳先生大口喘着气，说：我是刘元的亲人，我有证据。

警察怀疑地说：亲人？什么亲人？

柳先生：刘元的母亲是我女儿。

闻迅完全愣了，他从来没有想到柳先生竟然跟刘元有着这样的血缘关系。

警察对柳先生说：我们带他走，是按照程序，你的证据也应该按照程序提供。说完，他们继续带着他走向了停在花园边上的警车。

当他坐在警车里，嗅到了很沉重的汽油味时，才清醒地意识到自己真的成了囚犯。那时，他回头，朝窗外看过去：柳先生站在外边，充满愧疚地望着他。突然，这个白发苍苍的老教授绕过车头，他不让车开起来。然后，他到了前排的警察身边，用力地敲着窗子，玻璃落下来后，柳先生大声说：孩子已经死在了校园里，不要再让教授死在监狱里。这是一本日记，你们看见了没有？我在家里的抽屉里找着了刘元放在那儿的大信封，里边是他的日记。它就是证据，完全能证明刘元的死与闻迅老师无关。我以一个老教授的人格担保，我提供的证据是真实的。说着，柳先生把一沓很厚的纸交给了警察，说：这是复印件，你们回去就可以看看。

他对警察说：停车，我想跟老教授说句话，行吗？

警察看看他，点头，把车停了下来。

他打开车窗，柳先生走了过来。

他问这个白发老人：你怎么知道今天警察会来找我？

柳先生想了想，肯定地说：我就是知道。

他看着柳先生，想了想，似乎明白了，又说：那你为什么会来帮助我？

柳先生说：我才发现刘元的日记，才确认你是无辜的。

他又说：你为什么不早告诉我，刘元是你的外孙，你是他的姥爷？

柳先生脸上出现了庄重的神情，说：你这个人从来只关心自己那点事，没有人愿意把秘密告诉你。

4

警车开动了，把柳先生留在了车后面，他的声音在随车飘散。坐在闻迅前边的警察把那沓纸打开，说：这个刘元还写日记？

警察看着他说：你现在不必紧张，我们只是例行调查。看看你们学校里这个闹劲儿的。

他看着警察，头一次仔细地看着他们的警服，发现中国的警服与美国的非常想像，就说：我现在不太紧张了，我只是感到对那个孩子愧疚，我对刘元充满忏悔。

警察笑起来，说：你承认你犯罪吗？

他摇头，又点头，说：承认。

警察又问：你承认自己直接杀人了吗？

他想了想，说：我没有直接杀人，我也不知道刘元会自杀。

警察说：难怪你们是知识分子，不承认杀人，你还愧疚？还忏悔？

5

2011 年 12 月 1 日那天，他回到了自己家里。他从窗户朝外看，发现风在仔细地吹拂着外边那棵法国梧桐身上最后的树叶。双方都很顽强，风在急促地抚弄着树叶，而树叶也在做着最后的挣扎。终于那几片发黄的叶子掉落下去，它们最终散布在地面干枯的草上。风还在吹着，让它们不停地滑动，飘到路上，又到了另一片树丛下，然后，消失了。

在那些天，他认真地回答了警察的每一个问题。最重要的是，柳先生给警察提供了刘元的那本日记，它完全能说明刘元的死亡真的与他无关。但是，那个刘元的死怎么可能与你无关呢？

他无论在派出所，还是在校园里，还是在自己家里，都会反复地问自己，那个孩子的死真的与你无关吗？

他的内心开始产生强烈的阵痛，柳先生的白发也在眼前晃动，那个老者的面部充满汗水，他的声音隔着窗户和云层传到了这间屋子里：孩子已经死在了校园里，不要再让教授死在监狱里。

他开始时总是以为这个老教授跟自己是完全不同的人，可是，现在他想，在自己与这个老者之间真的有什么不同吗？

那时，他突然发现屋子里有小飞蛾在盘旋，渐渐的他发现有很多这类小飞虫在阳光下晃动。他开始扑打它们，却越来越多，它们在沙发、窗帘、茶几、电视、餐桌、健身车、音响……所有这些东西之上飞行，这让他感到特别惊奇：从妻子与女儿走了以后，他几乎从来都没有在家里做饭，没有米，没有面，没有菜，没有任何食物，那会是什么东西坏了，变成了这样的飞虫呢？

他开始在家里寻找。他先是到了厨房里，打开每一个柜子，渴望发现那些飞虫的秘密。他找得很仔细，却没有发现任何可以变成虫子的东西。

他从厨房里走出来，站在客厅观察，似乎也没有特别值得怀疑的地方。于是，他来到了卧室，站在这间闭着窗帘，有些暗的房间门口，他感到更加茫然。突然，他似乎想起来什么，跑到了床边的矮柜旁，拉开了最上边的一个抽屉，看见了那袋蘑菇，就是刘元的父亲非要送给他的那袋蘑菇。那天晚上跟刘元的父亲吃完晚饭之后，他回到家太累，没有换鞋，就直接走进了卧室，然后，他随手把那袋凝结着一个父亲无限情感的蘑菇扔在了柜子上。早晨，他完全无意识地又把它放在了最上层的柜子里，然后，他像忘记了那个父亲一样忘记了蘑菇。

现在，孩子在校园里死了，而蘑菇却变成了飞虫。他把这袋蘑菇拿起来，走到客厅里，放在沙发上。他打开音响，听到巴赫的长笛曲，看着虫子在飞。在音乐和虫子之间，他看到了岳康康，她拿着那本皮兰德娄，脸上有红晕，还有微笑，她说：

那么您是天生的剧中人了？

他看着她，有些惊喜，就适应着她，开始背诵台词：

说对了，是活生生的剧中人。

（两人都开始笑）不要这样笑。

我们带来的是一场悲剧。

尽管我们失去了归宿，

我们的确是非常有趣的剧中人。

这些都非常正确。

可是，你们到这儿来干什么？

先生，我们要生存。

岳康康消失了，巴赫的长笛曲还在继续，他走过去，又回放第四首。那时，北京冬天的郊区再次浮现，他开着车走在原野里，怀着感恩之心在明净的音响声中回忆岳康康，以及她和他都反复吟咏的《六个寻找剧作家的角色》。

然后，他拿着蘑菇，打开通往阳台的门。他站在阳台上，把蘑菇放在那个沾满北京灰尘的玻璃茶几上。过了片刻，他经过反复思考，又把那塑料袋完全扯开了。阳台上有阳光，有风，可以看到北京冬日的天空。他眼看着那些飞虫因为寒冷，而开始朝天空飞去。

后 记

2012年1月1日起，有一个大学生的死亡笔记开始在人人网上流传，里边详细地记录了他自己在生命最后一年里的内心独白。笔记里描述了这个孩子热爱着一个叫岳康康的女老师。他跟踪她，他用长焦距镜头记录了那个女老师的生活，其中包括她与一个男老师在屋内做爱时的各种姿态。

但是，笔记里最吸引人的部分不是这些有着色情意味的东西，而是这个叫刘元的大学生最痛苦的人生背景，这些描写感人至深。你只要认真读读就会发现：这真是中国自从有了教育这件事以来，师生关系最糟糕的时代。老师对学生冷漠，学生蔑视老师。老师明明知道学生不热爱专业却把他们招进来，学生完全不喜欢专业却仍然顽强地钻进学校，双方都表现出历史上少有的不要脸。你们只要进入人人网，轻而易举地就能查到这部死亡笔记，所以这儿不加直接引述，如果概括，那就过于简单。刘元的纠结几乎与今天许多孩子完全一样：父母离婚，母亲改嫁让他仇恨母亲；父亲懦弱，让他也无限怀疑自己。姥爷是一个有相当背景的老教授（教育部在职副部长是他最好的学生），在他的帮助下，为了虚荣走进了北京一所著名大学里办的戏剧学院的戏文系，并为他借来了长焦距照相机。然而，他跟他的许多同学最讨厌的就是戏文专业。他对于岳康康的单恋只能是绝望，跟于婷婷的爱情陷入危机。他对于未来充满焦虑……

好了，去网上查吧，看到那一个个死在校园里的大学生，你们一定不再会受到震撼。因为校园里死的人太多了，他们有的是肉体死了，但是绝大多数是精神死了。

王刚

2010.8.5——2011.9.5 写于北京半壁店，

纽约 LEDIG HOUSE 作家村，旧金山红木城